क्या मैं बता दूँ

क्या मैं बता दूँ

रजत रानी मीनू

वाणी प्रकाशन

प्रकाशन के उत्कृष्टतम 62 वर्ष

vaniprakashan.com

सजिल्द प्रथम संस्करण : 2025

वाणी प्रकाशन

4695, 21-ए, दरियागंज, नयी दिल्ली-110 002

फ़ोन : +91 11 23273167, 23275710

शाखाएँ

अशोक राजपथ, पटना-800 004, बिहार

कॉफ़ी हाउस कैम्पस, महात्मा गांधी मार्ग, प्रयागराज-211 001, उत्तर प्रदेश

महात्मा गांधी अन्तरराष्ट्रीय हिन्दी विश्वविद्यालय, वर्धा-442 001, महाराष्ट्र

sales@vaniprakashan.in
vaniprakashan@gmail.com

KYA MAIN BATA DOON
by Rajat Rani Meenu

ISBN : 978-93-6944-242-3
Collection of Stories

मूल्य : ₹ 450

आर. टेक ऑफ़सेट, दिल्ली-110 032 में मुद्रित

वाणी प्रकाशन का लोगो मक़बूल फ़िदा हुसैन की कूची से

समर्पण

लड़कियों की शिक्षा को अनावश्यक मानने वाले वातावरण में मुझे पढ़ने और पढ़ते रहने के अवसर देने वाले मेरे पापा श्री नत्थूलाल आर्य जी और दिवंगत मम्मी श्रीमती धनदेवी जी को, जिन्होंने इस दुनिया से जाने से पहले मुझे प्राथमिक शिक्षा का आधारभूत ज्ञान कराया था...

भूमिका

दलित साहित्य के नये आस्वाद की कहानियाँ

सुप्रतिष्ठ कथालेखिका रजत रानी मीनू का नया कहानी-संग्रह 'क्या मैं बता दूँ' मेरे सामने है, जिसकी सभी कहानियाँ मैं पढ़ गया। इन कहानियों का लोक समता और न्याय का आकांक्षी लोक है, जो सामाजिक-सांस्कृतिक विषमता अथवा कहें कि ग़ैर-बराबरी से लड़ते हुए सामाजिक न्याय की माँग करता है। इन कहानियों से गुज़रकर कोई कह सकता है कि ये दलित जीवन की यथार्थ कहानियाँ हैं, परन्तु सोचने की बात यह होनी चाहिए कि आज दलन-उत्पीड़न हो किसका रहा है? क्या केवल बहुजन समाज, जो भारतीय उपमहाद्वीप के मूल निवासी रहे हैं। अनपढ़, ग़रीब और दबी-पिछड़ी जातियों में परिगणित होने के कारण ही शोषित जीवन जीने को अभिशप्त है? क्या दलित समाज में पढ़े-लिखे, खाते-पीते लोग सामाजिक विषमता का शिकार हो शोषित होने को अभिशप्त नहीं हैं? लिंग, जाति, वर्ग आदि आधार पर भी क्या उनके साथ अमानवीय व्यवहार नहीं हो रहा? शोषण नाना प्रकार के हैं, जिनमें मुख्यत: लिंग-जाति आधार पर निर्मम दलन-उत्पीड़न होते रहे हैं। ऐसे ही दलन-उत्पीड़न के शिकार चरित्रों को लेखिका ने अपनी कहानियों में समेट कर सामाजिक व्यवस्था से न्याय की अपेक्षा की है। इन कहानियों का बयान है कि शोषण वर्चस्ववादी समाज द्वारा भी होता है और चेतना के अभाव में अपनों के द्वारा भी, शोषण किसी भी स्तर पर किसी के द्वारा भी हो, उसका प्रतिकार किया जाना चाहिए।

संग्रह में एक कहानी हैं, 'भेड़िया ज़िन्दा है', जिसमें सहायक प्रोफ़ेसर डॉ. शालिनी एक दिन आत्महत्या कर लेती है। आत्महत्या के कारणों का समाज चीर-फाड़ करने के क्रम में शालिनी के ख़िलाफ़ प्रतिकूल टिप्पणी भी करता है। इसकी सूचना जब शालिनी की सहेली मीना को मिलती है, तो वह बहुत मर्माहत होती है। उसे याद आता है कि एक दिन उसके पास शालिनी का फ़ोन आया था, जिसमें वह

बहुत असहज थी, घबड़ायी हुई थी और बार-बार अपने को बचाने की गुहार लगा रही थी। मीना शालिनी की माँ से मिलने उसके घर जाती है। वह मानने को तैयार नहीं थी कि मीना जैसी बहादुर लड़की भी आत्महत्या कर सकती है! शालिनी की माँ को वह अपनी भावनाओं से अवगत कराती हुई समझाती है...उनकी अनुमति से कमरे की तलाशी लेती है कि कहीं कोई तो ऐसा सबूत मिल जाये, जिससे सहेली की आत्महत्या करने को वह नकार सके। अन्तत: उसे शालिनी का अपनी माँ के नाम लिखा एक पत्र उसके हाथ लग जाता है। उस पत्र को पढ़कर जो सच सामने आया, वह काफ़ी हृदय विदारक था। उस पत्र में शालिनी ने ससुराल में उसके साथ हो रहे नृशंस अत्याचार की विशद जानकारी दी थी कि किस तरह नौकरी करने के उपरान्त भी उसे प्रताड़ित किया जा रहा था। गर्भवती होने पर सास ने उसका जबरन भ्रूण परीक्षण कराया और गर्भ में जुड़वाँ बेटी के होने की जानकारी होने पर उसका पति गर्भपात कराने की ज़िद पर अड़ गया। न मानने पर उसे भद्दी-भद्दी गालियाँ भी जातीं और मारपीट की जाती। शालिनी यातनाएँ सह कर भी गर्भपात को तैयार नहीं थी। वह तो अपनी बेटियों को जन्म देना चाहती थी। परिणामत: यातनाएँ बढ़ती गयीं। सब्र का घड़ा भर जाने पर वह पुलिस के पास जाना चाहती थी। उसकी कोख में अजन्मीं लड़कियों का भ्रूण समाज से सवाल करता कि यदि वह भ्रूण लड़के का होता, तो क्या तब भी उसके साथ ऐसा ही सलूक किया जाता? यह कहानी समाज को आईना दिखाती है कि जब उसको जन्म देने वाले माँ-बाप इस ख़याल से ससुराल में छोड़ देते हैं कि अकेली औरत बाहर की दुनिया में सुरक्षित नहीं है...बाहर दस भेड़ियों और कुत्तों के बीच रहने से तो बेहतर है कि लड़की एक भेड़िया के हाथों ही नुचती रहे। कहानी बताती है कि समाज में भेड़िया आज भी ज़िन्दा हैं, जिसका पोषण पितृसत्तात्मक व्यवस्था द्वारा होता आया है।

संग्रह में एक कहानी है 'सरोगेट मदर', जिसकी नायिका फूलमती अत्यन्त पिछड़े वर्ग की है। आर्थिक विषमता के चलते वह डॉ. विथा शुक्ला के कहने पर अमीर और विदेशी दम्पती के बच्चों को अपने गर्भ में पालती हुई डॉक्टर का सहयोग करती है। इस तरह वह अनेक बच्चों को जनती है, लेकिन जब उसकी अपनी बेटी चन्दो को बच्चा नहीं होता, क्योंकि चन्दो का गर्भाशय बना ही नहीं था, तो वह डॉ. विथा शुक्ला से अपनी बेटी के बच्चे को सरोगेसी पद्धति द्वारा जनने की इच्छा व्यक्त करती है। डॉ. विथा चन्दो की बात सुनते ही नकार में जवाब देती है कि इस तकनीक में तो लाखों रुपये ख़र्च होंगे, जो तुम वहन नहीं कर सकतीं। फूलमती करुण स्वर

में कहती है, मुझे तो इस काम के लिए प्रति बच्चा पन्द्रह हज़ार रुपये ही मिलते थे... क्या अब मैं अपनी ही बेटी को बच्चे का सुख नहीं दे सकती? नहीं जन सकती तो हम ऐसे अस्पताल का क्या करें, जो केवल बामन और ठाकुर की बनायी जाति की तरह हमारे साथ भेदभाव करते हैं? इस कहानी में लेखिका सन्देश देती है कि व्यवस्था कोई हो, औरतों के साथ हमेशा शोषण होता ही आया है।

'डर' में कुलदीप नामक पात्र की उस मन:स्थिति को दर्शाया गया है, जहाँ उसे पल-पल एक बाई का पुत्र होने का अहसास कराया जाता है। इसी कारण आगे चलकर वह घर में अपनी पत्नी के लाख कहने पर भी कोई सहायिका या नौकरानी नहीं रखता, क्योंकि उसे हर बाई में अपनी माँ दिखाई देती है। चमनकली घर-घर काम करने वाली सहायिका यानी दाई की कहानी है, तो 'मैं ख़बरदार' दलित और ऊँची जाति के परस्पर भेदभाव को चित्रित करती कहानी है। आज़ादी के अमृतकाल में भी रेल के डिब्बों में वातानुकूलित और सामान्य डिब्बे के अन्तर में भी जातीय दंश को चित्रित करती यह कहानी बताती है कि जाति-उत्पीड़न का आधुनिक विकास से कोई लेना-देना नहीं है। इस कहानी के द्वारा जाति व्यवस्था की विरूपताओं पर करारा प्रहार किया गया है। कथा नायिका वर्षा के द्वारा कहा जाना कि 'मैं भारतीय हूँ और पत्रकार हूँ' एक सन्देश देती है कि त्रिवेदी, श्रीवास्तव, शर्मा, वर्मा जैसे जातिसूचक टाइटिल अब हटा दिये जाने चाहिए। 'मुग़ालते में' शीर्षक कहानी बताती है कि आधुनिक युग में हमारे समाज के कुछ लोग, कुछ परिवार संकीर्ण भावनाओं से ग्रस्त रहते हुए अपने परिवार की बहुओं को रसोई-दरवाज़े तक ही सीमित रखना चाहते हैं। 'दहेज में आये और कोरोना में गये' एक ऐसे व्यक्ति की कहानी है, जिसे बहन के दहेज में उसके ससुराल भेज दिया जाता है। अपने घर-परिवार की याद आते हुए भी वह अपनी बहन के ससुराल में धीरे-धीरे घुल-मिल जाता है। वह अपना पूरा जीवन उसके परिवार में गुज़ार देता है। उसके स्वभाव में ही वफ़ादारी, नम्रता और संकल्पबद्धता जैसे गुण भरे पड़े थे। लेकिन जब वह उम्रदराज हो किसी काम लायक नहीं रह जाता है, तो उसकी भारी उपेक्षा की जाने लगती है और अन्तत: वह कोरोना महामारी में अकाल कवलित हो जाता है। चार कन्धे भी नसीब नहीं होते। अमानवीयता की करुण कहानी है यह, जो बताती है कि पूँजी विकास के इस नये दौर में मनुष्य की उपयोगिता देखी जाती है, उसकी भावनाएँ नहीं! 'मैं शादी नहीं करूँगी' कहानी में नायिका वंशिका के बचपन में ही उसकी माँ जला कर मार दी जाती है। पिता दूसरी माँ लाते हैं, जो तेज़ और हिटलरी मिज़ाज की होती है। वंशिका

बचपन से ही घर के कामकाज में झोंक दी जाती है। सौतेली माँ का व्यवहार उसके प्रति अत्यन्त निर्मम एवं उलाहनापूर्ण होता है। बात-बात में उलाहना देती रहती है। वंशिका के मनोबल को क़दम-क़दम पर तोड़ा जाता है। वंशिका जब बड़ी होती है तो वह अपनी शादी के लिए मना कर देती है। दबे-कुचले एवं अपेक्षित परिवेश में पली-बढ़ी अंशिका हीन भावनाओं का शिकार हो अपने नर्क हो चले जीवन से उबर नहीं पाती। उसे परिवेश से बाहर अपने की रोशनी भी कहीं से मिलती है, तो वह उसका लाभ नहीं ले पाती।

रजत रानी मीनू के कथा-संसार से गुज़रते हुए स्त्री-जीवन की करुणा भरी दास्तान से रूबरू होने का अहसास होता है। सभी कहानियाँ दलित जीवन की गहरी पड़ताल ही नहीं करती, अपितु मानवीय संवेदना को झकझोरने का भी प्रयास करती हैं। दलित समाज में रह रही स्त्रियाँ शिक्षित हों या फिर अशिक्षित, समृद्ध हों या विपन्न, कामकाजी हों या गृहिणीय हर जगह, हर स्थिति में वह कहीं न कहीं विषम परिस्थितियों का सामना करती हुई टूटती है, बिखरती है। उन स्त्रियों की असहाय्य करुणा का, मनोदशा का लेखिका ने यथार्थ चित्रण किया है। इन कहानियों का कथालोक बताता है कि पूरा का पूरा दलित समाज, विशेषकर स्त्रियाँ तमाम भौतिक विकास के बावजूद अभी भी वर्चस्ववादी समाज के दलन-उत्पीड़न तले जीने को अभिशप्त हैं। दलन-उत्पीड़न और शोषण के स्तर भी बहुपरतीय हैं, जिसे मिटाने में अभी बहुत समय लगेगा। आर्थिक-सामाजिक संपन्नता के बावजूद यदि ये शोषण चल रहे हैं, तो इससे लड़ने में समाज को काफ़ी वक्त लगेगा। इन कहानियों को पढ़ते हुए मैं एक वैचारिक संश्लेषण की प्रक्रिया से भी गुजरता रहा कि सामाजिक-सांस्कृतिक परिस्थितियों में बदलाव के बावजूद उसे वैचारिक परिस्थितियों में समाहित होने में काफ़ी समय लगता है। मुझे आत्मिक आह्लाद का अनुभव भी होता रहा कि अपनी कहानियों के द्वारा लेखिका ने इस देश के ऐसे सामाजिक परिवेश, स्त्रियों की मनोदशा और सांस्कृतिक संघर्ष से परिचित कराया जो ऐसी मानविकियों की रचना करेंगे, जिससे पाठकों के सोचने-समझने एवं वस्तुगत स्थितियों को बदलने में सहायक होंगे।

इन कहानियों को पढ़ने से मुझे व्यक्तिगत लाभ भी हुआ। मेरा ये भ्रम टूटा कि दलित साहित्य केवल आत्मकथा लेखन में ही समृद्ध है, कथा-कविताओं में नहीं। इन कहानियों ने मुझे दलित साहित्य के एक नये आस्वाद से जोड़ा। न्याय और प्रतिरोध का भाव इनकी सभी कहानियों में तो है ही, उसके ब्याज से संवेदनक्षम

सक्रियता का एक ऐसा मिजाज भी है जिसमें दलित कहानियों की तात्त्विकियों में नया कुछ जुड़ पायेगा। मुझे विश्वास है कि पाठक उस मिजाज से जुड़ते हुए इन कहानियों के उस भावलोक तक पहुँच पायेंगे, जिसकी सहायता से दलित-उत्पीड़ित एवं शोषित जन का उद्धार कर सकेंगे! फिलहाल, इन संवेदनक्षम सक्रिय कहानियों के लिए मैं लेखिका डॉ. रजत रानी मीनू को बहुत-बहुत बधाई देता हूँ!

-डॉ. शिवनारायण

सम्पादक, 'नई धारा'

दलित स्त्री-जीवन की कहानियाँ

समाज के निचले वर्गों में सामाजिक जीवन कैसा है? उनके संघर्ष और उनकी चुनौतियाँ क्या हैं? यह हमें मुख्यधारा की कहानियों में नहीं मिलता। इसका कारण है उन कथाकारों की सामाजिक पृष्ठभूमि, जिससे वे आते हैं। इसलिए उनकी कहानियों में घटनाएँ, अनुभूतियाँ और सारी कल्पनाएँ उनके अपने ही समाज से आती हैं। यह संवेदना के स्तर पर अनुभूतियों का स्पष्ट विभाजन है, जिसे अस्वीकार नहीं किया जा सकता।

नयी कहानी में भी, जिसका दौर एक आन्दोलन की तरह हिन्दी में आया था, दलित-जीवन अनुपस्थित ही रहा। कारण वही है। नयी कहानी के रचनाकार भी उसी मध्यवर्गीय पृष्ठभूमि से आये थे, जिन्होंने दलित-जीवन को देखा भले ही हो, पर महसूस नहीं किया था।

इस तरह नयी कहानी ने भी दलित समाज को अपनी संवेदना से अलग रखा। हिन्दी साहित्य में इस कमी को दलित कहानी ने पूरा किया। दलित कहानी में भी स्त्री संवेदना का अक्स उन्हीं कहानियों में उभरकर आया, जिनको दलित स्त्रियों ने लिखा। उन्होंने अपने जीवन के परिवेश को जिस नज़रिए से देखा, उसने दलित-विमर्श को एक बड़ा फ़लक दिया। दलित लेखिकाओं के कहानी-कर्म में दलित-स्त्री-जीवन दोहरे अभिशाप के रूप में चित्रित हुआ है; एक स्त्री होने के नाते और दूसरे दलित होने के नाते। यह सामाजिक यथार्थ हमें ज्यादा शिद्दत से रजत रानी मीनू की कहानियों में मिलता है।

इस संग्रह ('क्या मैं बता दूँ') में मीनू की दस कहानियाँ शामिल हैं। सभी कहानियाँ शिक्षित दलित मध्यवर्ग की कामकाजी स्त्रियों के सामाजिक और पारिवारिक अनुभवों का संसार हमारे समक्ष पेश करती हैं। पहली कहानी 'भेड़िया ज़िन्दा' है, जो बताती है कि आधुनिक शिक्षा पा लेने के बावजूद लैंगिक भेदभाव समाप्त नहीं हुआ है। स्त्रियों में भी घरेलू हिंसा के विरुद्ध आवाज़ उठाने का साहस

अभी भी देखने में नहीं आता। यह हमें इस कहानी में शालिनी की प्रवृत्ति से पता चलता है, जिसके साथ हिंसा का अन्त उसके आत्मदाह में होता है।

'दहेज़ में आये कोरोना में गये' कहानी के विक्रम मामा अपनी ही बहन के घर में नौकर बनकर रहते हैं। इतना सीधा चरित्र कि अपने मान-अपमान को भी नहीं महसूसता, और इतनी स्वार्थी बहन कि भाई का जीवन ही तबाह कर दिया। इस कहानी में पात्रों का मनोवैज्ञानिक विश्लेषण अद्भुत है। 'चमन कली' घरों में झाड़ू-पोंछा करने वाली बाइयों में मौजूद निम्नजातियों के प्रति छुआछूत को उजागर करती है। हालाँकि ये बाइयाँ स्वयं भी शूद्र जातियों से ही आती हैं। पर दलितों के प्रति वही नफ़रत करती हैं, जो सवर्ण जातियाँ करती हैं, यहाँ तक कि उन्हें आम्बेडकर की प्रतिमा से भी नफ़रत होती है।

'मैं शादी नहीं करूँगी' उस बच्ची की कहानी है, जिसने अपनी माँ को जलकर मरते हुए देखा था। वह किन परिस्थियों में जलकर मरी, उसके पिता ने उसे क्यों जलने दिया, बचाया क्यों नहीं? वह ऐसे सवालों से मन-ही-मन जूझती रहती है। पिता दूसरी शादी कर लेता है, और सौतेली माँ उस बच्ची को घर की नौकरानी बना देती है। उस बच्ची में माँ के साथ हुई घटना ने उसके भीतर शादी के प्रति खौफ़ पैदा कर दिया है। वह शादी नहीं करना चाहती, क्योंकि उसकी माँ का जला हुआ चेहरा उसे भयभीत करता था। हालाँकि वह किसी शशांक को चाहती थी, पर समय हाथ से निकल चुका था।

'सरोगेट मदर' में फूलवती की हक़ीक़त कितनी मार्मिक है कि वह सेरोगेट तकनीक से तीन अंग्रेज़ दम्पती के बच्चे अपनी कोख में पालती है, पर अपनी ही बेटी चन्दो को माँ बनता हुआ नहीं देख सकी, क्योंकि उसकी कोख ही नहीं थी। सेरोगेट की तकनीक उसकी कोख को बाँझ बना देती है।

'क्या मैं बता दूँ' कहानी में पत्रकार वर्षा अपने सहकर्मी शिवांग त्रिवेदी की मौसी के दलित-आदिवासी-विरोधी विचारों को सुनकर स्तब्ध रह जाती है। उसकी मौसी बहुत ही निर्लज्जता से जातीय भेदभाव को अपना गौरव मानती है, जिसे विश्व के किसी भी सभ्य समाज में स्वीकार नहीं किया जा सकता। वर्षा शिवांग की मौसी के मनुष्य-विरोधी विचार मूक रहकर सुनती है, और जब उसे सहन नहीं होता है, तो वह वहाँ से खाना छोड़कर उठ जाती है। यह भी विद्रोह का एक रूप है, क्योंकि वह इसके लिए सहकर्मी को दोषी नहीं मानती थी।

'डर' में एक ग़रीब माँ का दारुण चित्रण और दुखद अन्त है। नीरजा घर में

काम के लिए एक बाई रखना चाहती थी किन्तु कुलदीप उसे हमेशा टाल देता था, क्योंकि हर बाई में वह अपनी माँ का अक्स देखता था यह एक ऐसी माँ की कहानी है, जो अपनी मेहनत से अपने बेटे को अफ़सर बनाती है, पर उसके साथ रहने से इनकार कर देती है।

रजत रानी मीनू की ये कहानियाँ भारतीय समाज में जड़ जमाये जातिवाद को ही रेखांकित नहीं करती हैं, बल्कि पितृसत्ता के अमानवीय स्वरूप को भी दर्शाती हैं। यह भारतीय समाज का वह विद्रूप है, जिसे इक्कीसवीं सदी में भी जीवित देखकर हैरानी होती है और मन में विचार उठता है कि क्या वास्तव में हम आधुनिक युग के नागरिक हैं?

-कँवल भारती

पुस्तक के बारे में

रजत रानी मीनू लम्बे समय से कहानी लेखन की दिशा में सक्रिय हैं। दलित जीवन और स्त्री उनकी कहानियों का मुख्य विषय है। अपनी कहानियों के जरिये उन्होंने हिन्दी पाठकों के बीच पर्याप्त प्रसिद्धि अर्जित की है। उनकी कहानियाँ नये अनुभव संसार की उपज हैं। वे अपनी कहानियों के साथ प्रारम्भिक दौर की दलित जीवन से सम्बन्धित कहानियों से आगे के यथार्थ को चित्रित करने की कोशिश करती हैं और अपने इस प्रयत्न में वे सफल होती हैं।

'क्या मैं बता दूँ?' नामक संग्रह में उनकी कहानी यात्रा को देखने-समझने का महत्त्वपूर्ण पड़ाव है। इस संग्रह की कहानियों के ज़रिये रजत रानी मीनू जीवन के विविध पक्षों को कथा-रूप देने में सफल होती हैं। दलितों और स्त्रियों के साथ होने वाले भेदभाव की परतों को वे बहुत बारीकी से उकेरती हैं। उनकी कहानियाँ जीवन के जटिल प्रसंगों को सम्प्रेष्य भाषा और शैली में प्रस्तुत करने का सुन्दर उदाहरण बनती हैं।

दस कहानियों के इस संग्रह में विविध रंग के साथ विविध शैली की कहानियाँ हैं। ये कहानियाँ न सिर्फ़ कहानी लेखिका के नई रचनाशीलता का पता देती हैं; बल्कि हिन्दी कहानी के विस्तृत होते परिसर की ओर भी संकेत करती हैं।

जाति, स्त्री, मीडिया आदि क्षेत्रों की गहन पड़ताल करती रजत रानी मीनू की इन कहानियों में हमारे समय का सच बड़े ही तीखे अन्दाज़ में व्यक्त हुआ है। कहानी विधा को समृद्ध करने वाली कहानियों के रूप में हिन्दी संसार में इनका स्वागत होगा, यह विश्वास है।

–गोपेश्वर सिंह

मनोगत

मेरी कहानियों पर आलोचकों, पाठकों द्वारा बात होती रही है, प्रतिक्रियाएँ मिलती रही हैं और मेरा विश्वास है कि आगे भी बात होती रहेगी। इसलिए मैं अपनी ओर से कहानियों की विषय वस्तु की ख़ूबियाँ और ख़ामियों पर कोई बात नहीं करना चाहती। मैंने जो रचा और जो मुझसे बन पड़ा है, वह विनम्रतापूर्वक आपके समक्ष प्रस्तुत है। अपनी कहानियों के पात्रों के बारे में संक्षेप में इतना कहना भर अपना दायित्व समझती हूँ। मसलन कोई पात्र पत्रकारिता जैसे जोखिम भरे व्यवसाय में है। किसी को विवाह से विरक्ति है और किसी की ज़िन्दगी को कोरोना महामारी दर्द के साथ उठा ले गयी है। '**सरोगेट मदर**' कहानी में सरोगेसी पद्धति को मैंने दलित स्त्री के नजरिये से देखने-परखने की कोशिश है। यहाँ '**चमनकली**' जैसी घरेलू कामकाजी स्त्रियों का व्यवहार शुद्धतावादी सोच का शिकार है, दूसरी तरफ़ '**डर**' जैसी कहानियाँ घरों में काम करने वाली स्त्रियों के अन्दर पलते असुरक्षा भाव का प्रकटीकरण है। '**क्या मैं बता दूँ**' नायिका के समक्ष जातिभेद जन्य अभिव्यक्ति के वास्तविक ख़तरों का सहज चित्रण है। '**भेड़िया ज़िन्दा है**' कहानी में स्त्रियों के लिए रक्षकों में भक्षक पनपते मकड़ी के जालों सा डरावना वातावरण निर्मित करते हैं। जातिभेद की भाँति लिंगभेदी व्यवहार ख़ास कर स्त्रियों को विकास की दौड़ में पग-पग पर पीछे धकियाता रहता है। '**इंटरव्यू**' कहानी में कतिपय प्रेम की अनुभूतियाँ हैं जो पानी के बुलबुले की तरह उम्रदराज होने पर प्रायः फूटती नहीं हैं। भेदभाव की अभेद और अदृश्य भित्तियाँ उनके समक्ष खड़ी कर दी जाती हैं। ऐसे अनुभवों के साथ जिसे दूर से देखने वालों को लगता है कुछ नहीं है और सिर टकराते भुक्तभोगी को लगता है कि सब कुछ यही हैं। इन्सानी प्रेम की दर्द भरी कराहटें आजीवन मानो जिस्म के साथ त्वचा जैसी चिपकी रहती हैं।

जहाँ तक सम्भव हुआ है, मैंने अपनी लेखिका को पीछे रखा है। पात्रों को बोलने के पर्याप्त अवसर दिये हैं। वे पात्र इसी दुनिया, इसी धरती के प्राणी हैं। इसी

समाज की बहुलता में भले ही वे दलित-पीड़ित उपेक्षित स्त्री-पुरुष हैं, परन्तु वे अपने ढंग के निराले और ख़ास हैं। यह कहना अतिशयोक्ति नहीं होगा कि मेरी कतिपय कहानियों में मैं भी कथा का हिस्सा रही हूँ। कुछ कहानियाँ आत्मपरक हैं तो कुछ कहानियों में निजी अनुभवों के साथ सामाजिक यथार्थ को कल्पना का विस्तार देने का प्रयास किया है। '**बेटी**' कहानी का शीर्षक बदल कर '**भेड़िया ज़िन्दा हैं**' किया गया है।

कहानी भाषा-शैली या कहानी कला को लेकर मेरी किसी से कोई स्पर्धा नहीं है। मैं अपना काम अपने ढंग से चुपचाप बिना किसी साहित्यिक दुराग्रहों के विनम्रतापूर्वक किये जा रही हूँ। अब यह कितना उपयोगी है। यह तो कहानी के मूल्यांकनकर्ता जाने। मैंने अपना काम मेहनत और ज़िम्मेदारी से किया है। 'कभी किसी को मुकम्मल जहां नहीं मिलता।' गीत की तर्ज पर मैं भी मानती हूँ कि मैंने बड़ा कुछ नहीं पा लिया। सोचती-रचती मैं इस यात्रा में हूँ किसी मंज़िल पर नहीं हूँ।

जिन पत्रिकाओं में इस संग्रह की कहाानियाँ प्रकाशित हुई हैं, उनमें कथा मासिक 'हंस' के सम्पादक संजय सहाय, 'समकालीन भारतीय साहित्य' के अतिथि सम्पादक बलराम, 'नई धारा' के सम्पादक शिवनारायण, 'हिन्दुस्तानी ज़ुबान' की सम्पादक सुशीला गुप्ता, 'युद्धरत आम आदमी' की सम्पादक रमणिका गुप्ता, 'हाशिये की आवाज़' के सैयद परवेज, 'बयान' के मोहनदास नैमिशराय आदि सभी के प्रति बहुत-बहुत आभार।

अन्त में कहना चाहूँगी कि जीवन साथी प्रो. श्यौराज सिंह 'बेचैन' ने मुलाक़ात के पहले दिन से ही मुझे लिखने-पढ़ने के लिए लगातार प्रेरित किया है और घर में साहित्यिक वातावरण बनाया है। दलित और स्त्री चेतना की प्रथम पाठशाला मेरा घर और मेरे शिक्षक-साथी पति के रूप में रहे हैं। इसी चेतना से सृजित मन उनसे जब-तब मुठभेड़ भी करता रहा है, मगर उन्होंने बुरा नहीं माना, लगन और धैर्य की साधना में डूब कर ख़ुद को माँजने का प्रयास अवश्य किया है। हमारे दो बच्चे अजातिका और आयुष हैं। इनमें आयुष ख़ुद कुछ लिखने की क्षमताएँ रखता है। 'हंस' में उसकी एक कहानी स्थान पा चुकी है मगर अभी मैपलपॉड का स्टार्टटप उसकी प्राथमिकता में है। अजातिका को भी कहानी की समझ है और निष्पक्ष कटु आलोचक बनी रहती है। इन दोनों का साथ-सहयोग किसी प्रेरक से कम नहीं रहा है।

मेरी इन कहानियों पर वरिष्ठ कवयित्री प्रो. अनामिका दी, 'नई धारा' के यशस्वी सम्पादक प्रो. शिवनारायण जी और पूर्व हिन्दी विभागाध्यक्ष, दिल्ली विश्वविद्यालय के प्रो. गोपेश्वर सिंह जी और प्रख्यात दलित आलोचक कँवल भारती जी ने अपनी

टिप्पणियों से मेरा मनोबल बढ़ाया है। मैं विनम्रतापूर्वक उक्त सभी साहित्यज्ञों के प्रति हार्दिक आभार व्यक्त करती हूँ। मेरे बच्चों जैसे मेरे शोध छात्रों ने प्रत्यक्ष-अप्रत्यक्ष रूप से यथा समय पर मेरी मदद की है, जिनमें डॉ. वन्दना, अनुज, अक्षय, वीरेश, गौरव, कीर्ति, मनीषा, पीयूष पुष्पम, लक्ष्य, आरती और अखिलेश का हार्दिक धन्यवाद करती हूँ।

अन्त में ख़ूबसूरती और गुणवत्ता में भी किताबों के प्रकाशन में जिनका कोई शानी नहीं, ऐसे मेरे प्रकाशक श्री अरुण माहेश्वरी जी और अदिति माहेश्वरी जी का बहुत-बहुत आभार व्यक्त करती हूँ।

–रजत रानी मीनू
सम्प्रति–प्रोफ़ेसर, हिन्दी विभाग,
कमला नेहरू कॉलेज,
(दिल्ली विश्वविद्यालय)
अगस्त क्रान्ति मार्ग, नयी दिल्ली–110049
निवास–1/122 वसुन्धरा, ग़ाज़ियाबाद, (उ.प्र.)
पिन कोड–201012
ई मेल–rrmeenuknc@gmail.com
मोबाइल–9911043588/9718371808

अनुक्रम

मुग़ालते में

सिविल सर्विस परीक्षा का परिणाम आने ही वाला था। प्रिंट और इलेक्ट्रॉनिक मीडिया के पत्रकार एक दिन पहले से ही यूपीएससी ऑफ़िस की ओर नज़र गड़ाये हुए थे। जैसे ही नोटिस बोर्ड पर रिजल्ट की लिस्ट चस्पाँ हुई सारे पत्रकार गिद्ध की तरह रिजल्ट देखने को टूट पड़े थे। दूर खड़ी एन.डब्ल्यू. न्यूज़ चैनल की पत्रकार वर्षा अपने पेशेगत साथियों को देख कर मन-ही-मन मुस्करा रही थी। उसे लग रहा था कि ये सब ऐसे देख रहे हैं मानो उनका ही रिजल्ट आया हो, जबकि वर्षा की नज़र रिजल्ट देख रहे अभ्यर्थियों पर थी। फर्स्ट रैंक पाने वाला लड़का उछल पड़ा था और थर्ड वाला ख़ुश था मगर अफ़सोस के साथ मन-ही-मन बुदबुदा रहा था–

"इतनी मेहनत की थर्ड अटैंप्ट में थर्ड ही आया।" वर्षा ने तुरन्त अपने कैमरापर्सन रणजीत भारद्वाज से कहा–

"कम मूव ऑन सर।" वर्षा ने फर्स्ट रैंक वाले को पकड़ लिया था। वह उससे सवाल-दर-सवाल पूछे जा रही थी तब तक थर्ड रैंक वाले को 'भारत माता' चैनल के रिपोर्टर ने घेर लिया था। वर्षा जैसे ही इंटरव्यू से फ़ारिग़ हुई तो उसके दिमाग़ में एक सवाल खटका। सेकेंड रैंक किसे मिली है? वह कहाँ है? इधर-उधर नज़रें दौड़ाने लगी, आई.ए.एस. रिजल्ट नोटिस बोर्ड पर उसकी नज़रें पुनः गड़ गयी थीं। सेकेंड रैंक में श्रुति गौतम का नाम अंकित था। आसपास खड़े लोगों की ओर दौड़ने लगी थी मगर वहाँ खड़ी कोई लड़की श्रुति नहीं थी। ऑफ़िस में दौड़ी तो पता चला कि वह यूपी की रहने वाली है। वर्षा ने एक क्षण बिना गँवाये ऑफ़िस को फ़ोन किया। गाड़ी मँगवाई और चल पड़ी उसके घर की ओर। चार घण्टे की यात्रा के बाद वह मुरादाबाद के कटरा कॉलोनी में पहुँच ही गयी थी।

अम्बेडकर पार्क के पास कुछ बच्चे खेल रहे थे। कुछ औरतें पार्क से लगी सड़क किनारे खड़ी होकर बतिया रही थीं। एन.डब्ल्यू. न्यूज़ चैनल की गाड़ी आकर रुकी। सभी का ध्यान उस ओर चला गया था। वर्षा गाड़ी से निकलते ही बच्चों से पूछने लगी–

"क्या यहाँ किसी का आई.ए.एस. क्लियर हुआ है?" बच्चों को तो कुछ ज़्यादा पता नहीं था। आई.ए.एस. की महिमा के बारे में, मगर वहाँ खड़ीं कुछ महिलाओं में से एक ने आगे बढ़ कर कहा–

"यह जो सामने वाला घर है, इसमें आई.ए.एस. की तैयारी कर रही हैं कुछ लड़कियाँ। आप वहाँ पता कर लो।" उनमें से एक स्त्री ने पूछा–

"क्या बात है? किससे मिलना है?" वर्षा ने बताया–

"हमें श्रुति गौतम का इंटरव्यू लेना है। क्या उनका आई.ए.एस. में क्लियर हुआ है, क्या वह यहीं रहती हैं?"

"हाँ, हाँ वह सामने वाले ही घर में रहती हैं, आप चली जाइए।"

इनमें से एक स्त्री ने जानना चाहा श्रुति तो सुखराम भाईसाहब और मलमला भाभी की बहू है। "क्या वह आई.ए.एस. में पास हो गयी हैं?" वर्षा ने ख़ुश होते हुए उनसे कहा–

"हाँ भई हाँ।"

इधर वर्षा श्रुति के घर की ओर बढ़ी। उधर इन चारों महिलाओं के बीच जो मोहल्ला चर्चा चल रही थी। बीच-बीच में रसोई बजट और सास-बहू की निन्दा के जो विषय चल रहे थे, वे एकाएक बदल गये थे। उनमें से एक ने हाथ नचाते हुए कहा–

"मलमला भाभी की बहू तो पूरे दिन काम में लगी रहती थीं। बेचारी को पढ़ने का वक़्त कहाँ मिलता था? उनके घर में मेहमानों की रेल बनी रहती है। हर दिन कोई-न-कोई आता ही रहता है। मैं तो अपने घर दो दिन से ज़्यादा किसी को...।" कहते-कहते वह रुक गयी थी। क्षण भर रुक कर पुनः अपनी बात जारी की..."दो-दो बेटियों के बच्चों को वही बिचारी रखती है। उसके ख़ुद के दो बच्चे अलग हैं। वह एक तो छोटे क़द की पतली दुबली है। ख़ुद तो मलमला भाभी का पैर घर में नहीं टिकता, कभी इस रिश्तेदार के यहाँ तो कभी उस रिश्तेदार के यहाँ। बातें तो उनसे पूरे दिन करवा लो, मजाल है घर के कामों में बहू का हाथ बँटा दें। ऐसे में बहू पास कैसे हो गयी है? वे अपनी बेटी स्वीटी की तारीफ़ पूरे दिन ज़रूर करती रहती थीं कि 'हमारी बेटी दिल्ली में आई.ए.एस. की कोचिंग कर रही है। बहुत होशियार है, अफ़सर बन जायेगी तो नौकर-चाकर उसके आगे-पीछे घूमा करेंगे। बहुत बड़ा बंगला होगा। बड़ी-सी गाड़ी होगी, जैसे ही वह गाड़ी से निकलेगी अर्दली गाड़ी का गेट खोलेगा, दो-चार नौकर और गार्ड हाथ जोड़े खड़े रहा करेंगे।' उनकी बेटी स्वीटी ही आई.ए.एस. में पास हुई होगी। यह लड़की उसका नाम भूल गयी है।" मिसेज वर्मा ने सुना तो फटाक से बोलीं–

"अरे भाभी, आप ऐसे कैसे बोल रही हो? कल तक तो वे आपकी बड़ी पक्की सहेली थीं। आप के साथ ही बुद्ध बाज़ार जाती, साथ ही दूध लेने जातीं। आप तो हर रोज़ मन्दिर भी साथ जाती थीं। गंगा स्नान करने भी साथ गयी थीं और हर इतवार को बुद्ध वन्दना में साथ बैठती हो। आप से ही तो अपनी बहू की पूरे दिन बातें करती थीं और वे अपनी बहू की। इसीलिए कभी आप उनके घर घण्टों बैठी रहती हो तो कभी वे आपके घर। अक्सर शाम का चाय-नाश्ता तो आपका उन्हीं के घर होता था। घर से निकलीं तो कभी अम्बेडकर पार्क में तो कभी बुद्धा पार्क में घण्टों साथ बैठी रहती हो। अब आपके स्वर कैसे बदल गये?" मिसेज वर्मा ने हाथ नचाते हुए बिना किसी लाग-लपेट के उनके बीच की बातें इतनी साफ़गोई से कह दीं कि वे सुनकर पहले तो झेंप गयी थीं। ऐसा तो उन्होंने सोचा ही नहीं था। इसके बाद वे सब अपने-अपने घरों की ओर चल पड़ी थीं। एक कह रही थी 'हमें क्या कोई आई.ए.एस. बने या डॉक्टर इंजीनियर। हमारे तो कुछ पढ़ते-लिखते नहीं हैं।' अपने के असफल होने से ज़्यादा पड़ोसी के सफल होने का दर्द उन सबके चेहरों पर दिखाई दे रहा था। जैसे 'थ्री इडीयिटस' फ़िल्म में राजू और फरहान रैंचू के फर्स्ट आने पर कहते हैं कि 'आज हमने ह्यूमन साइक्लॉजी के बारे में जाना कि दोस्त फेल हो जाये तो दु:ख होता है और यदि फर्स्ट आ जाये तो और भी ज़्यादा दु:ख होता है। उन सबकी स्थिति राजू और फरहान जैसी ही हो रही थी।

वर्षा ने जैसे ही डोर बेल बजायी। एक अधेड़ उम्र की स्त्री ने दरवाज़ा खोला, जिसकी लम्बाई करीब पाँच फुट तीन इंच होगी। उलटे पल्लू की सिफॉन साड़ी पहने हुए थी। माथे पर सुर्ख लाल रंग की बड़ी बिन्दी लगी थी और माँग में लाल रंग का सिन्दूर चमक रहा था। कलाई काँच की चूड़ियों से भरी थीं, उनके आगे सोने की चूड़ियाँ चमक रही थीं। गले में मोटी सोने की चैन और कानों में झुमकी लटक रही थीं। वर्षा ने उनसे पूछा–

"यहाँ आई.ए.एस. की तैयारी कौन कर रहा था?"

"हाँ, हाँ, हमारी बेटी आई.ए.एस. की पढ़ाई कर रही है।" वर्षा ने फिर पूछना चाहा–

"क्या श्रुति गौतम यहीं रहती हैं? यूपीएसएसी यानी आईएएस में सेकेंड पोजिशन आयी है?" सुन कर उसने अनसुना कर दिया था क्योंकि उन्हें यूपीएससी और सेकेंड पोजीशन समझ नहीं आयी थी। इसलिए उन्होंने दोहराया 'योपोसी' का होत है?' मगर उनके अनपढ़ दिमाग़ में आई.ए.एस. शब्द पहले से ही घर किये हुए था। उन्होंने जवाब दिया था, हाँ हमारी बेटी स्वीटी ही तैयारी कर रही है। वह

आधी-अधूरी बात सुन कर पूछने लगीं, 'का वो पास हो गयी है।' वर्षा ने उन्हें बताते हुए अपना परिचय दिया–

'हम दिल्ली से एन.डब्ल्यू. चैनल से आये हैं। श्रुति का इंटरव्यू लेना है।' सुन कर वह चौकी मगर उन्होंने जैसे अनसुना करते हुए कहा था–

'का कर दियो है बाने।' कहते हुए उनके माथे पर बल से पड़ गये थे।

उसके पति ने देखा तो बैठक से ही आवाज़ लगायी–

"अरे मलमला, दरवाज़े पर कौन है?" पति की आवाज़ सुन कर वह थोड़ा खीजती हुई सी बोली–

"जब मैं बात कर रही हूँ तो बीच में तुम्हें बोलने की कौन सी आफ़त आय पड़ी?" उसके पति सुखराम मन में ही कुछ बुदबदा कर रह गये थे। पत्नी बोलती तो वे अक्सर चुप ही हो जाते थे। आज भी चुप ही हो गये थे और वे मलमला के बारे सोचने लगे कि 'वे अब बहुत म्योच्योर हो गयी हैं। मुझे क्या पड़ी? होगी कोई उनकी सहेली या सहे...। यह सोचते हुए फिर लेट गये थे।

वर्षा ने चारो ओर नज़रें दौड़ानी शुरू कीं। एक गोरी और मोटी-सी लड़की दिखाई दी, जो जींस-टॉप पहने थी। उसके बाल घुँघराले खुले हुए थे। वर्षा ने कैमरापर्सन को गेट से अन्दर आने का संकेत किया।

वर्षा ने उस लड़की को अपना परिचय दिया। उसने उन्हें अपनी बैठक में बैठाया और ख़ुद पानी लेने चली गयी। पानी का गिलास देते हुए उनके साथ बातें करती रही थी। इसी बीच में मलमला अपने आप जवाब देती रहीं कि हमने अपनी बहू को बेटी की तरह पढ़ाया-लिखाया है। हमारी बहू है ही बहुत होशियार। वर्षा सामने बैठी लड़की से बात कर रही थी कि उसे ही श्रुति समझ रही थी। उसे लगा श्रुति को घर में स्वीटी ही बोलते होंगे। इस तरह बातचीत का सिलसिला आगे बढ़ रहा था–

"आपने यह परीक्षा कैसे पास कर ली? आप की पढ़ने की क्या रणनीतियाँ रही हैं? यानी आपने कैसे टाइम मैनेजमेंट किया था?"

इस बीच मलमला बैठक से किचेन में आ गयी थीं और बहू श्रुति को चाय और नाश्ता बनाने का आदेश देकर पुन: बैठक में चली गयी थीं। श्रुति किचेन में पहले बर्तन माँज रही थी और उसके बाद चाय बना रही थी। उसके कानों में दिल्ली से आयी मेहमान पत्रकार वर्षा की आवाज़ें सुनाई दे रही थीं। वह सोच रही थी कि पूरे दिन फ़ोन में घुसी रहने वाली लड़की उसकी ननद स्वीटी ने ऐसी कौन सी कीर्ति के झण्डे गाड़ दिये जो वह इंटरव्यू दे रही है। दो बार तो दिल्ली में महँगी कोचिंग करके आयी है। अभी तक प्रिलिम्स नहीं निकला है। निकलेगा भी तो कहाँ से सप्ताह में

तीन-चार दिन तो मॉल में निकलता है। इनसे कोई फ़िल्म नहीं छूटती। बाज़ार में कोई भी नयी ड्रेस आये और यह न लें, सम्भव ही नहीं। हर बड़ी ब्रॉड का कॉस्मेटिक उसकी दराज में न हो यह भी असम्भव है। किचेन के काम में कभी हाथ बँटाना सीखी नहीं। खाना बनाना तो दूर अभी तक इन्हें चाय बनानी नहीं आती है। इनकी माँ बनाने दें तब तो आयेगी। वह तो कहती हैं 'स्वीटी तुम सिर्फ़ पढ़ो। घर के ये काम तुम्हें वैसे भी नहीं करने हैं। तुम्हारे चारों ओर नौकर-चाकर घूमेंगे।'

स्वीटी की बचपन से स्पेशल परवरिश हुई थी। सुखराम और मलमला का घर तो निम्न आय मध्यमवर्गीय था। यह छठी सन्तान थी। उन चारों से उम्मीदें बाँधी तो थीं मगर जिन बेसिक ज़रूरतें स्वीटी को उपलब्ध करायी थीं। वैसी अन्य को नहीं मिली थीं। अंग्रेज़ी शिक्षा, कोचिंग, ए.सी. लगा अलग कमरा। ख़ासतौर से उसके लिए ये सब चीज़ें उन्होंने अपनी हैसियत से बढ़कर उपलब्ध करायी थीं। उनके मन में एक ख़ास उम्मीद बसी हुई थी। उन छहों बच्चों से भी उन्होंने यही उम्मीद की थी। जैसे ही उन चारों लड़कियों ने बी.ए. किया था। बेटा को इंजीनियर बनाने के सपने थे मगर पूरे नहीं हो सके। लड़कियों से बहुत उम्मीद थी। आई.ए.एस. के फॉर्म भरवा दिये गये थे। आई.ए.एस. बड़ा अफ़सर होता है। उसके पास ताक़त होती है रौब होता है, नौकर-चाकर गाड़ी-बंगला सब कुछ होता है। एकदम राजा की तरह होता है उसका जीवन। यह बातें वे सब लड़कियाँ जानने लगी थीं और मन में महत्त्वाकांक्षाएँ पालने लगी थीं मगर जिस जगह से उन्होंने बी.ए. किया था वहाँ का वातावरण बहुत ही पिछड़ा हुआ था। कॉलेज में विषय के अध्यापक तक नहीं थे। आसपास दैनिक अख़बार तक नहीं आते थे। मैग्जीन की बात बहुत दूर की थी। वैसे उन चारों में अतिरिक्त मेहनत करके अपने व्यक्तित्व को बनाने से ज़्यादा इस बात का अहं अधिक था कि उन्होंने फॉर्म भर दिये हैं और वे अपने को भावी आई.ए.एस. मानने लगी थीं। सुखराम और मलमला को जब लगा कि उनका सपना उनकी ये बेटियाँ पूरा नहीं कर पायेंगी तो उन्होंने उनकी शादियाँ करनी शुरू कीं। आई.ए.एस. बनने का सपना उन्होंने अपने दामादों के मन में भी डाल दिया था मगर उनकी शिक्षा-दीक्षा भी उनकी बेटियों की तरह ही हुई थी। उनके घरों और उनके आसपास का वातावरण भी वैसा ही था। आई.ए.एस. की कोचिंग दिल्ली में की थी चारों दामादों ने। चार-चार अटैंप भी दिये मगर वे भी न अपनी क्षमता को पहचान रहे थे और न उस पद के अनुसार मेहनत कर रहे थे। इस बीच उन सबको अपनी ससुराल में स्पेशल आवभगत अवश्य मिलती रही थी, इसलिए वे हर बार सुखराम को आश्वस्त करते रहे थे कि हमारी तैयारी बहुत बढ़िया चल रही है मगर रिजल्ट वही 'ढाक के तीन पात' होते थे। इस तरह आज स्थिति यह है कि ये चार

जोड़े नोएडा में आठ हज़ार रुपयों में पूरे महीने मज़दूरी करते हैं जो कभी अपने को भावी आई.ए.एस. कहते थे। उन्होंने समय रहते न बी.एड. किया न आई.टी.आई. या अन्य कोई छोटी-मोटी नौकरी के लिए कोशिश की। सुखराम को बेटे से शुरू से ही कोई उम्मीद कभी नहीं रही थी।

अब यह अकेली छठी सन्तान ही आईएएस की आख़िरी उम्मीद बची थी। उन्होंने शुरू से ही स्वीटी के जीवन में कोई अभाव नहीं होने दिया जो बड़ी बेटियों और दामादों ने झेले थे। इस तरह उस पर उन सबको अटूट विश्वास बना हुआ था। वे सोचते थे कि बस्स यही वर्तमान और भविष्य है। इस तरह उन्होंने सारी आशाएँ और सम्भावनाएँ उसी में केन्द्रित कर दी थीं।

स्वीटी का पालन-पोषण उच्च आय वर्ग वाले बच्चों की तरह किया था, जबकि उनका परिवार निम्न आर्य वर्ग का था। उसे ही अन्य बच्चों की तुलना में अतिरिक्त सुविधाएँ और अच्छी शिक्षा के अवसर उपलब्ध कराये थे। महँगे अंग्रेज़ी माध्यम स्कूल में पढ़ाया था। वह रोटी के बजाय मैगी, चाउमीन खाना ज़्यादा पसन्द करती थी। उसे घर में बनी हरी सब्ज़ी पसन्द नहीं थी। ख़ास कर उसकी पसन्द का खाना बनाया जाता था। बहू को आदेश होता कि स्वीटी का ध्यान रखे, वैसे उसका ध्यान घर के सभी लोग रखते थे। सबसे छोटी थी इसलिए सबका लाड़ उसे स्वाभाविक रूप से मिल ही रहा था। इससे ज़्यादा ज़रूरी यह था कि वह आई.ए.एस. की कोचिंग कर रही थी। उसके पापा का एकमात्र सपना था वह आई.ए.एस. बने। यह सपना उसके पापा की आँखों में वर्षों से तैर रहा था। जिस तरह वे अपने आई.ए.एस. सगे-सम्बन्धियों के यहाँ देखते थे। उनके आगे-पीछे नौकरों की फ़ौज खड़ी रहती थी, ठीक इसी तरह वे चाहते थे कि उनकी बेटी भी आई.ए.एस. बने। उन्हें अब कुछ उम्म्मीद दिख रही थी। हालाँकि उन्हें उम्मीद तो अपनी बड़ी बेटियों और दामादों से भी थी जो वे पूरा नहीं कर पाये थे।

इधर स्वीटी अपने पापा और मम्मी के सपनों को पूरा करने का आश्वसन दे चुकी थी। आई.ए.एस. उनकी बहू भी कर रही थी मगर उसके प्रति किसी का ध्यान नहीं था और न उम्मीद थी। वे मन से सिर्फ़ स्वीटी को आई.ए.एस. बनते देखना चाहते थे। बाकी बहू श्रुति सहित सब स्वीटी की ओर ध्यान दें, यह उनकी बातों और कई बार उनके व्यवहार से प्रकट हो ही जाता था। वे कहते भी थे कि स्वीटी का समय क़ीमती है। वह बहुत बड़ी और ज़रूर पढ़ाई कर रही है। इसलिए सभी लोग उसका ध्यान रखें। श्रुति सास-ससुर के हर आदेश का पालन करती ही थी। वह अपनी नींद तो कभी पढ़ाई छोड़ कर ननद स्वीटी के आदेश करते ही उसके स्वाद के अनुसार खाने का ख़ास इन्तज़ाम करती थी। चाहे आधी रात क्यों न होती

थी, क्योंकि रात में स्वीटी पढ़ती थी तो श्रुति भी अपने कमरे में या गर्मियों में छत पर चुपचाप पति और बच्चों को सोता हुआ छोड़ कर पढ़ने चली जाती थी। मलमला या सुखराम की रात में आँख खुल जाती बाथरूम वग़ैरह जाने के कारण तो कहते कि 'रात भर ऊपर की लाइट क्यों जली छोड़ दी हैं?' जब उन्हें पता चलता श्रुति पढ़ रही है तो और भी परेशानी होती कहते, 'रात भर ये जगेगी तो सुबह नौ बजे तक सोती ही रहेगी। इस घर में कोई टाइम से न सोता है और न उठता है। इधर स्वीटी की भी कोशिश होती कि श्रुति को बीच-बीच में किसी न किसी बहाने उठाती रहे, ताकि उसकी एकाग्रता टूटे। इस सबके बावजूद श्रुति कई बार सुबह के पाँच बजे तक पढ़ती रहती थी। स्वीटी को रात में पढ़ते हुए भूख लगती थी तो उसके लिए मैगी का पैकेट निकाल कर वह अपनी भाभी को देती तो वह उसे अपनी पढ़ाई रोक कर बना कर चली जाती थी पुनः पढ़ने। ऐसे समय पर भूख तो श्रुति को भी लगती थी। वह फ्रिज़ में कोई फल या दूध देखती चाय बनाने के लिए तो पूरा फ्रिज़ ख़ाली होता था। बिस्कुट, नमकीन, मैगी, फल आदि सब उसकी सास अपने पास छिपा कर ताला बन्द करके रखती थी। स्वीटी कभी भी औपचारिकता के लिए भी नहीं कहती भाभी आप भी मैगी शेयर कर लो। ऐसे समय पर वह अपनी भूख को दबाती तो उसे मन-ही-मन ग़ुस्सा आता था।

पत्रकार वर्षा और स्वीटी की चर्चा चल रही थी। इस बीच श्रुति को कुछ दाल में काला नज़र आया। उसने अपना मोबाइल डाटा खोला और रिजल्ट चेक किया तो वह अचम्भित थी। उसे विश्वास ही नहीं हो रहा था कि उसे ही आई.ए.एस. में सेकेंड रैंक मिली हुई है। वह बात अलग है कि उसे अभी तक अपने रिजल्ट के बारे में पता नहीं था। वह अपना मोबाइल पकड़े बैठक की ओर दौड़ी। वह अपनी ख़ुशी उन सबके साथ बाँटना चाहती थी। चहक कर सबको अपनी मेहनत के परिणाम को बताना चाहती थी। वह ज़्यादातर साड़ी ही पहने थी। वह साड़ी में उलझन महसूस करती थी मगर सास के आदेश का पालन उसे करना ही होता था। शादी के बाद उसने सलवार-सूट पहना तो सास ने आपत्ति की। वह कभी-कभार ही घर में सूट पहनती थी। उस दिन तो उसने साड़ी ही पहन रखी थी। सास के सामने वह हमेशा माथे तक का पल्लू रखती थी क्योंकि उसकी सास का आदेश था। उनके अनुसार 'संस्कारी बहू की यही पहचान है। माथे पर बिन्दी, माँग में सिन्दूर, कलाइयों में चूड़ियाँ भरी रहनी चाहिए थी और सिर पल्लू से ढक कर रखना है। उनका कहना था कि 'पहनी-ओढ़ी और दबी-ढकी बहू ही अच्छी लगती हैं। सुबह जल्दी उठे, सास-ससुर के पैर छुये। बिना मुँह खोले सारे घर का काम करती रहे। घर में मेहमान

आयें उनकी सेवा के लिए हर स्थिति में वह तत्पर रहे।'

श्रुति ने शुरू में अपने सास-ससुर को कहा था कि मैं पढ़ाई करना चाहती हूँ। उन्होंने सबके सामने तो कहा था कि ठीक है करो मगर जब वह रात में पढ़ती और सुबह सात बजे उठती तो घर में हंगामा होता। कुछ दिन ऐसे ही चलता रहा वह सफ़ाई देती रही मगर किसी ने उसकी बात को तवज्जो नहीं दी। उसके बाद रोज़-रोज़ के झगड़े से बचने के लिए उसने परिस्थितियों से समझौता कर लिया था मगर अपने मन में लक्ष्य को मरने नहीं दिया था। वह अपने टीचर की कही हुई बात अक्सर मन-ही-मन दोहराती और प्रेरणा लेती थी कि 'विद्यार्थी को पानी की तरह अपना लक्ष्य याद रखना चाहिए यानी जिस तरह पानी के रास्ते में लाख बाधाएँ आयें मगर वह उन बाधाओं से घबराता नहीं है। उसे समुन्दर में पहुँचना है वह यह जानता है इसलिए रास्ते में जो भी रुकावटें आती हैं अपना रास्ता बदल कर आख़िरकार वह समुन्दर में मिल ही जाता है।' इसी तरह विद्यार्थियों को अपने लक्ष्य को याद रखना चाहिए, बाधाओं से घबराना क्या...। ऐसे अनेक नीति वचन उसका हौसला नहीं टूटने दे रहे थे।

वह बहुत कुछ सास के आदेशों का पालन कर ही रही थी। कुछ को उसने तोड़ा ज़रूर था। उसमें सबसे बड़ा क़दम था। घर के कामों से थोड़ा समय चुरा कर आई.ए.एस. जैसी बड़ी परीक्षा को पास करने का लक्ष्य मन-ही-मन में बना लिया था। इसके लिए उसे घर में बहुत बार खरी-खोटी सुननी पड़ती थी। उसका मनोबल एक दूर की एक रिश्तेदार बनाये रखती थी। वह रिश्ते में ननद लगती थी। जब भी उसका मन हल्का होता तो वह उससे बात कर लेती थी। उसको तसल्ली मिल जाती थी। अच्छा महसूस करती थी। वह उसे लगातार मोटिवेट कर रही थीं। श्रुति की सास और ससुर को यह भी बात पसन्द नहीं थी। इसलिए वह उन दोनों से खपा रहती थी। उसने उनका मिलना-जुलना एकदम बन्द करवा दिया था। श्रुति अतीत की स्मृतियों से बाहर निकली तो उसके क़दम बैठक की ओर मुड़ गये थे। मलमला ने देखा तो उसे अन्दर आने से पहले ही टोका–

"चाय और नाश्ता बन गया क्या?"

"चाय बन रही है मम्मी जी।" यह कहती हुई वह उलटे पाँव वापस रसोई की ओर मुड़ गयी थी। तब तक चाय उफन कर गैस के ऊपर गिर गयी थी। पकौड़ों के घोल में पानी ज़्यादा पड़ गया था। सब अस्त-व्यस्त हो रहा था। वह अजीब सा महसूस कर रही थी। एक बार को तो उसे लगा कि उसकी दिमाग़ की नसें फट

जायेंगी। बहुत तेज़ दर्द महसूस करने लगी थी। उसने अपने को जैसे-तैसे सँभाला।

पत्रकार वर्षा स्वीटी से ही बातचीत में मशगूल थी। श्रुति के कानों में जैसे ही शब्द जा रहे थे कि आपने कोई कोचिंग वग़ैरह ली? श्रुति बनी स्वीटी कुछ बोलती उससे पहले मलमला मानो हर सवाल का जवाब देने को तैयार रहती थी, वह बोली–

"हमारे घर में पढ़ाई का पूरा माहौल है। हमारा घर ही कोचिंग जैसा है। घर में सब पढ़ने-लिखने वाले हैं तो कोचिंग की का ज़रूरत है। हाँ! इसे कभी ज़रूरत हुई तो यह चली जाती है कोचिंग पढ़ने।"

श्रुति रसोई से फिर बैठक की ओर मुखातिब हुई और अपनी सास की आँखें देख कर सिहर उठी थी और सोचने लगी कि 'बच्चे को स्कूल बस से गेट पर छोड़ दिया था तो यही सास आँखें तरेरते हुए कहती थीं–

"काहे बाहर घूमने गयी थी? हम मर गये हैं का? कभी छत पर बच्चों को घुमाते हुए देख लिया तब भी आपत्ति होती। वह कह उठतीं, 'घूमने के लिए नीचे घर कम पड़त है का। ऊपर खड़े होके सबके घरन में झाँकनों ज़रूरी है का।'

पत्रकार वर्षा ने टाइम मैनेजमेंट के बारे में जानना चाहा तो स्वीटी ने जैसे ही बोलना शुरू किया तो श्रुति का मन हुआ कि बैठक में दौड़ कर जाये और सबको बता दे कि टाइम कैसे मैनेज किया जाता है। अपनी ज़रूरी नींदें भी गँवाई हैं उसने। फिर भी उसे चैन से कहाँ रहने दिया जाता था। इसी बीच उस दिन की वह घटना उसके आँखों के आगे तैरने लगी थी–

"दिन तो हमेशा पर के लिए होता था। कभी-कभार समय मिला तो पढ़ते हुए सासू माँ ने देख लिया तो पचास कामों की सूची थमा के चल देती थीं अपनी सहेलियों से बतियाने, मगर रात थी मेरी। मैं पूरी रात पढ़ती थी। उस दिन तो रात के ग्यारह बजे से शुरू किया कब सुबह के पाँच बज गये थे पता ही नहीं चला। हिस्ट्री का एक चैप्टर पूरा करने का लक्ष्य मन में बनाया हुआ था, एग्जाम सिर पर थे। मैं सुबह सात बजे उठ कर बच्चों को तैयार करके स्कूल भेज कर जैसे ही कमरे में गयी लेटते ही नींद के आगोश में समा गयी थी। घर में शोर-शराबा सुना तो हड़बड़ा कर उठी। मेरी सास अपने पति को आवाज़ देते हुए बोल रही थीं–

"देखो जी, मैं कब तक घर का काम सँभालूँ? बहू घर में है। नौ बजे तक सोयेगी तो घर का काम कौन करेगा? अब तो यह रोज़ का तमाशा हो गया है। किताबें पकड़े सोती रहती है, अच्छा बहानौ है काम से बचने को।" एकता कपूर के सीरीयल की सास की तरह मानो घर में ही उन्होंने युद्ध का मोर्चा खोल लिया हो,

एक हाथ कमर पर रखे दूसरा हाथ नचाते हुए बोले जा रही थीं–

"लो जी, महारानी उठ कर आ गयीं।" उसका मन उद्विग्न तो बहुत हुआ था। उनका यह लगभग हर रोज़ का तमाशा था। वे जब भी मुझे पढ़ते हुए देखती तो कह उठतीं, 'पढ़ने तो को तो पूरो दिन पढ़ो है। पहले यह काम कर लो फिर पढ़ लियो। यह काम कर लिया तो वो काम लो। वह काम भी कर लिया तो रसोई गन्दी पड़ी है। इसके कपड़े चिकट रहे हैं। कड़ाही पर मैल जमा है। इसे अभी माँज कर रखो। इस तरह वे पूरे दिन कोई न कोई काम में लगाये ही रहती थीं। मन किया कि इनको सुना दूँ, परन्तु उसने अपने मन को कस कर रोक लिया था। स्थिति को भाँपते हुए बहुत ही संयत होकर उसने इतना ही कहा था–

"मम्मी जी, मैं रात भर जाग कर सुबह पाँच बजे तक पढ़ रही थी। बच्चों को स्कूल भेज कर नींद आ गयी। आप परेशान मत हो। मैं सब काम कर लूँगी।" सुनकर मलमला को और भी ग़ुस्सा आ गया था। अपने पति की ओर इशारा करते हुए बोली–

"लो जी, रात भर जगी तो किसने कहो थो इससे कि जगे? का हमने कहो थो रत जगा करो। कौन सा जागरण में बैठी हो? कौन से सत्संग में जाती हो? ऐसे बोल रही हैं महारानी जैसे हम पर कोई अहसान कर रही हैं।" श्रुति को ऐसे समय पर ग़ुस्सा तो बहुत आता था मगर ग़ुस्से को कड़वा घूँट समझ कर पी जाती थी। विकल्प भी तो कुछ नहीं था। पति की नाकामी निरन्तर जॉब की विफलता का ठीकरा उसके रास्ते में बड़ा पत्थर बनता जा रहा था। उसे एक-एक करके सारी बातें याद आ रही थीं।

आज तो उसके शरीर में ख़ुशी कम आग अधिक लग रही थी। ख़ुद को कोस भी रही थी कि 'तू कैसे प्रशासन सँभालेगी? जब एक अनपढ़ सास नहीं सँभलती तुझसे।' यह सोचते हुए उसने अपना सिर झटक दिया था।

चाय बनाते हुए साथ में वह पकौड़े भी तल रही थी। उधर उसके नाम का इंटरव्यू स्वीटी बैठी दे रही थी। वह हर सवाल पर जैसे बोलना चाहती थी। हिम्मत जुटा नहीं पाने के कारण उसका मन खीज रहा था। खीज भी किसी और पर नहीं ख़ुद पर ही उतार रही थी। इसी बीच वर्षा के अगले सवाल का स्वर उसके कानों में गूँजा–

"आई.ए.एस. जैसे प्रतिष्ठित परीक्षा की तैयारी के बारे में आप हमारे श्रोताओं को कुछ बताइए, जिससे वे मोटिवेट हो सकें?"

स्वीटी मुँह खोलती उससे पहले ही मलमला फिर बोल पड़ी–

"हमारे बड़े-बड़े रिश्तेदार आई.ए.एस. हैं। वे सब हमारे घर आते हैं। वे इन सबसे बातें करते हैं। बताते हैं कैसे पढ़नो चाहिए।" रसोई से श्रुति ने सुना तो वह उस दिन की घटना उसके दिमाग़ में फिर घूमने गयी थी। सबसे छोटे मामा जिन्हें रिटायर्डमेंट से दो वर्ष पहले आई.ए.एस. का रैंक मिला था। वे गम्भीर बीमारी से निकल कर आये थे। इस बार घर आये तो सब बच्चों ख़ास कर स्वीटी की लगन भांप कर बोले–

"तुम आई.ए.एस. में बैठो। तुम जैसे बच्चे तैयारी नहीं करेंगे तो हमारे खानदान में कौन यह प्रतिष्ठा दिलायेगा। सुन कर स्वीटी गर्दन हिलाकर उनकी बातों का समर्थन कर रही थी। तब भी श्रुति मामा-मामी सब के लिए चाय-नाश्ता बना रही थी। वे चाय-नाश्ते लेने के बाद बाथरूम गये। श्रुति के कमरे का दरवाज़ा खुला था। उसके बेड पर किताबें फैली पड़ी थीं। उन्हें देख कर वे ठिठके और पूछने लगे–

"यह किसका कमरा है?" मलमला ने सुना तो उदास हो गयी, वे कुछ बोलने वाली थीं मगर वह चुप रहीं। वैसे वे पूरे घर को अपनी मुट्ठी में रखती थीं। वे श्रुति से कई बार बोल भी चुकी थीं कि जितना तुम चालाक हो उतनी चालाकी तो मेरी उँगलियों में चिपकी रहती है मगर इस बार मामा के प्रश्न का जवाब श्रुति ने दिया था–

"मामा जी, यह मेरा कमरा है।"

"क्या तुम पढ़ती हो?" उन्होंने चकित होकर पूछा–

"हाँ, मामा जी, मैं आई.ए.एस. की तैयारी कर रही हूँ।"

"वेरी गुड, नाइस। इसी तरह से तैयारी करनी चाहिए।" मामा की बात सुन कर इस बार मलमला के मन का मैला बाहर आ गया था, उसने अपने मन को सँभाला और वह बोलीं–

"हमारी स्वीटी भी आई.ए.एस. की कोचिंग करने दिल्ली जायेगी। हम उसे आपकी तरह ही आई.ए.एस. बनाना चाहते हैं।"

"ज़रूर, ज़रूर, पर बहू श्रुति को भी आई.ए.एस. बनाओ।" सुनकर उन्होंने अपने मुँह का थूक अन्दर की निगल लिया था। सारी कड़बहाट पूरे बदन में फैल गयी थी। सोचने लगी कि 'मैं इसे अपना भाई मानती हूँ फितरत में तो मुझसे उलटा होगा ही, क्योंकि मेरी सौत का भाई जो ठहरा। भाई ननक लाल ने मलमला के चेहरे पर बदले भाव देखे तो वे बोले–

"मलमला, कुछ परेशान हो? कोई परेशानी हो तो मुझे बताना।"

"हाँ, हाँ, भइया तुम्हें नहीं बताऊँगी तो किसे बताऊँगी?" कह कर उसने अपने उदास चेहरे पर मुस्कान लाने की बनावटी कोशिश की। लगे हाथों अपने बेकार घूम

रहे बेटा का दर्द ही बयाँ करने लगी–

"भइया, इस मुन्ना के बारे में कुछ सोचो। यह इधर से उधर भटक रहा है। मनरेगा में आपने लगा दियो थो। वहाँ से भी इसे भगा दियो। जाकी बहू कुछ बन गयी तो जे का करेगो? बाके कपड़ा-लत्ता धोवेगो...बाके बाली-बच्चा खिलावेगो...।" कहते-कहते वे रुक गयी थीं क्योंकि उनके भाई ननक लाल उनके चेहरे को पढ़ने की कोशिश कर रहे थे। वे कुछ बोलते उससे पहले ही वे कुछ न कुछ बात छेड़ ही देती थीं जिससे कि बात बीच में ही अटक के रह जाये।

अब की बार श्रुति पत्रकार वर्षा के लिए चाय-नाश्ता की ट्रे लेकर बैठक में दाखिल हो गयी थी। ट्रे टेबल पर रख कर चाय का कप वर्षा और कैमरा पर्सन को दे रही थी। उसकी सास बहुत ही प्यार से बोली–

"तुम परेशान मत हो बहू। मैं मेहमानों को चाय दे दूँगी।" सुनकर वह थोड़ा ठिठकी। मन के घोड़े दौड़ने लगे कि इनके मुँह में मेरे लिए मिठास कहाँ से आ गयी? आज तक तो इनके मुँह से तो मेरे लिए हमेशा जहर ही निकला है। यह सोचते हुए वह बराबर पड़ी कुर्सी पर बैठ गयी थी। देखते ही मलमला का चेहरा लाल पीला होने लगा था। वह अनपढ़ ज़रूर थी मगर इतनी बेवकूफ़ नहीं थी। वह समझ रही थी कि यह इंटरव्यू टी.वी. पर आयेगा। मेरी स्वीटी को सब लोग देखेंगे। बहू श्रुति को इसलिए पास नहीं आने दे रही थी कि कहीं इन पत्रकार को पता नहीं चल जाये असलियत का। इसलिए वह उसे प्यार से घर के दूसरे कामों में उलझाये रखना चाहती थी। इस काम में वह महारत हासिल कर चुकी थी। वर्षों से वह यही तो करती आ रही थी। पहले इस घर की बड़ी बेटी जिसे उसने कभी सगा नहीं माना हमेशा सौतेला व्यवहार किया। उसकी भी पढ़ाई में रोड़े ही अटकाये, स्वार्थ में नाक तक डूबी हुई थी, इसलिए वह उससे बोली–

"तुम जाओ रसुइया में। मैं इन लोगों को चाय पिला दूँगी। तुम इनके लिए कुछ खाने की तैयारी कर लो। बेचारे भूखे होंगे। दिल्ली से चले बहुत देर हो गयी होगी।" वर्षा ने सुना तो वह बोली–

"नहीं! नहीं, हमारे लिए यही काफ़ी है। हमें अभी इंटरव्यू लेकर दिल्ली वापस लौटना भी है।"

श्रुति ने सुना तो उसके पैर काँपने लगे। वह सोचने लगी कि यह तो सरासर अन्याय है। मैं यह अब और नहीं होने दूँगी। जब मेरा आई.ए.एस. में सलेक्शन हो गया है तो मैं डर क्यों रही हूँ, किससे और कब तक इसी तरह डरती रहूँगी? माना कि ये मेरी सास हैं। उनके प्रति सम्मान एक तरफ़ है मगर यह जो कर रही हैं, वह

एकदम ग़लत है। यह सोच ही रही थी। उधर वर्षा ने इस बार जानना चाहा–

"आपने इस परीक्षा की तैयारी के लिए किस तरह की पुस्तकें पढ़ीं यानी इस बड़ी परीक्षा की तैयारी के लिए किस तरह का रीडिंग मैटेरियल आपने पढ़ा? हमारे दर्शकों के लिए इस बारे में कुछ बताइए जिससे जो छात्र इस परीक्षा देने के इच्छुक हैं उन्हें कोई मोटिवेशन मिल सके यानी आप कौन-कौन सी मैग्जीन और अख़बार पड़ती थीं?"

स्वीटी मुँह खोलने ही वाली थी। इससे पहले अलमीरा में रखे पुराने अख़बारों की ओर इशारा करते हुए मलामला बोलीं–

"हमारे घर में रोज़ अख़बार आत है। देखो कितने सारे अख़बार पढ़ डाले इन सबने।" सास की बात सुन कर श्रुति के मन के बीच द्वन्द्व चलने लगा। बोलेंगी ज़रूर कुछ पता हो या न हो, मगर इस बार श्रुति ने हस्तक्षेप किया–

"हमारे यहाँ एक ही अख़बार आता है। कभी 'अमर उजाला' और कभी 'दैनिक जागरण', लेकिन मैं ऑन लाइन लगभग सारे अख़बार पढ़ती रही हूँ। अख़बार पढ़ना यूपीएससी क्लियर करने के लिए बहुत ज़रूरी होता है। उसी से जी.एस. के सवाल आते हैं।"

वर्षा ने स्वीटी की ओर मुखातिब होते हुए कहा–"बस एक आख़िरी सवाल और जानना है हमें। आपने आई.ए.एस. जैसा कठिन एग्जाम क्या सोच कर दिया था यानी आई.ए.एस. क्लियर करने का आपका लक्ष्य क्या था?" इस सवाल पर स्वीटी ने बोलने के लिए मुँह खोला ही था। शब्द बाहर पूरी तरह से नहीं निकल पाये थे। उसी बीच उसकी माँ मलमला बोलीं–

"इसमें सोचने-समझने की का बात है। आई.ए.एस. अफ़सर कौन बननो नांय चाहेगा। उसके आगे-पीछे नौकरों-चाकरों की फ़ौज खड़ी रहती है। बहुत सारा पैसा होता है। रौब-दौब होता है। पूरे मोहल्ले में इज़्ज़त बढ़ जाती है। ग़रीब-गुरबों को नौकरी भी लगवाये देगी।' इसी बीच सुखराम ने अपनी बात जोड़ते हुए कहा था–

"अरे, आई.ए.एस. तो राजा होता है राजा। उसका डंका हर जगह बजता है। लोग दूर से सलाम ठोंकते हैं। बड़ी-सी गाड़ी होती है। उस पर लाल बत्ती लगी रहती है। कार का दरवाज़ा भी अरदली या गार्ड ही खोलते हैं। पावर-ही-पावर होती है। आई.ए.एस. के बराबर कोई नौकरी नहीं होती है। हमने तो अपनी बेटी को दस लाख ख़र्च करके आई.ए.एस. बनाया है। आसपास ही नहीं दूर-दूर तक हमारी इज़्ज़त बढ़ाई है हमारी बेटी ने।"

श्रुति अपनी सास और ससुर के विचार सुन कर और भी व्यथित हो गयी थी।

वह बोलना चाहती थी। अपने आई.ए.एस. के लक्ष्य को सबके सामाने रखना चाहती थी, मगर वह सोचने लगी कि मैं कैसे बात करूँ? अब तक पूरा इंटरव्यू तो स्वीटी ने दिया है। यह पत्रकार कैसे सुनेगी मेरी बात? उधर उसके दूसरे मन ने धिक्कारा यही मौका है। दूध का दूध और पानी का पानी करने का। श्रुति हिम्मत जुटा, सबके सामाने अपनी बात कह। यह सोचते हुए श्रुति ने बहुत ही शालीनतापूर्वक कहा–

"आई.ए.एस. किसी पर रोब झाड़ने के लिए नहीं बना जाता। यह तो बहुत बड़ी ज़िम्मेदारी मैंने अपने सिर पर ली है। मैं 'पे बैक टू सोसाइटी' की भावना तहत कुछ नीतिगत काम करना चाहूँगी। सरकारी नीतियों को जितना मेरे अधिकार क्षेत्र में होगा, उनको जल्द-से-जल्द ईमानदारी से लागू कराने का प्रयास करूँगी। शोषित, वंचित, उपेक्षित ख़ास कर एस.सी./एस.टी. और ओबीसी कम्यूनिटी की सरकारी योजनाओं और संवैधानिक अधिकारों का हनन का न होने पाये, इस सब का ख़ास ध्यान दूँगी। सरकारी नीतियों को जल्द-से-जल्द इंप्लीमेंट कराने का मेरा प्रयास रहेगा।" इस बार वर्षा का ध्यान सबकी ओर से हट कर सीधा श्रुति की ओर टिक गया था, और उसने सीधा सवाल श्रुति से ही किया–

"क्या आपने भी आई.ए.एस. की परीक्षा दी है और आपका नाम क्या है?" श्रुति मुस्करा कर बोली–

"श्योर, मैं ही तो श्रुति गौतम हूँ। मुझे ही आई.ए.एस. में सेकेंड रैंक मिली है।" इस बीच स्वीटी वहाँ से यकायक खिसक ली थी मगर मलमला अभी भी वहीं बैठी हुई थीं। मौक़ा देख रही थीं कि बीच में हस्तक्षेप करें। वर्षा ने सुना तो उसके पैरों के तले की ज़मीन खिसक गयी थी। वह बोली–

"आप श्रुति गौतम हैं तो मैं जिससे बात कर रही थी वह कौन थी? यह पहेली क्या है?" वह इस गुत्थी को सुलझाने की जितना कोशिश कर रही थी वह उतना ही उलझ रही थी। असली श्रुति किसे माने पहली वाली लड़की को या बहूनुमा पोशाक में बैठी इस स्त्री को? एक बार तो वह जजमेंटल होकर सोचने लगी थी कि यह बहू कैसे आई.ए.एस. जैसी बड़ी परीक्षा पास कर सकती है। यह झूठ बोल रही है। मैं जिससे बात कर रही हूँ यही श्रुति है मगर लास्ट जवाब तो इस बहू ने सही दिया है। इस बीच वह सवाल श्रुति से करती रही थी जिससे कुछ सच्चाई सामने आ सके। उसके मन में द्वन्द्व चल रहा था। इसी बीच उसने तुरन्त गूगल सर्च कर यूपीएससी का रिजल्ट देखा और उसकी तस्वीर मैच करने लगी। मलमला जैसे ही बीच में बोलने के लिए मुँह खोला, इस बार वर्षा ने साफ़ शब्दों में कह दिया था कि–

"आप हमें हमारा काम करने दीजिए प्लीज। वैसे भी आपने हमारा बहुत वक़्त जाया किया है।" अब उसने अपनी पूरी दृष्टि श्रुति पर केन्द्रित की–

"क्या हम कहीं और बैठ कर बात कर सकते हैं?"

"श्योर, कम इन माई रूम।" कहते हुए वह पत्रकार को अपने कमरे में ले आयी थी। वर्षा को अब थोड़ा विश्वास होने लगा था कि हो न हो श्रुति यही महिला है। अब उसकी जिज्ञासा और प्रबल हो उठी थी। घर का वातावरण भी कुछ-कुछ समझ आ रहा था।

वह मन-ही-मन कह रही थी कि 'थैंक्स गॉड, तीर कमान से छूटने से पहले ही बचा लिया, कहीं यह प्रसारण लाइव होता तो निकले हुए तीर की भाँति यह समाचार वापस नहीं आता। मेरी पत्रकारिता के अब तक के कॅरियर में इस तरह का यह पहला वाकया है। मुझसे एक बलंडर मिस्टेक होते-होते बची। आख़िर मुझसे यह चूक हो कैसे रही थी? मैं अपने टॉस्क के प्रति कभी लापरवाह नहीं रही, बल्कि अतिरिक्त सतर्क ही रहती आयी हूँ।' सर्विस के इन वर्षों में घाट-घाट का पानी पीकर बहुत कुछ सीखा है। क्या आज की भूल अनुभवों के विस्तार में मदद करेगी?

पत्रकार वर्षा ने श्रुति से सवाल दर सवाल एक मुकम्मल इंटरव्यू किया और चैनल को न्यूज़ भेजने के बाद उसने राहत की साँस ली। एक बड़ा बोझ उसके सिर से हट गया था। वह बाहर निकली तो प्रिंट और इलेक्ट्रॉनिक मीडिया के पत्रकारों की भीड़ दरवाज़े पर लगी हुई थी। वर्षा के चेहरे पर एक अभूतपूर्व मुस्कान थिरक रही थी।

मैं ख़बरदार

अवसर था रेल बजट का। वर्षा और सूर्यांश चतुर्वेदी एन.डब्ल्यू. न्यूज़ चैनल की ओर से ओड़िशा से चलने वाली रेलों में यात्रियों और रेल के बदलते हालात का जायजा ले रहे थे। वहीं उन्हें एक टी.सी. ने देखा कि नेशनल चैनल के रिपोर्टर उनकी ट्रेन की स्थिति कवर करते हुए रिपोर्ट बना रहे हैं। उन्हें देख कर वे बहुत ख़ुश हुए थे। उनके पास जाकर अपना परिचय देते हुए उन्होंने अपना लम्बा चौड़ा अनौपचारिक इंटरव्यू वर्षा और सूर्यांश चतुर्वेदी को दे डाला था। उन दोनों को टी.सी. की स्थिति 'बेगाने की शादी में अब्दुल्ला हुआ दीवाना।' वाली बात लग रही थी, क्योंकि वे किसी एक का इंटरव्यू लेने नहीं आये थे। उन्हें तो कई ट्रेनों की सवारियों और रेल की साफ़-सफ़ाई, उसमें मौजूदा सुविधाओं और असुविधाओं का जायजा लेना था, सो वे ले रहे थे। ए.सी. और सामान्य कोच के अन्तर को भी दिखाना था। दूसरी तरफ़ किस तरह सामान्य कोच में सवारियाँ भेड़-बकरियों की तरह स्वयं को ठूँस कर, रेल के डिब्बे के गेट पर लटक कर और कुछ यात्री रेल के डिब्बों के ऊपर बैठ कर यात्रा करने को मजबूर हो रहे थे। विकल्पहीनता की स्थिति में वे अपनी जान भी जोखिम में डाल रहे थे। इतना ही नहीं सवारियों को इन डिब्बों में स्टेशन आने पर उतरने-चढ़ने तक का रास्ता भी नहीं मिलता था। कइयों के स्टेशन निकल जाते थे। उनके कोच के बाथरूम बिन्देश्वरी पाठक के स्वचालित टायलेट से भी बुरी स्थिति में होते हैं। आज भी 21वीं सदी में बुलेट ट्रेन की कल्पना की जा रही है। सूर्यांश चतुर्वेदी को स्वच्छ भारत का बैनर दूर से जैसे मुँह चिढ़ाता हुआ दिखाई दिया। वह तुरन्त उधर दौड़ा और जल्दी से पत्रकार वर्षा को अपने पास बुलाते हुए बोला–

"इधर आइए, वर्षा मैडम, आप यहाँ खड़ी होकर वॉक थ्रू कीजिए। यह न्यूज़ जब हमारे चैनल पर सबसे पहले चलेगी तो बल्ले-बल्ले हो जायेगी। टी.आर.पी. 'दिन दूनी रात चौगुनी' की तरह बढ़ेगी। वर्षा वॉक थ्रू कर रही थीं। कैमरापर्सन सूर्यांश चतुर्वेदी कैमरा को बच्चे की तरह अपने कन्धे पर रखकर सीन लोड कर

रहे थे–"आपको सामने दो अलग-अलग रेलों के डिब्बे दिखाई दे रहे हैं। यह रेल मन्त्रालय द्वारा चलायी जा रही कुछ ट्रेनों के नमूने हैं जिसमें ए.सी. कोच की सवारियों को हवाई जहाज जैसी सुविधाएँ मुहैया करायी जाती हैं तो दूसरी तरफ़ आम लोगों के लिए सामान्य कोच के डिब्बों में सवारियाँ गाय-भैसों की तरह यात्रा करने को मजबूर होती हैं। एक ही देश की रेलों की यात्रा में ज़मीन-आसमान का अन्तर। मानो एक देश सुविधाभोगी अंग्रेज़ों के लिए है तो दूसरा भारतीयों के लिए। लगता है हम ग़रीब और अमीर दो देशों में बँटे हुए हैं।"

उधर टी.सी. महोदय इन दोनों पत्रकारों को सवारियों के पास ही नहीं जाने दे रहे थे। वे सवारियों के मुँह के शब्द छीन कर ख़ुद ही अवांछित जानकारी दे रहे थे। वर्षा और सूर्यांश चतुर्वेदी ने उनसे यह कहकर थोड़ी देर के लिए पीछा छुड़ाया–

"सर, हम पहले ट्रेन में लोगों से बात करके अपनी ड्यूटी पूरी कर लें, उसके बाद आपसे आराम से बैठ कर बात करेंगे। वैसे भी रात भर की यात्रा तो आपके साथ ही तय करनी है।"

वे सब हँसते हुए अपने काम पर निकल पड़े थे। दोनों जैसे ही अपना काम निपटा कर वापस ए.सी. कोच में आये तो टी.सी. महोदय मानो इन दोनों का बेसब्री से इन्तज़ार ही कर रहे थे। उन्होंने एक अच्छे आतिथ्य की तरह उनका स्वागत बहुत ही आत्मीयता से किया था। दूसरी तरफ़ वे दिल थामे बैठे थे न जाने ये पत्रकार हमारे किस दाग़ से हमें बेनकाब कर दें। इसी अन्तर्द्वन्द्व में वे अपना खाना खोलते हुए आदर के साथ बोले–

"आइए, आइए मैडम और सर हमारे साथ खाना खाइए।"

वर्षा और सूर्यांश चतुर्वेदी ने एक साथ कहा–"सर, आप खाइए हमारा खाना इस टिकट के साथ रेल में ही होना चाहिए।" यह कह कर सूर्यांश ने अटेंडेंट को आवाज़ दी कि हमारा खाना ले आइए।" अटेंडेंट ने कहा–

"सॉरी सर, आप लोगों ने हमें बताया ही नहीं था, आप लोग खाना खायेंगे।"

"जो लोग सीट पर थे उन्हें खाना दे दिया गया था। बाक़ी खाना उन सवारियों को दे दिया गया जिन्होंने अतिरिक्त पे करके बाद में सीट बुक करायी थीं।" सुनकर वर्षा और सूर्यांश चतुर्वेदी को ग़ुस्सा तो बहुत आ रहा था। वह दाँत पीसकर रह गये थे। उधर टी.सी. महोदय खाना खोले बैठे थे। उन्होंने खाना शुरू भी नहीं किया था। उन लोगों की बात सुन रहे थे। अटेंडेंट को थोड़ा डाँटते हुए बोले–

"ऐसा कैसे कर सकते हो तुम लोग?" अपने मैनेजर से बोलना वे कल मुझसे ऑफ़िस में आकर मिलें।

"जी सर।" कह कर वह वहाँ से चला गया था। टी.सी. महोदय ने उन दोनों को सम्बोधित करते हुए कहा–

"कोई बात नहीं सर और मैडम आप हमारे साथ खाना खाइए।" सूर्यांश चतुर्वेदी ने कहा–

"नहीं सर आप खाइए। हम बाहर प्लेटफ़ार्म पर देखते हैं, कुछ-न-कुछ मिल ही जायेगा।" वर्षा अपनी सीट पर जाकर बैठ गयी थी। टी.सी. ने फिर सूर्यांश को आवाज़ दी–

"आइए सर, हमारे साथ खाना खाइए। कहाँ प्लेटफ़ार्म का उल्टा-सीधा, तला-भुना खाना खायेंगे। हमारी पण्डिताइन हमेशा यह कह कर अतिरिक्त खाना रख ही देतीं हैं कि तुम्हें ट्रेन में कोई-न-कोई जान-पहचान का मिल ही जाता है। उसे भी खिला देना।" टी.सी. महोदय का आग्रह सुन कर सूर्यांश चतुर्वेदी उनके साथ खाना खाने बैठ गये थे मगर वर्षा अपनी सीट पर ही बैठी हुई थी। उसकी नज़रें अपने मोबाइल पर टिकी हुई थीं। कैमरापर्सन ने टी.सी. के शर्ट पर लगी नेम प्लेट पर नज़र पड़ते हुए उत्साहित होकर कहा–

"सर, आप तो चतुर्वेदी हैं।"

"हाँ, हाँ, बेशक।" टी.सी. ने अपनी गर्दन और ज़बान से जोरदार सहमति दी। मानो उन्होंने हिमालय पर फतह पा ली हो। टी.सी. ने उसी प्रफुल्लित मुद्रा में कैमरापर्सन से पूछा–

"अरे, आप भी चतुर्वेदी ही हैं।" उसकी बात सुनकर कैमरापर्सन बोले–

"आपका अन्दाजा एकदम दुरुस्त है सर।"

"फिर तो आपकी आज की यात्रा बहुत बढ़िया होगी। अब तो हम देश, दुनिया, राजनीति की बहुत सारी बातें करेंगे, कुछ गपशप होगी।" टी.सी. ने अपने मन के भाव मज़ाक़िया लहजे में रखते हुए उनसे पुनः खाना खाने का आग्रह किया–

"खाना खाइए सर।" कहते हुए प्लेट आगे खिसका दी–

"मैडम, आप भी आइए, हमारे साथ खाना खाइए।"

"नहीं सर, आप खाइए, वैसे भी मुझे भूख नहीं है।"

"अरे लीजिए मैडम, पण्डिताइन के हाथ का खाना है।"

"पण्डिताइन के हाथ का मतलब?" वर्षा ने उत्सुकता से जानना चाहा–

"अरे, यह घर का खाना है। शुद्ध गाय के देशी घी में बना हुआ है।" कहते हुए उन्होंने पुनः आग्रह किया–

"अरे, मैडम आप तो कुछ ले ही नहीं रही हैं। खाइए, खाइए पण्डिताइन के

हाथ का बना खाना सबके नसीब में कहाँ होता है?" कह कर वह जोर से हँस पड़ा था। उसके साथ ही सूर्यांश भी हँस पड़ा था। वर्षा उन दोनों के मुँह ताक रही थी।

वर्षा का ध्यान अपनी स्टोरी पर था। वह स्टोरी को फाइनल कर रही थी। ऑफ़िस को स्टोरी तुरन्त भेजनी थी, इसलिए वह अपने काम में व्यस्त थी। वैसे भी उसे उनकी बातों में कोई रुचि नहीं थी, मगर टी.सी. बीच-बीच में मैडम, मैडम करके उसे इन्वॉल्व करने की कोशिश कर रहा था।

रोटी का एक टुकड़ा तोड़ कर सब्ज़ी में लपेटते हुए सूर्यांश चतुर्वेदी बोले– "वाकई सर, खाना बहुत स्वादिष्ट है। ऐसा खाना पिछले एक महीने से नहीं खाया।" वर्षा मन-ही-मन सोच रही थी कि ऐसे खा रहा है, जैसे कई दिनों से अन्न-जल का भूखा हो। वह उसके खाने की आदतों को पिछले चौबीस दिनों से देख रही थी। कांप्लीमेंट्री ब्रेकफास्ट को ऐसे खाता था जैसे आज ही चार दिनों का खाना-पानी ऊँट की तरह पेट में जमा कर लेगा। उधर अपने खाने की तारीफ़ सुन कर टी.सी. के चेहरे की चमक बढ़ गयी थी। ख़ुशी में गर्दन हिलायी तो उसके सिर पर लटक रही लम्बी चुटिया में बँधी गाँठ घड़ी की पेंडुलम-सी इधर-उधर हिलने लगी थी। वह वर्षा की ओर इशारा करते हुए पुनः बोला–

"लीजिए मैडम। आप तो कुछ ले ही नहीं रही हैं। शुद्ध ब्राह्मण की रसोई का बना खाना है।" वर्षा ने दो-तीन बार सुना तो इतना ही कहा–

"नहीं सर, मुझे भूख नहीं है, आप बेतकल्लुफी से खाइए।" सुन कर उसने फिर वही राग अलापा–

"टेस्ट करके तो देखिए मैडम, पण्डिताइन के हाथ का बना खाना है।" बार-बार आग्रह करने पर वर्षा ने उनकी बात का मान रखते हुए जैसे ही रोटी की एक बाइट ली, वह सोचने लगी–

'यदि इसे पता चल जाये कि मेरे साथ कौन खाना खा रही है तो ये ब्राह्मण सचमुच पगला जायेगा। इनके जातीय पूर्वाग्रह का लाइलाज रोग इन्हें स्वस्थ नहीं होने देगा।' यह सोच कर उसका सिर भन्ना गया था–

"यहाँ भी जाति मेरा पीछा नहीं छोड़ रही है। वहाँ 'ठकुराइन' यहाँ 'पण्डिताइन'। मीडिया प्रोफेशन में जाति भेद ओजोन में छेद की तरह है। यह मेरे पीछे लग गयी है। मेरी जाति मेरे साथ हर जगह परछाईं की तरह पीछा करती आ रही है। बड़ी बुरी बला है जाति। यह सोचते हुए उसे अपने अतीत के दिन याद आने लगे। जब वह एन.डब्ल्यू. चैनल में शुरू में आयी ही थी।

वर्षा के चेहरे पर मिले-जुले हाव थे। बाहर से वह एकदम शान्त दिख रही थी,

मगर उसके मस्तिष्क में अतीत का तूफ़ान उमड़ रहा था। एक-एक करके सारी बातें उसे याद आ रही थीं। चुतर्वेदी और टी.सी. की जाति विषयक बातों में उसे कोई रुचि नहीं थी। उनकी बात रखने के लिए बीच-बीच में उसने रोटी के कुछ निवाले तोड़ कर खाये थे। हर वाइट पर वे तारीफ़ सुनना चाहते थे किन्तु पूछने पर उसने दिखावे के लिए बढ़िया है कह कर तारीफ़ कर दी थी। उसे न टी.सी. महोदय की रोटी-सब्ज़ी में रुचि थी न उनकी बातों में। वैसे भी वह रिजर्व रहना ज़्यादा पसन्द करती थी। अपना काम ईमानदारी से करो, बस्स और कोई फ़िज़ूल की बात नहीं। काम और मेहनत में वह कोई समझौता नहीं करती थी। यही सोचते हुए पत्रकार वर्षा को अपना पुराना समय याद आने लगा–

'उस दिन मेरा मूड बहुत ख़राब था। पूरा दिन बाहर ही गुज़र गया था। मम्मी बार-बार फ़ोन करके पूछ रही थीं। 'तुम कहाँ हो?' मेरे जवाब में झुँझलाहट पैदा हो रही थी। जब रात के 12 बजकर 20 मिनट पर घर पहुँची तो दरवाज़े पर मम्मी ही दिखीं। वह मुझे देखकर कुछ पूछतीं मैं सीधे अपने कमरे में चली गयी थी। उनकी चिन्ता जायज थी। मुझे देखकर उनके चेहरे पर पड़ी लकीरें कुछ कम तो हुई थीं मगर मेरे व्यवहार ने उन्हें चिन्ता में डाल दिया था। मेरा मन किसी से बात करने को नहीं कर रहा था, इसलिए मैं चुपचाप सो जाना चाहती थी। काम से ज़्यादा मानसिक तनाव ने शरीर को थका दिया था। जब से चैनल ज्वाइन किया है। मेरी दिनचर्या गड़बड़ा गयी है। रात-बेरात ड्यूटी के कारण सोने-जागने यहाँ तक खाने का समय भी निश्चित नहीं था, पर धुन तो मेरी ही थी, एक जुनून था पत्रकार बनने का, सो उसके लिए डिसएडवांटेज तो झेलने ही थे। अब किसी को बताऊँ तो क्या बताऊँ? कैसे बताऊँ? मेरे साथ क्या हो रहा है? ऑफ़िस कैसा व्यवहार कर रहा है? जॉब मेरी ही रुचि का है, फिर किसी को अपनी समस्या कैसे बताऊँ? बताने से फ़ायदा भी क्या होंगे? पैरेंट्स को सिवाय दुःख देने के। यह सोच कर मैंने किसी को कुछ नहीं बताया था। मैंने कई बार सोचा था कि कहीं यह मेरा भ्रम तो नहीं है। मैं मन-ही-मन आत्म विश्लेषण भी कर रही थी। मुझे देख कर मम्मी के मन को सुकून तो मिला, मगर मेरी चुप्पी उनको परेशान किये जा रही थी। वे मुझसे बार-बार पूछ रही थीं–

"वर्षा क्या बात है? इतनी देर हो गयी कमरे में, न कपड़े बदल रही हो और न ही हाथ-मुँह धो रही हो? खाना कब खाओगी?"

उनकी चिन्ता भरे सवाल मुझे परेशान कर रहे थे, मगर मैं अपने मन को कंट्रोल किये हुए थी। फिर भी मेरी बातों से झलकी झुँझलाहट उन्हें आहत कर रही थी। यह मैं भी महसूस कर रही थी। उनका परेशान होना वाजिब था। यह बात मैं उस दिन

नहीं समझ़ा पा रही थी, लेकिन आज सब साफ़-साफ़ समझ आ रहा है, क्योंकि उस दिन दोपहर दो बजे तक मेरी शिफ्ट थी। घर तीन-चार बजे तक आ ही जाना था। इस बीच मम्मी ने फ़ोन करके पूछा था मुझसे। मैंने उन्हें बता दिया था–

"मम्मी आ जाऊँगी, अभी थोड़ा काम कर रही हूँ।" मेरी आवाज़ में थोड़ी तलखी होने की वजह से मम्मी ने फ़ोन जल्दी ही काट दिया था। यदि मम्मी कुछ और सवाल करतीं तो मैं अवश्य झुँझला जाती। वह यह महसूस कर रही थीं इसलिए उन्होंने चुप रहना बेहतर समझा, मगर माँ का मन ही ऐसा होता है कि जब तक उसकी ख़ैरियत जान न ले, उसे चैन कहाँ?

उस दिन मेरा रूटीन हर रोज़ की तरह नहीं था। मम्मी ने देखा कि मैं अभी तक अपने कमरे में ही हूँ तो उन्होंने किचेन से ही मुझे आवाज़ लगायी–

"वर्षा खाना गर्म हो गया है, हाथ-मुँह धोया या नहीं? या ऐसे ही खाओगी? लगा दूँ क्या?"

मम्मी की आवाज़ मेरे कानों में दस्तक दे रही थी, मगर मेरा शरीर ऐसा लग रहा था कि मानो इसे किसी ने हज़ारों पहाड़ों के नीचे दबा रखा है। उठने की कोशिश करने के बावजूद उठ नहीं पा रही थी। जब मैं नहीं उठी तो मम्मी सीधे मेरे कमरे में आ गयी, वे देखते ही बोलीं–

"लो मैंने खाना गर्म भी कर दिया और तुम अभी तक मुँह औंधाये लेटी पड़ी हो।" उन्होंने मुझे हिलाया तो मेरी तन्द्रा टूटी और उठकर बैठ गयी। इस बार वे मुझे देख कर चिन्तित हुईं और मेरे माथे पर अपने स्निग्ध हाथों का स्पर्श करती हुई बोलीं–

"क्या बात है बेटा? कुछ परेशान हो? बुख़ार तो नहीं है। लगता है थकान से हरारत हो गयी है। चलो उठो, हाथ-मुँह धो लो और खाना खाओ।"

वर्षा की मम्मी सोचने लगीं कि हर रोज़ तो यह आते ही मुझे आवाज़ देती घूमती थी यदि मैं नहीं दिखूँ तो पूरे घर में ढूँढ़ती हुई गुहार लगाती थी, 'मम्मी कहाँ हैं आप?' उसके बाद पापा कहाँ हैं? भाई कहाँ है? मगर आज क्या बात है? यह सुस्त क्यों है? उनके मन में उलटे-सीधे वहम घूमने लगे। वर्षा की बहादुरी और उसके आत्मविश्वास का उन्हें पता था। इसलिए जल्दी अपने मन के वहम को लताड़ कर भगा दिया था। फिर भी उनका मन अशान्त-सा होने लगा। उसके पास बैठते हुए सिर पर हाथ फिराते हुए पूछा–

"क्या हुआ? आज तो बहुत देर हो गयी?" यह बात उन्होंने बहुत डरते हुए कही थी। डर इस बात का था कि उसकी बात से वर्षा खीज न जाये मगर इसकी नौबत नहीं आयी। वह उठकर बैठ गयी और बोली–

"मम्मी, मुझे ठाकुर वीर सिंह का बच्चा बहुत परेशान कर रहा है।"

उसकी बात सुनकर उसके पापा भी अपने अध्ययन कक्ष से उठकर वर्षा के कमरे में आ गये थे।

"कौन वीर सिंह?" उसकी मम्मी ने जानना चाहा। तब थोड़ी परेशान होकर बोली–

"वही वीर सिंह जो मुझे चौबीस घण्टे ठकुराइन-ठकुराइन कहता रहता है। बेहूदा, मानो मीडिया ठाकुरों की मोनोपॉली हो।" यह कहते हुए उसका मन बहुत दुख रहा था। परेशानी की लकीरें उसके चेहरे पर साफ़ दिखाई दे रही थीं। वह रुक कर अपने मोबाइल पर मैसेज दिखाते हुए बोली–

"यह देखो उसने कितने सारे (आठ) असाइनमेंट मुझ अकेले को दो दिन में करने को बोले हैं, जबकि दूसरों को दो और एक को एक।" कहकर उसने अपना मोबाइल खोल कर मम्मी के सामने रख दिया था–

"सवाल नम्बर 1 से लेकर 9 तक वर्षा आज और कल तक असाइनमेंट पूरा करके दें।

सवाल नम्बर 9 और 10 कल तक निम्न असाइनमेंट सुरेन्द्र नियाल पूरे करके दें–

सवाल नम्बर 11 राधा शर्मा आज या कल तक असाइनमेंट पूरा करके दें।

कई वर्षों से जब सर्दी का मौसम आने वाला होता है तब पंजाब, हरियाणा और उत्तर प्रदेश के एन.सी.आर. में सुबह से ही धुँध छाने लगती है। हवा ज़हरीली होने लगती है। लोगों को साँस लेने में दिक़्क़त होने लगी है। लोग नाक पर मॉस्क लगाये घूमते हैं। बच्चों के स्कूल बन्द करा दिये जाते हैं। दिल्ली में इस बार कैसे बचेंगे ज़हरीली हवा से? इस समस्या का संज्ञान लेते हुए इस बार सुप्रीम कोर्ट का सख़्त आदेश था कि में दिल्ली के आसपास पराली नहीं जलायी जायेगी, मगर लोग हैं कि धड़ल्ले से पराली जला रहे हैं जिससे प्रदूषण बढ़ने लगा है। वीकेंड पर पराली पर स्पेशल प्लान किया गया है जो कि दिल्ली पर फोकस होगा, इसके लिए जो इनपुट चाहिए, वो नीचे दिये जा रहे हैं।

वर्षा सिंह के असाइनमेंट–

1. पराली के मुद्दे पर पर्यावरणविदों से बाइट लें और उनसे पूछें कि कैसे निपटा जाये इस प्रदूषण की समस्या से? हर बार क्यों फेल हो जाता है हमारा

सिस्टम...? इस समस्या के क्या समाधान हो सकते हैं? इस पर बाइट करें।

2. दिल्ली में ऐसे लोगों से बात कीजिए जो कि सुबह पार्क में वॉक करने के शौक़ीन हैं या वे जो अपनी सेहत को लेकर कॉन्शस है मगर मुँह और नाक पर मॉस्क लगा कर घूम रहे हों ऐसे लोगों से बात करो और उनसे पूछो कि इस मौसम में आपको घूमना कैसा लग रहा है?
3. साथ ही स्कूल जाने वाले बच्चों और स्कूल छोड़ने वाले पैरेंट्स से भी बात कीजिए। उन्हें ऐसे वातावरण में किस तरह की समस्याओं का सामना करना पड़ता है? यह बाइट सुबह की करके दे दें।
4. मौसम विभाग-स्काइमेट, आईएमडी दोनों से बात करें...इस बार ख़तरा कितना गहरा है? कितना बढ़ा है हवा में प्रदूषण का लेवल इस पर आज बाइट कर दें।
5. मौसम विभाग के अधिकारी की एक बाइट सेटेलाइट पिक्चर के सामने करायें जिसमें वो विस्तार से दिखा रहा हो कि आसमान में कितनी धुँध छायी हुई है। एयर क्वालिटी में कितना गुना असर हुआ है?
6. स्वास्थ मन्त्री–एयर क्वालिटी अर्ली वॉर्निंग सिस्टम लगाने की बात थी...क्या हुआ...वो कितना कारगार है...स्टोरी आज ही कर दें।
7. सरकार के शिक्षा मन्त्री मौजिया जी की बाइट लेनी है। राजधानी के समाज कल्याण मन्त्री सुरेन्द्र वर्मा से बात करो। पिछली बार पानी छिड़का गया था... मिट्टी हटाने की बात थी...इस बार क्या हो रहा है? यह सब फटाफट काम करके आज कर दे दें।
8. सुबह की धुँध के बीच दिल्ली में अलग-अलग जगहों से वॉक थ्रू कल तक करके दे दें।
9. इस धुँध के बीच मास्क की बिक्री बढ़ने की रिपोर्ट भी प्रस्तुत करें। ख़ास कर दूतावासों के आसपास के मार्केट में मास्क की बिक्री बढ़ गयी है...मास्क ख़रीदते लोगों से और दुकानदारों से आज ही बात करके दें।

सुरेन्द्र नियाल के असाइनमेंट-

10. पंजाब हरियाणा से खेतों में किसानों की बाइट करें। वे पराली जलाने का काम क्यों करते हैं?
11. किसानों से बात करें क्या पराली जलाने के अलावा कोई अन्य उपाय नहीं है?...इसका नुकसान लाखों लोगों पर होता है, क्या इस बारे में आप कुछ

नहीं सोचते?

राधा शर्मा के असाइनमेंट–

12. डॉक्टर सक्सेना से पूछें कि 'धुँध का लोगों की सेहत पर क्या और कैसा असर हो रहा है? इससे बचाव के क्या उपाय हो सकते हैं? डॉक्टर की बाइट आज कर दें।'

वर्षा ने अपनी मम्मी को आगे बताया–

"मम्मी, मैं काम से कभी डरती नहीं हूँ। यह मेरी रुचि करने की काम है मगर मुझे समय भी तो मिलना चाहिए। मेरे साथ वर्क डिस्ट्रीव्यूशन में डिस्क्रमिनेशन क्यों हो रहा है? दूसरी बात है कि मैं जो काम करके ले जाती हूँ वह उनमें से बीस परसेंट ही लगाता है जबकि दूसरे कुछ भी कैसी भी मरी-गिरी आवाज़ में उल्टी-सीधी स्टोरी करके दे दें। उनकी सेंट-परसेंट चलती ही है। मुझे परेशान करने के लिए मेरी ड्यूटी तीन बजे से लगायी है। जब तक ऑफ़िस पहुँचती हूँ तब तक लोग ऑफ़िस छोड़ कर जाने वाले होते हैं। स्कूल बच्चे और उनके पैरेंट्स भी सुबह और दोपहर में ही मिलते हैं।'

"कल आइए मैडम कह कर काम आगे रुक जाता हैं। अभी मीटिंग में जाना है। इतने सारे लोगों से मैं एक-दो दिन में वह भी तीन बजे की ड्यूटी में कैसे बात करूँ? कोई साउथ दिल्ली में रहता है तो कोई नॉर्थ दिल्ली में तो कोई हरियाणा की साइड, कोई यूपी में। सब अपोजिट रहते हैं।"

उसने बताया कि वह कभी काम से नहीं बचती है। काम करना मेरा पैशन है। अपना सौ प्रतिशत से अधिक देती हूँ। दूसरे लोग काम का ख़ूब दिखावा करते हैं लेकिन काम नहीं करते। चैनल को धोखा देते हैं, लेकिन चल रहा है। मैं उन सबकी परवाह भी नहीं करती। सिर्फ़ अपने काम पर फोकस रखती हूँ।

वर्षा की मम्मी अच्छी तरह जानती हैं कि उनकी बेटी पर काम का दबाव रहता है मगर वह चूँ तक नहीं करती। खाना-सोना, आराम, घूमना सब भूल जाती है जब उसे कोई काम दिया जाता है। तब उसका फोकस सिर्फ़ उसी पर है, मगर आज उसकी परेशानी उसके चेहरे पर झलक रही थी। वह भी काम की थकान से ज़्यादा उसके साथ कुछ और परेशानियों से आहत उसका चेहरा मुरझा गया था। दर्द के दंश उसके चेहरे पर ऐसे दस्तक दे रहे थे मानो दरवाज़े पर बिना सूचना के मेहमान आ गये हों। उस वक़्त वह चुपचाप उसके चेहरे को पढ़ने की कोशिश कर रही थी। उसी वक़्त वह कुछ सोचते हुए बोली–

"ठाकुर अमरेन्द्र सिंह, शिल्पी ठाकुर, ठाकुर रामबहादुर सिंह, राधा शर्मा, कैलाश त्रिपाठी, तेजन्द्र वशिष्ठ आदि सब हैं मगर ढूँढ़कर वह मुझे ही परेशान करता है। मैंने आज दिल्ली ब्यूरो चीफ़ को फ़ोन किया था। वे भी उसकी आदत को जानते हैं। उन्होंने कहा भी था–

"क्यों बच्ची की जान लेना चाहते हो?"

गहरी साँस लेते हुए इस बार वर्षा ने अपनी मम्मी से आत्मीयता दिखाते हुए अपने दिल की बात कही थी–

"मम्मी मैंने भी चुनौती ले रखी है। इसे काम करके दिखाऊँगी। बड़ा ठाकुर बना घूमता है। मुझे परेशान करेगा। सूअर कभी सड़क पर अकेले में मिल जाये तो मुँह पर कट्टा डाल कर ऐसी धुनाई करूँगी कि मारूँगी पचास और गिनूँगी दो। फिर कभी मुझे परेशान करना भूल जायेगा। बड़ा आया मुझे ठकुराइन कहने वाला। उस दिन मैंने उसको साफ़-साफ़ बोल दिया था–

"सर, क्यों आप ठकुराइन ठकुराइन कहते रहते हो? क्या इस देश में ठाकुर ही रहेंगे...?, क्या हम पत्रकारों को इस तरह की बातें करनी चाहिए? क्या कास्ट वायस जर्नलिज़्म को हेल्दी बनायेगा? क्या यह हमारी क्षुद्र मानसिकता का परिचय नहीं कराती हैं?" ठाकुर वीर सिंह वर्षा का चेहरा टकटकी लगा कर देख रहा था। तभी वर्षा ने अपनी बात को आगे बढ़ाते हुए कहा–

"सर, गुरु नानक ने कहा था–'नीचों में भी जो सबसे नीची जात हो वह मैं हूँ।' ऐसा कहने से क्या गुरु की महानता कम हो गयी थी? पत्रकार जात से महान दिखना चाहिए या काम से?" वर्षा की बातें सुन कर उसका चेहरा तमतमा उठा था, जैसे वह कड़वा घूँट पी रहा हो। उसने आँखें तरेरते हुए बस्स इतना ही बोला था–

"जाओ, जाओ ज़्यादा कम्युनिस्टगीरी मत झाड़ो। अपना काम करो। यह जेएनयू नहीं है...।"

मम्मी वह उसी दिन से मुझसे चिढ़-सा गया था। मैं उसे गुड मॉर्निंग या दोपहर में गुड ऑफटरनून बोलती हूँ तो वह मुझे इग्नोर करता और मेरे सहकर्मी पत्रकार ठाकुर कृपांक सिंह या शिशुपाल मिश्रा रास्ते में भी दिख जाते तो रुक कर उनसे हाय, हेलो करता है। उनसे कहता–

"कहो ठाकुर कृपांक सिंह सब ठीक तो चल रहा है? कोई परेशानी तो नहीं। कभी कोई भी समस्या हो तो सीधे मेरे पास चलने आना। कभी उन दोनों को देख कर कहता–

"आ जा शिशुपाल मिश्रा मेरे साथ लंच कर ले।" ख़ूब उनका हाल-चाल

पूछता। मुझे यह अहसास कराता। मेरी उपेक्षा करता कि तुम इन दोनों से अलग यानी कमतर हो। मुझे ऐसे समय पर बहुत खुन्दक-सी होती थी। मैं ऐसे समय पर ख़ून के घूँट पी कर रह जाती थी।" वर्षा ने अपने बालों को ऊपर खींचते हुए जूड़ा सा बाँध लिया था। बिस्तर पर पालती मार कर इत्मीनान से बैठते हुए बोली–

"मम्मी मैं पीछे हटने वाली नहीं हूँ। मैं इसे काम करके दिखाऊँगी और इसके सिर पर चढ़कर रहूँगी। बड़ी ठाकुरगीरी दिखाता घूमता है। अपनी पोजीशन मज़बूत कर लूँ फिर इसे मजा चखाऊँगी।"

वर्षा के मुँह से अप्रत्याशित बातें सुन कर उसकी माँ को धक्का लगा था। वह भी सोचने लगी कि 'इस आधुनिक कहे जाने वाले दिल्ली जैसे महानगरीय मीडिया में भी यह जाति का राक्षस मेरी बच्ची को परेशान कर रहा है। मैं जानती हूँ कि मीडिया में सवर्ण जातियों का वर्चस्व है मगर हैं तो वहाँ सब प्रगतिशील पढ़े-लिखे लोग। वह इतना नीचे कैसे गिर सकते हैं? मगर यह तो वर्षा का प्रेक्टिकल अनुभव है। क्या वह ग़लत कह रही है? मीडिया इनके गाँव की जातीय चौपाल है क्या? जो उसकी मनमर्जी से राज चलेगा।' उसकी माँ को मन-ही-मन कुछ चिन्ता हुई।

अगली सुबह वर्षा की मम्मी अपनी बालकॉनी में खड़े होकर चाय पी रही थीं। वह दृश्य देखकर चौकीं। देर तक सोकर उठने वाली उनकी बेटी आज सुबह पाँच बजे से घर के सामने बने पार्क में योग कर रही है और थोड़ी देर बाद देखा तो वह दौड़ लगा रही थी। जब वह घर लौटी तो पसीने से लथपथ थी। उन्होंने मुस्कराते हुए उससे पूछा–

"आज सूरज पश्चिम से कैसे निकल आया?" वर्षा सुन कर बोली–

"क्या मतलब मम्मी? सूरज तो पूरब से ही निकला है।" हँसते हुए उन्होंने साफ़-साफ़ कहा–

"मेरा सूरज यानी तुम कैसे योग करने लगी और दौड़ने भी लगी हो, पर कैसे? मैं तो तुमसे पिछले दस-पन्द्रह वर्षों से कहते-कहते थक गयी थी। अब तो मैंने तुमसे कहना ही छोड़ दिया था।" मम्मी की बात सुन कर वर्षा चहक कर बोली–

"अभी तो मुझे जूड़े-कर्राटे की क्लास भी ज्वाइन करनी है।"

"क्यों?"

"आपको भी बताना पड़ेगा। मैंने योग करना और दौड़ लगानी क्यों शुरू की है?"

"क्यों किया? बताओ मुझे।"

"क्या मैंने आपको बताया नहीं था कि मुझे एक दिन उसे ठोंकना है। ताक़त

नहीं बढ़ाऊँगी तो उसे ठोंकूँगी कैसे? ”

“किसे ठोंकने-पीटने जा रही हो?” उसकी माँ को कुछ समझ नहीं आ रहा था। वह क्या बोले जा रही थी। उनके चेहरे पर कुछ डर के भाव उभरने लगे थे। यह किसे ठोंकने-पीटने की बात कर रही है। माँ के पास बैठ कर उनके कन्धे पर हाथ रख कर थोड़ा लाड़ दर्शाते और हुए हँसते हुए वर्षा ने समझाया–

“मेरी माँ आप डरिए मत। आपकी ये बेटी ऐसा-वैसा कुछ नहीं करेगी। शरीर से ताक़त बना लेनी चाहिए। ज़रूरत पड़ने पर उसे शक्ति दिखा तो सकती हूँ। अकेले में दो-चार धर भी दुंगी और पत्रकारों को चुस्त-दुरस्त भी रहना चाहिए और कैमरे पर सुन्दर भी तो दिखना है।” मुस्कराते हुए उसने माँ की ओर देखते हुए कहा। उसकी माँ ने पुनः पूछा–

“किसे ठोंकने की बात कर रही हो?”

“अरे वही, ठाकुर वीर सिंह जो मुझे वर्क डिस्क्रिमिनेशन का शिकार बनाता रहता है।” वर्षा की मम्मी अपनी बेटी के बारे में सोचने लगी–

‘यह ज़्यादा समझदार हो गयी है या उग्र? उसे मीडिया की इस नौकरी ने किस तरह जातिगत सामाजिक व्यवस्था का पाठ पढ़ा दिया है? स्कूल और कॉलेज में जब तक पढ़ रही थी तब तक यही कहती थी कि–

‘यह जाति-पाँति कुछ नहीं होती। मेरी फ्रेंड्स सब जातियों की हैं, मगर हमारे बीच कभी कोई डिस्क्रिमिनेशन नहीं होता है, हम साथ खाते और घूमते हैं।’

ये सब बातें वर्षा एक रौ में कह गयी थी। ठाकुर वीर सिंह की ठकुराइन वाली बात वह पहले भी कई बार बता चुकी थी, मगर उसकी माँ ने तब उसकी बातों को कभी गम्भीरता से नहीं लिया था। वह गहरी साँस लेते हुए बोली–

“मम्मी, आपकी लाइफ़ में भी क्या इसी तरह के अनुभव आते रहे हैं? हम तो कभी यह सोचते ही नहीं हैं कि यह भंगी-चमार है, पासी-खटीक है, जाट-गूजर है, वो पण्डित-ठाकुर है, यह मुसलमान-क्रिश्चियन है। काम तो काम है। काम करना है, मगर वहाँ तो मैं देखती हूँ कि वह जाति देख कर असाइनमेंट देता है। मुसलमानों को कटुआ कहता है। दलितों को चूहड़े-चमार बोलता है और मजेदार बात तो यह है कि सब का बॉस बन कर रहता है। जबकि ऑफ़िस में साठ फ़ीसदी ब्राह्मण हैं, तीस फ़ीसदी ठाकुर बाकी दस फ़ीसदी में मण्डल के बाद दो-तीन यादव, तीन-चार मुसलमान, कायस्थ, बनिया आदि। एस.सी.–एस.टी पता नहीं कोई है भी या नहीं? यह सुन कर भी मुझे बुरा लगता है। फ़ोन पर कई बार उसको कहते सुना है, अरे वह सरनेम नहीं लगाता, जरा देखना उसे...।’

पत्रकार बेटी वर्षा ने अपनी माँ को आगे बताया–

"मालूम है मम्मी! शुरू में वह मुझ से बहुत अच्छे से बोलता था। यहाँ जाओ, वहाँ रिपोर्टिंग करने जाओ। मैंने तेरा नाम अमुक जगह दे दिया है। हमारी लड़कियाँ हैं ही कितनी।" ऐसे मीठे-मीठे बोलता था। उस वक़्त मेरा ध्यान अपने असाइनमेंट पर होता था। मैं नहीं जानती थी कि यह ठाकुर-वाकुर, पण्डित-बण्डित। मुझे जो काम मिला है, उस पर सोचती थी मगर उसकी बातें मन के किसी कोने में रह जाती थीं। इसलिए सुन कर चुप रही थी। मीडिया में आने से पहले कभी कास्ट एंगल से नहीं सोचा। सभी जातियों की लड़कियाँ लड़के क्लासफेलो थे और आज तक हैं। उन्हें तो जाति दर्शाने जाति का डंडा चलाने की ज़रूरत नहीं पड़ती। यहाँ यह सब क्यों है...?"

वर्षा ने अपना उस वक़्त का अनुभव बताया जब वह एन.डब्ल्यू. चैनल में गयी ही थी। उसने पहले ही दिन असाइनमेंट देने के साथ ही हम सबका एक-एक करके परिचय पूछने के लिए बुलाया था। हम सब तैयारी कर रहे थे कि हमसे हमारी एजुकेशन, कॉलेज, बीट आदि पूछा जायेगा मगर वहाँ का सीन तो कुछ अलग ही था। वह हम सब से परिचय में पूछ रहा था–

"तुम्हारा नाम क्या है?"

"शिशुपाल मिश्रा।" सुन कर उसने मुँह पिचका लिया था। तुम तो ब्राह्मण हो। चलो साइड में हो जाओ। अब तुम बताओ, तुम्हारा नाम क्या है?"

"ठाकुर कृपांक सिंह।"

"तो तुम ठाकुर यानी राजपूत हो।"

"पक्का सर, हम तो जन्म से क्षत्रिय हैं।" वह उसकी पीठ थपथपाते हुए बोला–

"कभी कोई ज़रूरत हो तो निस्संकोच मेरे पास चले जाना।" पीछे खड़े लड़के को देखकर वह बोला–

"हाँ, अब तुम बताओ अपना नाम।"

"सर, मोहम्मद अब्दुल्ला।"

मुँह बिगाड़ते हुए बुदबुदाया–'कटुआ।' यह बात उसने इतने धीरे से कही थी किसी को सुनाई नहीं दे फिर भी अब्दुल्ला के कानों में उसके कुछ अस्फुट शब्दों की गूँज पहुँच ही गयी थी। उसने पूछा भी था–

"क्या सर?"

"कुछ नहीं।" कहकर उसे आगे बढ़ा दिया था कि "तुम अपना काम करो। मेरे भी बहुत काम पड़े हैं।"

"तुम्हारा नाम क्या है?"

"वर्षा।"

"पूरा नाम क्या है?"

"जी, मेरा यही पूरा नाम है?"

"मेरा मतलब सरनेम क्या है?"

"जी, मेरे पापा 'सिंह' लगाते हैं, आप चाहे तो 'सिंह' ही समझ लीजिए।"

"अच्छा, तो तुम ठकुराइन हो।" सुनकर मैं चौकी थी। कुछ बोलने के लिए मुँह खोला ही था–

"सर, नह...।" उसने मुझे साइड करके पीछे खड़े लड़के को आवाज़ देकर बुला लिया था। मेरा मुँह खुला-का-खुला ही रह गया था। शब्द मेरे मुँह के अन्दर ही घुट कर रह गये थे। वर्षा ने आगे बताया–

"मम्मी, उस दिन के बाद ठाकुर वीर सिंह की कुछ बातें हमें अटपटी ज़रूर लगती थीं। मैं हार कर चुप हो जाती थी कि वह हमारे सीनियर थे और हम जूनियर। हमें इन सब बातों से क्या लेना-देना हमें तो काम करना है। इनका जात्याभिमान रहने दो, इन्हीं के पास। हमें तो काम सीखना है।"

इस तरह उसने हमें कुछ बोलने-समझाने का मौक़ा ही नहीं दिया, तब तक पीछे लगे लोगों को इसी अन्दाज़ में अपने पास बुलाता रहा और उनका नाम और सरनेम पूछने के बहाने ठाकुर की वह अघोषित लिस्ट बनाता रहा। वर्षा ने आज अपने मन में छिपे महीनों का गुबार बाहर निकाल दिया था। उसकी मम्मी को उस दिन बहुत हैरानी हुई थी कि नेशनल चैनल के औपचारिक परिचय में जाति इस तरह पूछी जाती है।

वर्षा को अपने स्कूल के वे दिन याद आने लगे जब वह बहुत छोटी थी। पहले ही दिन स्कूल टीचर ने सभी बच्चों के नेम और सरनेम पूछे थे। तब मुझे कुछ पता नहीं था। घर आकर मैंने अपनी मम्मी से पूछा था तो उन्होंने भी कुछ नहीं बताया, कह दिया था हम सरनेम नहीं लगाते। उसके बाद और भी कई टीचर्स ने मुझ से मेरा सरनेम पूछा था। जैसे-जैसे बड़ी होती गयी। इस सवाल का सामना करती गयी, तब मेरे बाल मन में कुछ उथल-पुथल तो हुई थी कि मैडम मुझ से ही सरनेम क्यों पूछती थीं? मेरी बाकी फ्रेंड्स से तो नहीं पूछती थीं। तब मम्मी ने मुझे समझा दिया था कि उनके नाम के आगे ऑलरेडी सरनेम लगे हुए थे, इसलिए उनसे कुछ पूछने की ज़रूरत ही नहीं पड़ती। उस वक़्त कुछ साफ़ समझ तो नहीं आता था, जो घट रहा था उसकी परछाइयाँ, हाव-भाव मेरे मस्तिष्क पर ज़रूर असर छोड़ रही थीं।

बचपन में मैंने ही मम्मी से ज़िद की थी–

'मेरा भी सरनेम लगाओ न मम्मी।' उन्होंने बहुत टालने की कोशिश की थी मगर मेरी ज़िद के आगे उन्हें झुकना पड़ा था। उन्होंने बाद में मेरे नाम के साथ 'सिंह' शब्द जोड़ दिया था जो मेरे नाना, दादा से चला आ रहा था। उसके बाद उन सभी का व्यवहार बदल-सा गया था। अब टीचर्स खुसुर-फुसुर कम करती थीं और सरनेम भी नहीं पूछती थी, मगर मैं जैसे-जैसे बड़ी हो रही थी। मुझे सरनेम के पीछे छिपे जातिसूचक श्रेष्ठता बोध का अहसास हो चुका था। दसवीं से पहले ही मैंने चुपचाप अपने नाम से 'सिंह' शब्द को उड़ा दिया था, क्योंकि मैं नहीं चाहती थी कि लोगों से मैं छिप कर रहूँ। मैं जो हूँ लोग मुझे उसी रूप में सम्मान दें। मेरे काम से मेरी पहचान हो न कि मेरी कास्ट से।'

वह मन-ही-मन सोच रही थी कि जैसे मुझे बचपन के सवाल का जवाब मिल गया है। मैं जैसे-जैसे बड़ी हो रही थी मुझे सब समझ आ रहा था। आज अच्छी तरह मेरे सवाल का जवाब मेरे पास है कि 'मैं कौन हूँ?' मैं यह भी जानती हूँ कि यह देश मेरा है। मैं इस देश की नागरिक हूँ। मैं जो भी हूँ भारतीय हूँ। मेरे पूर्वज कहीं बाहर से नहीं आये थे। इसी देश के मूल निवासी थे। इसी देश की माटी में जन्मे थे। संविधान हमें समान नागरिक का हक़ देता है।

वर्षा के मन में आज की घटनाओं से जुड़ कर अतीत की घटनाएँ इस तरह गड्डमड्ड हो रही थीं कि मानो कल की ही बात हो। कुछ समय तो उसे लगा नहीं कि यह सच हो सकता है। मीडिया में जातिभेद का रोग नहीं हो सकता। यहाँ सब पढ़े-लिखे, सुलझे विचारों वाले प्रगतिशील सेकुलर लोग रहते हैं। दुनिया की बाल की खाल निकालने वाले लोगों के अन्दर इतनी बुराइयाँ, कमियाँ होंगी? वर्षा को चकित करने वाली बात लग रही थी।

वह अपने मन को कैसे समझाए जो वह अनुभव कर रही है। अपनी आँखों से देख रही है। उसे कैसे बिसार दे? कैसे झूठा कह दे? यह तो सरासर ग़लत है, असंवैधानिक है। आर्टिकल 17 का खुला उल्लंघन है। उफ़ मीडिया वाले अपने गिरेवान में कब झाँकेंगे?

वह सोच रही थी 'ठाकुर वीर सिंह की आवाज़ें मेरे के कानों में घण्टों गूँजती रहती थीं। मैं उसकी बातों को भूलना चाहती थी। मैं उसकी जाति गुरूर से भरी देहभाषा को नज़रन्दाज़ करना चाहती थी। मैं यहाँ पत्रकार बन कर आयी थी न कि ठकुराइन या पण्डिताइन बनने। मेरे जवाब देने के बाद उसका चेहरा उसकी आवाज़ बदल गयी थीं। अब वह मुझे देख कर न ख़ुश होता था न ठकुराइन कहता था। मुझे

कुछ राहत की साँस मिल रही थी, मगर उसके बर्ताव में लगातार मेरे प्रति बदलाव आ रहा था। वह मुझे तरह-तरह से परेशान करने की जुगाड़ में रहता था। मैं क्षमता से ज़्यादा उसे काम करके दिखाती थी। अपने को साबित जो करना था। उसने मानो ठान ही लिया था कि वह मुझे परास्त करके ही दम लेगा। उसकी चाल को असाइमेंट के दूसरे लोग समझते थे। ऑफ़िस के कुछ लोग वर्षा के सपोर्ट में भी कभी-कभार बोल दिया करते थे। 'बच्ची को इतना मत सताओ। क्या जान लोगे? इतनी मेहनत से काम करती तो है। उसे मत सताओ।' वह ऐसे समय पर अपने कलिग्स से चिढ़ जाता था। कई मीडिया पर्सनालिटी मेरे आदर्श थे। मैं उनके वीडियो रोज़ पापा-मम्मी को दिखाती। क्या वे भी अपनी पसर्नल लाइफ़ में ऐसे ही पूर्वाग्रही होंगे? सोचते-सोचते वह रुक जाती थी। महीनों का दर्द उसके मन में छिपा उकड़ू जमाये बैठा था।

उसने अपनी माँ की गोद में सिर रखा तो स्मृतियों का सैलाब आ गया था। उसकी माँ जानती है कि उसकी बेटी बहुत बहादुर और मज़बूत लड़की है। अपनी कमजोरी आँसुओं में कभी नहीं बहने देगी। वर्षा की मम्मी छोटे बच्चे की तरह उसके सिर को सहला रही थी। वह कई बार सोचती कि 'फरदर स्टडी में जुट जाऊँ।' किसी भी यूनिवर्सिटी में प्रोफ़ेसर बन सकती हूँ। किसी रिजर्वेशन या रियायत की दरकार नहीं है। मार्क्स भी अच्छे हैं। समझ भी है और भाषा भी है। मैंने अभी तक जर्नल में कम्पटीट किया है। सामान्य में सवाई ही हूँ कमतर नहीं। क्या इस मनुवादी मीडिया को अलविदा कह दूँ? यह सोचते हुए उसे कब झपकियाँ आ गयीं। उसकी माँ को पता ही नहीं चला और वह कब स्वप्न के आगोश में चली गयी थी और वह बड़बड़ाने लगी थी–

"मैं क्यों डरूँ उससे? मैं दलित हूँ। दलित का मतलब शायद वह भूल चुका होगा। दलित शब्द भर नहीं है। यह एक साहस का नाम है। एक कला का नाम है। एक ऐसी इंजीनिरिंग का नाम है जब कोई तकनीकि नहीं थी तब मरे जानवरों की खाल निकाल कर उसके चमड़े को उपयोगी बनाने का हुनर इन्हीं दलित वर्ग के पास था। जब इन्सान जन्म लेता था माँ के गर्भ से उसे दाई माँ बनकर बचाती और दुनिया में लाती थी। गर्व है अपने उन पूर्वजों पर जो अभाव झेल कर इस देश की सेवा करते थे।" करवट लेकर वह फिर स्वप्न देखने लगी। ठाकुर वीर सिंह उससे पूछ रहा है–

"तू यहाँ कहाँ से और कैसे आ गयी?"

"क्या मतलब सर?"

"कुछ नहीं, तुम जा सकती हो।"

उसने नींद में ही सिर झटका। "नहीं सर। मैं कहीं नहीं जाऊँगी...।" सहसा

उसकी नींद खुल गयी थी। वह अपने को थोड़ा हल्का महसूस कर रही थी। भूख भी लग गयी थी। उसकी मम्मी अभी भी उसके साथ लेटी हुई थी। उसने उन्हें जगाया। डाइनिंग टेबल पर रखा खाना कब का ठण्डा हो चुका था। उसकी मम्मी ने खाना पुनः गर्म करके दिया। वह खाना खाते हुए बोली–

"मम्मी यह साहस पता नहीं मेरे अन्दर कहाँ से आया? वैसे जाति कोई चीज़ होती है क्या? यह मैंने तो कभी सुना नहीं है। लोगों के नामों के आगे, शर्मा, वर्मा, सक्सेना, फलाना-ठिकाना लिखा देखा है। मेरी सारी दोस्त हैं। हम कभी आपस में जाति को लेकर कभी असहज नहीं होते हैं। कोई जैनी है, कोई त्रिवेदी है, कोई श्रीवास्तव है, मगर यहाँ मीडिया ने तो मुझे चौबीस महीनों में बहुत कुछ सिखा दिया है जो मैंने अपने पूरे 24 सालों में नहीं सीखा था।"

"उसकी इतनी हिम्मत। वह अब कुछ नहीं कहेगा। ज़्यादा-से-ज़्यादा मुझे परेशान करेगा तो मैं भी उसकी कमज़ोरियों को ढूँढ़ती, तब मजा आयेगा। उसने बताया कि जब तक वह मुझे ठकुराइन कहता रहा। मैं चुप सुनती रही थी। तब तक मुझे सच में बहुत डर लगता था कि कहीं इसे मेरी जाति का पता नहीं चल जाये। हमेशा सतर्क रहती थी, मगर अब मेरे अन्दर का डर निकल गया है। अब मैं शान से अपना परिचय देती हूँ। मैं सबसे पहले भारतीय हूँ। मैं पत्रकार हूँ।"

टी.सी. और कैमरापर्सन सूर्यांश चतुर्वेदी के हँसने की आवाज़ उसके कानों में गूँजी तो उसने पलट कर उन दोनों की ओर देखा और वह पुनः ट्रेन की खिड़की की तरफ़ बाहर देखने लगी थी। अन्दर का दृश्य बाहर से बदला हुआ था।

दहेज में आये कोरोना में गये

'कल यानी मंगलवार को रामू का व्हाट्सअप पर मैसेज देखा कि विक्रम मामा गुज़र गये, बुधवार को निगमबोध घाट पर उनका अन्तिम संस्कार कर दिया गया।' अंग्रेज़ी में लिखे इस मैसेज ने मीना को गहरे तक हिला दिया था। बहुत देर तक वह सुन्न बैठी रही थी। रामू को फ़ोन लगाया। विक्रम मामा के बारे में पता किया, क्या हुआ था उनको? क्या वे बीमार थे? रामू ने बताया–

'बीमार तो वे चल ही रहे थे, अभी एक दो दिनों से तबीयत ज़्यादा ख़राब हो गयी थी। कोरोना के कारण सभी बॉर्डर सील हैं। लॉकडाउन की वजह से कोई आ-जा नहीं सकता, इसलिए हमने ही सब कुछ ठीक से कर दिया। बाद में हवन वगैरह करवा देंगे, तभी आपको और अन्य रिश्तेदारों को बुला लेंगे।'

मीना का मन नहीं माना तो नीलू को फ़ोन लगा दिया था क्योंकि नीलू विक्रम मामा के सबसे नज़दीक रह चुके थे। उनका उस घर में आना-जाना रहता था। नीलू ने मीना को बताया था कि 'उनकी अन्तिम यात्रा के वक़्त चार कन्धे भी बड़ी मुश्किल से जुट पाये थे। रामू इस स्थिति में नहीं हैं कि वह कन्धा दे पाते विक्रम मामा को, क्योंकि उनकी टाँगें जन्म से पोलियो ग्रस्त हैं। उनका बेटा इतना बड़ा नहीं है कि वह कन्धा दे पाता। कैसे होता उनका अन्तिम संस्कार? घर में भाभी और बड़ी मम्मी के अलावा और कोई नहीं था। मैं ही अपने परिचितों को साथ लेकर जैसे-तैसे उनकी मिट्टी को कन्धा देने पहुँचा गया था। वे बहुत भले और मेहनती आदमी थे। नीलू ने बताया कि जब मैंने सुना विक्रम मामा नहीं रहे तो मैं अपने को रोक नहीं पाया था। कोरोना महामारी के ताला बन्दी के दौर में भी उनका अन्तिम संस्कार करने पहुँच ही गया था। उनके अन्तिम संस्कार की सब तैयारी मैंने ही की थी।

नीलू की बात सुनकर मीना मन-ही-मन बुदबुदा रही थी, 'विक्रम मामा की कहानी ख़त्म हो चुकी है।' उनकी यादों की स्मृतियों का एक इतिहास बनकर रह गया था। उनके नाम मात्र से ही मीना की आँखों के सामने अब से क़रीब 50 साल

पहले के एक युवक का चेहरा उमड़ने-घुमड़ने लगा था। क़रीब पाँच फुट पाँच इंच लम्बाई, रंग गोरा, मँझला क़द, हृस्ट-पुष्ट गठा हुआ शरीर, नाक-नक़्श आकर्षक, घुँघराले बाल। चेहरे पर हल्की-सी मुस्कान यानी ख़ुशनुमा स्वभाव था उनका। उसने बचपन से अपनी नानी के घर में उनको हमेशा चरी और ज्वार-बाजरा के बड़े-बड़े गट्ठर के बोझा को खेत से काट कर सिर पर ढोते हुए देखा था। साथ में उनके हमउम्र साथी दुर्गा को भी वह देखती थी। वे भी विक्रम मामा के साथ चारा काट कर सिर पर ढोकर घर लाते थे और फिर घर पर खड़ी हाथ की चारा मशीन से दोनों लोग मशीन का हत्था पकड़ कर पहिया घुमाते हुए चारा काटते थे। घर में बँधे गाय-भैंस, बैलों को खिलाते थे। सानी करना, गोबर समेटना, उठाकर घूरे पर फेंकना और गाय-भैंस का दूध भी ये लोग ही निकालते थे। उनकी बाँहायें और सीना ऐसे फूले दिखते थे जैसे आज जिम में एक्सरसाइज करते नौजवानों की बाँहें और सीना फूले रहते हैं, जिसे आज की शहरी भाषा में सिक्स पैक एब्स ट्राइसेप-बाइसेप कहते हैं। विक्रम और दुर्गा मामा इसका प्रदर्शन करने के लिए न टाइट टी शर्ट पहनते और न छाती से अपने बाल हटवाते थे, मगर उनके सिक्स एब्स ट्राइसेप-बाइसेप काम करते हुए या कभी नहाकर आते तो स्वत: दिख जाते थे। तब मीना को इन सिक्स एब्स ट्राइसेप-बाइसेप के बारे में कुछ पता नहीं था बल्कि किसान, मज़दूर और शहरी आदमी में वह फ़र्क़ को इस रूप में समझती थी। आज के परिवेश में देखें तो फ़र्क़ इतना है कि आज के नौजवानों की बाँहें और सीना ज़िम में पैसा देकर और अण्डा-दूध पीकर फूलती हैं और उन दोनों की बाँहें और सीना श्रम करके फूले हुए थे। उसके बदले में उनको कितना पारिश्रमिक मिलता था या नहीं मिलता था। इसको जानने का उसके पास कोई ज़रिया नहीं है और यह जानने की उसने कभी कोई आवश्यकता महसूस नहीं की। वह देखती थी कि वे घर में ही रहते थे। सबका उनके प्रति व्यवहार मधुर रहता था। नाश्ता, दोनों वक़्त का खाना उसी तरह खाते थे जैसे घर में बाक़ी सदस्य खाते थे। मीना के मँझले मामा जो उस वक़्त घर के मुखिया थे। वे शौक़ीन भी थे, ऐसा कभी नहीं होता था कि शुरुआती मौसम के महँगे फल कभी घर न लाये हों चाहें आम, सेव-सन्तरा हों, अनार या अन्य कोई फल वे जब भी बाज़ार से आते तो कोई-न-कोई फल या खाने की चीज़ ज़रूर लाते थे। खाना खाने के बाद आँगन में खटिया पर बैठ कर चाकू से काट कर फल के छोटे-छोटे टुकड़े करते सभी बच्चों, घर की स्त्रियों को बाँटते। ऐसे वक़्त पर विक्रम और दुर्गा मामा को देना कभी नहीं भूलते थे।

दुर्गा मामा के बारे में ज़्यादा स्मृतियाँ मीना के पास नहीं थीं। वे कब अल्हागंज में नानी के घर आये और कब तक घर में रहे या वे कब चले गये? कुछ याद नहीं,

मगर विक्रम मामा के बारे में कुछ स्मृतियाँ, अवश्य उसके मन के किसी कोने में अंकित थीं, जिसे वह भुला कर भी नहीं भूल पा रही थी जो उनके जीवन से जुड़ी हुई थीं, जिनमें उसकी माँ की स्मृतियाँ भी शामिल रही थीं।

घर की साफ़-सफ़ाई और खाना बनाने का काम मीना की मँझली और छोटी मामी करती थीं। वे सुबह की चाय बनाती तो विक्रम मामा को भी सभी लोगों की तरह चाय देतीं, नाश्ता कराती थीं। दोपहर तक खेती-बाड़ी और ढोर-डंगर के काम निपटा कर, उसके बाद नहा-धोकर घर के अन्दर ही चटौना पर बैठ कर सबकी तरह वे भी खाना खाते थे। मामा-मौसी के सब बच्चे जिनमें मुन्नी, पप्पू, गुड्डू, रमेश, ओमा, रामू, नीलू, लल्लू, छुन्नू, सुनीता, अजीत आदि सब उन्हें विक्रम मामा कहते थे। मँझली मामी और छोटी मामी विक्रम मामा को भइया कहती थीं, क्योंकि वे बड़ी मामी के भाई थे इसलिए हम सब बच्चों के मामा थे और मामियों के भाई थे।

विक्रम मामा के बारे में कहा जाता था कि वे बड़ी मामी यानी श्री सियाराम मामा की पत्नी रामरती के छोटे भाई उनकी शादी में बतौर दहेज में आये थे। यह बात मीना ने बचपन से सुन रखी थी। आज उनके जाने की सूचना सुन कर उसने अपने पापा से इस बात की पुष्टि करनी चाही तो उसके पापा ने बताया कि 'उन दिनों खेतों में कुछ पैदा नहीं होता था। उनकी थोड़ी सी ज़मीन थी। तुम्हारे नाना के पिता जी का अच्छा ख़ासा कारोबार था। वे अपने इलाक़े में चौधरी रामचरन के नाम जाने जाते थे। जाटवों में उनकी पूरी धमक थी। उनकी ख्याति आसपास के कई गाँवों तक फैली हुई थी। डेढ़ सौ बीघा बढ़िया उपजाऊ ज़मीन, एक बाग, दो दुकानें, बड़ा घर, दो बैल, दो भैसें, एक गाय और उनके लबारे अलग थे। कुल मिला कर सब बढ़िया था। उनके पाँच पोते थे। घर में काम करने के लिए सहयोगी की आवश्यकता तो थी ही, अकेले सब सँभालना मुश्किल था। ऐसे में विक्रम मामा का सहयोग साथ में दुर्गा मामा का सहयोग घर के लिए ज़रूरी सा था।'

चौधरी श्री रामचरन के बेटा के पाँच लड़के थे। वह भी सब पढ़ने वाले निकले। एक से एक बढ़ कर पढ़ाई की। आई.ए.एस. जैसी परीक्षा में तीन पोते निकले तो उनकी साख और भी बढ़ गयी थी। बाकी दोनों ने पढ़ाई तो की मगर नौकरी नहीं की। घर का कारोबार सँभालना पसन्द किया था। इसलिए आसपास का हर लड़की वाले की चाहत थी कि हमारी लड़की इस घर में ब्याही जाये। उन दिनों शादी-ब्याह में कोई माँग नहीं होती थी मगर कोई भी लड़की वाला अपनी लड़की को ख़ाली हाथ विदा नहीं करता था। छोटा-मोटा दहेज ही उसका अधिकार होता था। इसलिए हर माता-पिता स्वेच्छा से पीतल-काँसे के बर्तन-भाड़े तो देते ही थे। उन दिनों यही दहेज था या उसको लड़की का हक़ समझा जाता था। पापा ने बताया कि उनके

पास देने को कुछ नहीं था। सूखा पड़ गया था, फ़सल नहीं हुई थी। इसलिए तुम्हारी मामी के पिता जी ने अपनी बेटी की शादी में यह कह कर विक्रम को भेज दिया था कि दहेज में इसे ले जाओ। इस तरह विक्रम मामा उस समय दस-ग्यारह साल के बच्चे ही थे। उम्र में तुम्हारी मामी से छोटे थे।

उनका स्वभाव नम्र था। बच्चों से प्यार और अपनत्व से बात करते थे और अपने काम के प्रति बहुत ही ईमानदार थे। उनमें वफ़ादारी और संकल्पबद्धता अपने पिता की तरह ठूँस-ठूँसकर भरी थी। ज़ुबान से जो कहा वह किया। उनके पिता ने ग़रीबी में भी बेटी के ससुराल वालों का मान रखने में बेटा को देते वक़्त जरा भी हिचक नहीं दिखाई दी थी। दर्द ज़रूर हुआ होगा, जिसे घर वालों ने अनदेखा किया होगा, समझाया-बुझाया होगा। बेटा को वापस बुलाने की मनुहार भी उनकी पत्नी ने की होगी, मगर उन्होंने घर के मुखिया की तरह अपना आदेश सुना दिया होगा कि 'जो वचन दे दिया तो दे दिया। ज़ुबान भी तो कोई चीज़ होती है। हम ग़रीब ज़रूर हैं मगर अपनी ज़ुबान के पक्के हैं।' पति का आदेश उन्हें सिर माथे था। अपनी गीली आँखों के कोरों को धीरे से मुँह घुमा कर उन्होंने पोंछते हुए अपने मन से कहा होगा कि मैंने एक बिटिया नहीं दो बिटिया यानी बेटे को उन्होंने बेटी समझ कर ही तो विक्रम को बेटी के साथ विदा कर दिया था। अब काहे को माथा पीट रही है। अपने काम में लग जा। हैं तो दो और दुलार दिखाने को और भी वह अमीर बहन के घर सेवा पुण्य कमाने ही तो गया है। सेवा करेगा तो सुखी रहेगा। आ जायेगा बहन के साथ कभी-कभार हमारी आँखों के सामने भी। इस तरह विक्रम मामा की माँ ने अपने सीने पर पत्थर रख लिया था। गाँव मोहल्ले में ख़ूब चर्चा हुई थी। दूर-दूर तक यह बात हवा की तरह फैल गयी थी कि लोग कानाफूसी भी ख़ूब कर रहे थे। 'कभी ऐसो भयो है कि कोई अपने लड़का को दहेज में देत है। का वे कोई राजा-महाराजा हैं, हम उनकी प्रजा हैं। यह ठीक नांय है। आज जाने अपनो लड़का भेजो है कल को कोई और भेज देगो। हम गाँव वालन के लड़कन की भी कोई इज़्ज़त होत है कि नांय।'

इस तरह धीरे-धीरे यह चर्चा आसपास के इलाक़े में ख़ूब फैल गयी थी। विक्रम को भी अपने घर की और अपने माँ-बापू की एक-दो दिन ख़ूब याद आयी थी मगर धीरे-धीरे वे बहन के घर में घुल-मिल रहे थे। वहाँ खाने-पीने की कोई कमी तो थी नहीं। ढोर-डंगर के काम अपने घर भी करते थे और यहाँ भी कर रहे थे। बहन का साया साथ में था तो माँ की कमी ज़्यादा नहीं खलती थी। इससे ज़्यादा सोचने की शक्ति विक्रम के पास नहीं थी और न वे सोचना चाहते थे। पिता के आज्ञाकारी पुत्र जो थे, वे अपने को दशरथ पुत्र राम से प्रेरणा ले रहे थे। जब भी उनका मन उचटता था तो वे अपने मन को समझाते दशरथ पुत्र राम का उदाहरण देकर समझा लेते थे।

पिता की आज्ञा का सवाल वहाँ भी था और विक्रम के जीवन में भी था। वे यह और कहते थे 'राम तो अपनी अयोध्या छोड़ कर वनवास गये थे और मैंने तो अपने पिता की आज्ञा से अपना घर ही तो छोड़ा है सेवा के लिए सियाराम की चरणों में ही तो रहूँगा, वन में थोड़े ही हूँ मैं। यह सौभाग्य सभी के नसीब में नहीं होत है।' विक्रम मामा को अपने समाज और परिवार से मिले धार्मिक संस्कारों से मानो ऊर्जा मिल रही थी। जिस घर में वे बहन के साथ दहेज बन कर आये थे। वहाँ उनके बहनोई का नाम सियाराम था। यह अजीब संयोग बना था उनके जीवन में उनके संस्कार व्यवहार में उतर रहे थे। इसीलिए बाहर की मानवीय मुक्ति की चेतना न पाने के दो मुख्य कारण थे, एक उनका अशिक्षित होना दूसरा उनके संस्कार। दोनों का ख़ूब समायोजन बना था उनके जीवन में।

आज विक्रम मामा की कहानी ख़त्म हुई थी तो मीना के जीवन में अजीब खलबली मच गयी थी। एक-एक करके उसके सामने उनके जीवन की झाँकी चलने लगी थी।

विक्रम मामा जब विवाह योग्य हुए तो मीना के नाना के पिता जी जो इस घर के मुखिया थे। उन्होंने अपने पोतों की तरह उनकी भी किसी लड़की से शादी भी करवा दी थी। लड़की ग़रीब परिवार से ज़रूर थी। वैसे वे कहते थे कि लड़कों की शादी अपने से छोटे घर में करो तो लड़की वाले मान ज़्यादा देंगे। यहाँ मान से ज़्यादा विक्रम मामा की शादी के लिए लड़की मिलने की बात थी। किसी ज़रूरत मन्द की सजातीय लड़की ढूँढ़ कर उन्होंने विक्रम की शादी करा दी थी, जो लड़की बहू बन कर आयी उसका नाम नन्ही था। यानी कद में वह छोटी और पतली दुबली थी। उसी के अनुसार उसका नाम नन्ही पड़ा था। अब नन्ही उस घर में बहू बनकर आयी थी। विक्रम मामा घर के बाहर के काम करते थे तो नन्ही ने जल्दी ही मँझली और छोटी मामी का घर के कामों में तेज़ी से हाथ बँटाना शुरू कर दिया था। हँस मुख स्वभाव की थी नन्ही। चिड़िया सी बड़े से आँगन में कभी झाड़ू लगाती हुई फुदकती तो कभी झूठे बर्तनों को रसोई से उठा कर बड़े से आँगन के उस तरफ़ बने चौकी पर बर्तनों को इकट्ठा करती और कुछ-न-कुछ गुनगुनाती हुई माँजती रहती, मगर उसकी जीवन यात्रा ज़्यादा लम्बी नहीं चल सकी। एक बेटी को जन्म दिया और उसके साथ ही वह भी हमेशा के लिए विदा हो गयी थी। विक्रम मामा के चेहरे पर मुस्कान खिल भी नहीं पायी थी, वह हमेशा के लिए सिमट गयी थी। वे खेती-बाड़ी और पशु के चारा काटने, खिलाने के अनेक कामों में लगे रहते थे परन्तु उनके मन में पत्नी और बच्चे की कमी का ज़ख़्म की टीस कभी-कभी बढ़ जाती थी, तब वे और भी उदास हो जाते थे। अब उन्होंने अपने जैसे मिलने वालों से सलाह-मशविरा

करके नन्ही की जगह को भरने की कोशिश में जुटे थे। वे नन्ही जैसी किसी लड़की को ख़रीद कर पत्नी बना कर लाये थे। वह भी हँस मुख और मिलनसार नन्ही की तरह ही थी मगर उसका साथ भी विक्रम मामा को ज़्यादा समय नहीं मिल सका। वह भी चल बसी थीं। उसके बाद विक्रम मामा भीतर से टूट गये थे। उन्होंने मान लिया था कि उनके जीवन में अकेले ही रहना बदा है। वे बाहर से सामान्य दिखते थे, मगर उनके अन्दर कुछ टूट रहा था। मीना के नाना-नानी के भरे-पूरे परिवार में विक्रम मामा का जीवन दो-दो पत्नियों के आघात से बिखर सा गया था। उनके मन में रेगिस्तान जैसा ख़ालीपन फैल गया था, मगर वे अपने कर्तव्य को नहीं भूले थे। पूर्ववत् जानवरों की टहल करते और खेत-क्यार के सब काम कर रहे थे। उधर उनके बहनोई सिविल सेवा की परीक्षा में सफल हो गये थे। ट्रेनिंग के बाद उनकी पोस्टिंग गोवा में कलक्टर के पद पर हुई थी।

उनकी बहन शादी के चार वर्ष बाद ही अपने कलक्टर पति के साथ गोवा चली गयी थीं। जब भी वे घर आती थीं तो विक्रम मामा का मन पहले से ज़्यादा प्रफुल्लित हो जाता था। उनके घर में स्वागत की तैयारियाँ सभी लोग करते थे। विशेष तौर पर नानी के नेतृत्व में मँझली मामी ही ज़्यादा साफ़-सफ़ाई का काम करती थीं। छोटी मामी रसोई का काम सँभाल लेती थीं तो विक्रम मामा उनकी कुठरिया के जाले झाड़ते, दीवारों-किवाड़ों को पोंछते। अलमारी में पुराने बिछे अख़बारों को निकाल कर नये अख़बार बिछाते। उनका बिस्तर धूप में सुखाते, साफ़-धुली हुई चादर बिछाते और उससे मैच करते तकिया कवर लगाते। नहाने के लिए उनकी अलग से पीतल की बाल्की और लोटा माँज सुखा कर उलट कर रख देते थे। मन में कहते रहते 'जिज्जी और जीजा जब आयेंगे तभी पानी भर कर रख देंगे।' उनकी तौलियाँ, साबुन यहाँ तक कि उनकी चप्पलें तक पुराने पड़े ब्रुश में साबुन लगा कर उनकी बद्दियों को रगड़ कर चमका देते थे। पूरे आँगन और कोने-कोने में नज़र डालते कि कहीं कोई कूड़ा का तिनका तो नहीं रह गया है। उनका मन उन दिनों बहुत ख़ुश रहता था। शरीर में अजीब-सी फुर्ती महसूस करते थे। उनके अफ़सर बहनोई भी उनकी इज़्ज़त में कभी-कमी नहीं करते थे जब आते तो उनके लिए सफ़ेद कुर्ता-पैजामा यह कहते हुए देते थे–

'विक्रम जी, इधर तो आओ भाई। जरा यह कुर्ता-पैजामा पहनकर तो दिखाओ। सही नाप का है या नहीं।' विक्रम मामा सुन कर थोड़ा सकुचाते और भीतर से ख़ुश होते और झक्क सफ़ेद कुर्ता-पैजामा पहन कर आते तो एकदम बगुला जैसे दिखते थे। उनको देखकर सब लोग मुस्कराने लगते थे तो वे थोड़े सकुचा जाते थे। वे तुरन्त नये कपड़े निकाल कर अपने पुराने कपड़े पहन कर काम में जुट जाते थे।

पूछने पर कहते कि 'पहने के देख तो लियो। अब काम नये कपड़े पहन के थोड़े ही कर पाऊँगो।'

इस तरह विक्रम मामा निरन्तर अपने काम में जुटे रहते थे जैसे जुआ में जुते रहते हैं बैल। धीरे-धीरे कैसे बीस-बाईस साल गुज़र गये पता ही नहीं चला था। एक दिन उनकी बहन रामरती अपने पति के साथ ससुराल आयीं और बोलीं–

'भइया, अब तुम हमारे साथ दिल्ली चलो। जैसे यहाँ काम करते हो, वैसे ही वहाँ काम करिओ। हाँ, वहाँ उतनो भारी काम नांय है, जितनो यहाँ है। दिल्ली का नाम सुनते ही उनका मन बल्लियों छलाँगे लगाने लगा था। मीना के नाना-नानी के घर उन्हें किसी ने नहीं रोका और न किसी ने वहाँ से जाने के लिए कहा। अगले ही दिन उन्होंने अपने एक थैला में अंडरवियर-बंडी और अपने दो जोड़ी कपड़े रख लिए थे। गाड़ी में पीछे की सीट पर बैठे विक्रम मामा ने पहली बार गाँव से दिल्ली तक की नौ घण्टे की यात्रा की थी। वे कार में बैठे ऐसा महसूस रहे थे मानो सभी पेड़, लहराते खेत पीछे छूटते जा रहे थे और वे बहुत तेज़ी से आगे बढ़ते जा रहे थे। रात के आठ बज कर दस मिनट पर दिल्ली के बॉर्डर पर जैसे ही कार पहुँची विक्रम मामा की आँखें चौधियाने लगी थीं। वे पहली बार इतनी जगमगाती रोशनी देख रहे थे। मन में गुदगुदी-सी हो रही थी। इसी बीच कार एक बड़े से गेट से अन्दर पहुँची तो वहाँ सैकड़ों एकड़ में फैले अंग्रेज़ों के जमाने का बना बंगला और वहाँ फैली हरियाली फूल पौधों की ख़ुशबू उनके नथुनों में घुस रही थी। ऐसी हरियाली उन्होंने पहले कभी नहीं देखी थी। हालाँकि वे खेतों में काम करते थे। वहाँ हरियाली अवश्य थी मगर काम में व्यस्त उसे महसूस नहीं कर पाये थे। एक लाइन में लगे लम्बे-लम्बे बोतल वाले पेड़ उनके मन को बहुत भा रहे थे। कुछ फूल-पौधे रात की रोशनी में ख़ुशबू बिखेर रहे थे। रात में तो खाना खाकर वे सो गये थे। सुबह उठे तो उनकी बहन रामरती जिन्हें उनके पति लक्ष्मी जी कहते थे। साथ ही विक्रम मामा को भी वे बड़े ही अदब से विक्रम जी बोलते थे। उन्होंने विक्रम को आजीवन विक्रम जी ही सम्बोधित किया था।

सुबह उनकी बहन रामरती और वहाँ के नौकर-चाकरों ने उन्हें वहाँ का रहन-सहन और उनका कमरा दिखा दिया था। उनके काम धीरे-धीरे उनकी बहन उन्हें समझा रही थीं कि यहाँ नलों में पानी कैसे आता है। कैसे इनकी साफ़-सफ़ाई करनी है। रसोई में भी उनको नौकरों के साथ कुछ दिनों खड़े होकर खाना बनाना सीखने को कहा था। दिन में उनकी बहन ने अपने बेटा के पैंट-शर्ट उन्हें पहनने को दिये और कहा–

'भइया, यहाँ यह धोती-कुर्ता अच्छो नांय लगत है। यह मुढ़ासा भी हटा दो और यह भइया (बेटा) का पेट-शर्ट पहन लो, तुम्हें ठीक आयेगा।' इस तरह विक्रम मामा की ड्रेस अब बदल गयी थी। अब वे देखने में गाँव के किसान, मज़दूर जैसे नहीं शहर में रहने वाले बाबू जैसे दिखने लगे थे। विक्रम मामा ने नये लिवास में अपने को पहली बार शीशा में देखा तो यकायक उन्हें फ़िल्मी गीत की पंक्ति याद आ गयी 'साला मैं तो साब बन गया...।' वे ख़ुद ही शरमा गये थे। धीरे-धीरे उन्होंने वही पोशाक पहननी शुरू कर दी थी।

अगले दिन गाड़ी में बैठा कर उनका भांजा अपने प्लॉट पर ले गया था, जहाँ उनका मकान बन रहा था। वहाँ उनको करना तो कुछ ख़ास नहीं होता था। बैठ कर सुपरवीजन का काम था कि मिस्त्री और लेवर काम ठीक से कर रहे हैं या नहीं। शुरू में तो विक्रम मामा को यहाँ रहना, कुर्सी पर पैर लटका कर सुबह से शाम तक बैठना बहुत मुश्किल लगता था। बैठे-बैठे शरीर में दर्द होने लगता था। उनका शरीर अकड़ जाता था। वे यह बात अपनी बहन से दबी जवान से कहते तो वे तपाक से जवाब देतीं–

'अच्छा, अब तुम्हें बैठ कर शरीर में दर्द होत है। गाँव में कुंटलों चारा काटते, खेत में काम करते तब दर्द नांय होत थो।' उसके बाद विक्रम मामा ने उनसे मन की बात करनी कम कर दी थी। बहन-भाई दोनों अपनी जगह ठीक थे। श्रम के बाद काम न करने पर दर्द होता ही है। इस तरह विक्रम मामा धीरे-धीरे शहरी वातावरण में अपने को ढालने लगे थे और शहर उनके अन्दर समाने लगा था। बहन-बहनोई का पूरा मकान उनकी ही निगरानी में बन कर तैयार हो गया था। गृह प्रवेश का औपचारिक कार्यक्रम रखा गया था। अफ़सर बहनोई के मिलने-जुलने वाले आ रहे थे। वे सबको एक ट्रे में रखकर पानी तो कभी चाय, कभी ठण्डा शरबत पिला रहे थे। उनकी बहन ने उन्हें सब सिखा दिया था कि किस तरह से ट्रे पकड़नी है, कैसे चाय बनानी है, कैसे खाना बनाना है, कैसे घर आये मेहमानों की आवभगत करनी है। उन्हें यह भी समझा दिया था कि घर पर उनके रहते या न रहने पर हर दम उन्हें ही यह काम करने हैं। नौकर तो कभी ज़्यादा तो कभी कम होते रहते थे। एक तरह शुरू में वे अफ़सर बहनोई की कोठी में नौकरों का सुपरविजन भी करते थे और ख़ुद भी काम करते रहते थे। कभी-कभी तो लगता था कि वे बने ही काम के लिए हैं। एक पल को भी उन्हें ख़ाली बैठे नहीं देखा था। काम करने की उनकी आदत में शुमार हो गया था।

मीना कभी अपने मामा के घर जाती तो वे अक्सर उससे पूछते 'बिटिया ठीक

हो? तुम्हारे पापा और तुम्हारे बहन-भाई सब कैसे हैं? फिर कहते तुम्हारी मम्मी को जब घुटनों में दर्द होता था तो मैं ही तुम्हारी मम्मी को अपने कन्धे पर बिठाकर कभी वैद्य तो कभी डॉक्टर के पास ले जाता था। उन दिनों आज की तरह ताँगा, बसें कारें तो थीं नहीं। वे बताते हुए बार-बार रिपीट करते थे अपनी बात। कहते, तुम्हारी मम्मी की हाथों की उँगलियाँ सूज जाती थीं। घुटने इतना अधिक दर्द करते वे पैर ज़मीन पर नहीं रख पाती थीं। यह बात वे अक्सर कहते थे जब भी वह उनसे मिलती तो वह यह बात ज़रूर दोहराते थे, क्योंकि उन्होंने उसकी मम्मी को ननिहाल में बपचन से देखा था। वे बच्चों से लगाव महसूस करते थे। उनका स्वभाव मिलनसार था ही।

मीना की स्मृति में उनकी वह तस्वीर भी अंकित है जब उनकी उम्र बढ़ रही थी। उनके अफ़सर बहनोई रिटायर्ड होकर घर आ गये थे। उम्र तो उनकी भी रिटायर्ड लायक हो चुकी थी जैसे कभी घर के कामों से गृहिणी कभी रिटायर्ड नहीं होती है ठीक उसी तरह वे भी कभी रिटायर्ड नहीं हुए थे। पेट के दो ऑपरेशन होने के बाद उनकी कमर झुक गयी थी। वे घर आये मेहमानों को झुकी कमर से ही ट्रे पकड़ कर पानी और चाय-नाश्ता देते रहे थे। वे काम तो घर का करते थे मगर उनके बहनोई ने उनको कभी तू करके भी नहीं बोला था। हाँ, उनका भांजना और उनकी आयी नवेली बहू अपने पति का अनुकरण करने लगी थी। अपने सगे मामा को सिर्फ़ वह ही उनके नाम 'विक्रम' कह कर पुकारता था। अब तो उन्होंने अपने को यह शब्द सुनने की आदत बना ली थी। शुरू में गाँव से आये थे तो उन्हें सुन कर बहुत अटपटा लगा था। मन की कसमसाहट मन में ही दबा ली थी। वे इन्तज़ार करते रहे थे कि यह बात उनकी बहन अपने बेटे से कहे कि 'यह तुम्हारे सगे मामा हैं। गाँव में सब बच्चे मामा बोलते हैं तुम विक्रम क्यों बोलते हो?' शुरू में एक दो बार उनकी बहन ने अपने बेटा से कहा भी था 'यह तुम्हारे मामा हैं। इन्हें मामा ही बोला करो। इन्हें इनके नाम से मत पुकारो।' सुन कर वह हाँ, हाँ करता हुआ बाहर निकल जाता था मगर शायद ही उसके मुँह से मामा शब्द भूले-भटके निकला हो। हाँ, बचपन में परिवार के सब बच्चों की देखा-देखी उन्हें मामा बोलता था।

विक्रम मामा चुपचाप यह सब देखकर मन-ही-मन दुखी हो रहे थे। वे देखते थे किस तरह बहू अपनी सास का हाथ रसोई में झटक देती थी, कभी पराँठे, पूड़ियाँ और रोटियाँ बनाते हुए तो कभी सब्ज़ी परोसते हुए। कभी तू करके बोलती थी। एक दिन तो बेटा माँ को तू-तड़ाक से आगे निकलकर गाली-गलौच पर उतारू हो गया था। माँ को वह असभ्य भाषा बोलने लगा था। मान-सम्मान की सभी मर्यादाएँ तोड़ चुका था। अब उसकी भाषा और असंयमित हो चुकी थी। वह गालियाँ बकने लगा था। सुनने वाले को शर्म आ जाती थी। उसकी गालियाँ सुनने के लिए विक्रम मामा

ही सबसे नज़दीक थे। ऐसे समय पर उनके दिल में बहुत ज़ोर से दर्द उठता था। उनका मन करता था काश वे उसकी बतमीजी के लिए उसके गाल पर ज़ोर से चाँटा जड़ सकते तो ज़रूर जड़ते मगर वे अपनी औक़ात अच्छी तरह समझते थे। इसलिए चाँटा तो दूर प्रतिकार का एक शब्द तक बोलने की हिम्मत नहीं जुटा पाये थे कभी।

उस दिन के बाद उनके बेटे की शर्म पूरी तरह से उतर चुकी थी। माँ, पिता और मामा शर्म में ऐसे डुबकी लगा रहे थे मानो वे नदी के भँवर में फँस गये हों। अब यह हर रोज़ का क़िस्सा बन गया था। कारण एक तो नहीं था अनेक थे। मुख्य कारण पहले तो बेटा ने अफ़सरी बाप के नशे में समय बर्बाद किया और अब वह असफलता की भड़ास दूसरों पर फोड़ रहा था और चिड़चिड़ाता था। बड़ी नौकरी के लायक नहीं बना छोटी का मानस नहीं बना सका। व्यवहार में अफ़सरी का नशा सिर पर सवार था।

अब विक्रम मामा अपने छोटे भाई न्यारे लाल जो दिल्ली में ही रहते थे। वे एकाध बार उनको उनको अपने घर भी ले गये थे। हालाँकि उनके छोटे भाई की एक छोटी-सी आमदनी वाली नौकरी इनके सहयोग से प्राप्त की थी। उन्होंने डी.डी.ए. का एक कमरे का छोटा-सा फ्लैट भी ले लिया था। वे विक्रम मामा को अपने घर ले गये थे। उनकी दवाई-गोली भी करा दी थी। विक्रम मामा को लग रहा था कि पहली बार उन्हें किसी ने बड़े भाई जैसा मान-सम्मान दिया है। उनके बच्चे उनके पैर छूते, ताऊ कहते तो उनका सीना चौड़ा हो जाता था। उनके घर उनका आना-जाना कभी कभार हो जाता था। स्टेट्स में दोनों परिवारों में ज़मीन आसमान का अन्तर था। मान-सम्मान में भी वे अन्तर को महसूस कर रहे थे। बहन के घर उनका भांजा अपने माँ-पिता को कमरे के अन्दर हर रोज़ प्रताड़ित करने लगा था। वे चुपचाप सह रहे थे। इससे उनका मन उचट-सा रहा था। जब भी उनका छोटा भाई या भतीजा आता तो वे ख़ुश हो जाते थे। एक बार वे बीमार पड़े तो ऑपरेशन का सारा ख़र्च छोटे भाई न्यारे लाल ने उठाया और तीमारदारी अलग से की। अस्पताल के बाद वे अपने घर ले आये और अपने घर पर तब तक रखा जब तक वे पूरी तरह से ठीक नहीं हो गये।

बढ़ती-ढलती उम्र में विक्रम मामा के साथ एक और खेल हो गया था। उनका छोटा भाई न्यारे लाल और उसकी पत्नी इस बार उन्हें गाँव में ले गये। समझा-बुझा कर बहन और भांजे की अराजकता का हवाला देते हुए समझाया कि यहीं रहो आराम से। वहाँ क्या करोगे जाकर? अब काम भी तो तुमसे नहीं होता है। वैसे भी जिज्जी का बेटा और बहू अपने माँ-बाप की इज़्ज़त नहीं करता तो तुम्हारी कैसे करेगा? उन्हें यह बात समझते देर नहीं लगी थी क्योंकि सब उनकी आँखों के आगे वर्षों से घट रहा था। एक दिन छोटा भाई और उनकी पत्नी पास बैठते हुए बोले–

'भइया, आप यहाँ आराम से तब तक रहो जब तक आपका मन करे। अब

दिल्ली में जिज्जी के घर जाकर क्या करोगे? यहीं रहो हमारे पास जितना बन सकेगा, हम आपकी सेवा करेंगे।

'ये दस बीघा ज़मीन बहू के नाम लिखवा दो। कल किसने देखा है।' वे बोले–'ठीक है बाबू। कल बता दूँगा।' वे रात भर करवटें बदलते रहे थे। उन्होंने बहुत सोचा-समझा था और वे अपने बहनोई और बहन के व्यवहार को याद करते तो सोचते मेरी ज़िन्दगी जहाँ गयी मेरी ज़मीन भी वहीं जानी चाहिए, मगर दूसरे पल वे अपने भांजे और बहू का चेहरा उनकी कड़वी, चुभीली बातें याद करते तो उनके द्वारा की गयी उपेक्षा, तिरस्कार, गाली-गलौच हर रोज़ अपमानित करने वाली भाषा सुन कर वे भीतर से व्यवथित हो चुके थे। वह यह सब सोचने लगते तो उन्हें लगता मानो कोई उनके जख़्मों को कुरेद रहा है। वे भीतर ही भीतर दर्द से कराह उठते थे। सहानुभूति अपनापन का वहाँ सूखा पड़ा हुआ था। आख़िर में वह सोचते कि बहनोई तो रहे नहीं और बहन को कुछ मिलने से रहा तो वहाँ ज़मीन देने का क्या फ़ायदा? यह सोचते हुए उनकी रात गुज़र गयी। सुबह उठे तो बोले–

'भइया, तुम ठीक ही कह रहे हो। कब मेरी आँखें बन्द हो जायें का पतौ। तुम ज़मीन अपनी बहू के नाम जितना जल्दी हो लिखवा लो।'

इस तरह उन्होंने अपने हिस्से की ज़मीन और घर सब कुछ छोटे भाई की बहू के नाम कर दिया था। वे कुछ दिन वहाँ रहते रहे, मगर वे कुछ ही दिनों बाद ही अजीव-सा महसूस करने लगे थे। धीरे-धीरे उनके व्यवहार में पहले जैसी मिठास और अपनापन कम हो रहा था। यह बात वह मन-ही-मन महसूस करने लगे थे। मन की बात किससे कहें, कोई उनके नज़दीक नहीं था। अब उनका बिस्तर कमरे से निकाल कर टीन में लगा दिया गया था। गर्मी में टीन तपती तो पंखे की हवा में आग उगलती हुई सी महसूस होती तब बहन-बहनोई के घर की कूलर और एयरकंडीशन वाली ठण्डी हवा यकायक याद आ जाती, मगर कड़वी यादें भी उनका पीछा नहीं छोड़तीं।

यह ज़मीन वाली बात हवा की तरह गाँव से दिल्ली में भी उड़ कर पहुँच गयी थी। संयोग यह हुआ था कि विक्रम मामा की बहन की नातिन की शादी थी। वे बिन बुलाये वहाँ पहुँच तो गये थे क्योंकि बच्चों को उन्होंने अपने हाथों से खिलाया था, उनसे लगाव था, मगर वहाँ उनसे कोई बात ही नहीं कर रहा था। दूध की मक्खी की तरह अलग-थलग पड़े रहे थे। उनके घर भी गये थे। नाते-रिश्तेदारों में यही बात फैल रही थी। कभी विक्रम को ख़ुदग़र्ज़ी तो कभी उनके छोटे भाई न्यारे लाल पर लालची होने का आरोप लगाया जा रहा था। सब उनको अजीब-सी नज़रों से देख

रहे थे, इससे उनके मन की पीड़ा मन में ही गुथ रही थी।

बहन की नातिन की शादी हो गयी थी। सारे रिश्तेदार चले गये थे, परन्तु विक्रम मामा नहीं गये थे। उनकी बहन रामरती चाह रही थीं कि वे गाँव लौट जायें मगर अपने मुँह से नहीं कह पा रही थीं। उनका शरीर पहले की तरह फुर्तीला नहीं बचा था। जहाँ वे सबकी सेवा करते थे। अब उनको लगता था कि उन्हें कोई पानी दे दे। चाय बना कर पिला दे, मगर यहाँ सबकी अपनी दुनिया थी जो उनके कमरों तक सिमटी हुई थी। वे सुबह से शाम तक भूखे-प्यासे पड़े थे। यदि कभी किसी को दया आयी तो बचा-कुचा कुछ दे दिया। दस बातें सुनते ही मुँह का निवाला गले के नीचे जाता ही नहीं था।

विक्रम मामा के पेट और सीने में दर्द हो रहा था। उनके छोटे भाई के बच्चों को ख़बर दी थी फ़ोन से मगर वे नहीं आये और न उनका कोई फ़ोन आया था। विक्रम मामा के भांजे ने ही डॉक्टर को दिखाया था। उनकी किडनी में ख़राबी आयी थी। ऑपरेशन कराना पड़ेगा डॉक्टर ने बता दिया था। ऑपरेशन का ख़र्चा उनके भांजे को बता दिया था। विक्रम के छोटे भाई न्यारे लाल को और उनके बच्चों को बोला था कि वे उनका इलाज करायें। उनको उनके घर वे छोड़ भी आये थे मगर उन्होंने उनको अस्पताल में दाख़िल नहीं कराया बल्कि वे उनको अपनी बहन-बहनोई के घर छोड़ कर चले गये थे। आख़िरकार उनके भांजे ने ही हार कर उनको अस्पताल में दाखिल कराया था और उनका ऑपरेशन भी कराया था, क्योंकि वह उनको दर्द से करहाता हुआ नहीं देख सका था मगर घर आने के बाद उनको न कोई समय पर चाय देता न खाना। जब याद आता तो खाना दे देते थे। याद नहीं आया तो वे भूखे पड़े रहते थे। आवाज़ देते रहते थे, मगर उनकी आवाज़ को सब अनसुना करते थे। वे ऐसे समय पर मन मींच कर रह जाते थे। वे सोचते थे कि–

'घर में शेरो जो उनका पालतू कुत्ता था उसे भी समय से दोनों टाइम खाना खिलाते थे। बाहर घुमाने ले जाते थे और एक मैं हूँ पूरी ज़िन्दगी इनकी ही सेवा में कुर्बान की थी मगर इन्हें जरा भी तरस नहीं आता था।' अगले दिन धूप चढ़ गयी। कोरोना का संक्रमण पूरी दुनिया में फैला हुआ था। भारत तालाबन्दी में जकड़ा हुआ था इसलिए सब घर में ही क़ैद थे। हज़ारों की संख्या में मज़दूर काम बन्द होने के कारण आनन्द विहार बस अड्डा पर बस के इन्तज़ार में इकट्ठा हुए थे। निराश होकर वे सब पैदल चल पड़े थे गाँव की ओर। उनमें छोटे बच्चे, गर्भवती महिलाएँ, बुज़ुर्ग सब थे। वे लोग टी.वी. पर ख़बरों में यह सब देख रहे थे। साथ ही देर तक टी.वी. पर फ़िल्में चलतीं तो कभी रामायण-महाभारत चलती थी। 'एक महानायक डॉ. बी.आर.अम्बेडकर' एक महत्त्वपूर्ण सीरियल चल रहा था। तालाबन्दी में वह

बन्द भी हो चुका था। सुबह सब देर से सो कर उठते थे, क्योंकि न तो कहीं किसी को जाने की चिन्ता थी और न घर में कामवाली आती थी, जब मन करे तब काम कर लो, जब भूख लगे तब खाना बना कर खा लो। उस दिन सब देर सोकर उठ गये थे मगर विक्रम मामा के कमरे से कोई आवाज़ नहीं आयी, न खाँसने की, न करवट बदलने की आहट सुनाई दी, तब बहू ने अन्दर जाकर झाँका और बोली–

'विक्रम मामा, विक्रम मामा।' कोई हरकत नहीं देखी तो हाथ से मुँह पर पड़ी चादर हटाई तो उसके मुँह से चीख़ निकल गयी–

'विक्रम मामा...मा...मा मामा।' सुनकर सभी उधर की ओर लपके थे। सब फटी आँखों से देख रहे थे कि वे अब सो चुके थे चैन की नींद जो उन्होंने कभी नहीं सोई थी अब तक।

सरोगेट मदर

"साहब ठीक से जाँच करो। ऐसे नांय हो सकत है मेरी बिटिया को।" फूलमती ने अपनी बिटिया चन्दो को जाने कहाँ-कहाँ दिखाया था। अपने क्षेत्र की नामी गिरामी दाई, झाँड़-फूँक करने वाले फ़क़ीर, तान्त्रिकों, शर्तिया इलाज की सफलता का दावा करने वाले नीम हकीमों, नर्स और मिडवाइफ़ सभी के पास लेकर गयी थी वह। मगर कोई फ़ायदा नहीं हुआ था। कुछ ने एक दो साल तक भ्रम में रखा था। उसके बाद वह चन्दो को लेकर अपनी हैसियत से बढ़कर शहर के बड़े डॉक्टरों के पास भी गयी थी। अपनी मेहनत-मज़दूरी की कमाई से ज़रूरी जाँचें भी करायी थीं, मगर उसे डॉक्टरों का एक ही जवाब मिला था।

"फूलमती, तुम इस जन्म में चन्दो के बच्चे की नानी नहीं बन सकतीं। भगवान उसकी कोख ही बनाना भूल गया है।" पहली बार यह बात सुनकर फूलमती को तमाड़ा-सा आ गया था। यकायक आँखों के सामने अँधेरा छा गया था। उसे लगा कि दुनिया घूम रही है। जैसे-तैसे उसने अपने आप को सँभाला था। वह अपनी विवशता डॉक्टर बिन्दू के सामने रखने लगी थी–

"डॉक्टर साहब, मेरी लल्ली के ब्याह को पूरे चार साल बीत गये। इसकी सास रोज़-रोज़ ताने मारत है। धमकावे है। वह कहत है कि जाने अभी तलक एकौ चुहिया तक नांय दई। जाके बस की बात नांय है बाली-बच्चा पैदा करनो।"

फूलमती यह बात अपनी समधन से बार-बार सुन कर थक चुकी थी। इस बार तो उसने उसे चेतावनी भी दी थी कि–

"अब मैं और इन्तज़ार नांय करूँगी। जे मेरो वंश नांय चालवेगी। मैं तो अपने लल्लुआ सुखीराम को दूसरो ब्याह रचाऊँगी। फिर कुछ मत कहियो समधन मोसे अबैइ बताये देत हैं।"

फूलमती के कान फटे जा रहे थे समधन की चेतावनी को याद करके। इस बार उसने रवि की फ़सल पर ज़्यादा नराई, कटाई और गुड़ाई का काम किया था। इस

काम को करके जो पैसे कमाये थे, उन्हें जोड़ कर मुम्बई के कलावती अस्पताल में चन्दो को लेकर इस उम्मीद के साथ आयी थी कि यहाँ ज़रूर कोई न कोई रास्ता निकल आयेगा। यहाँ वह दूसरों की ख़ुशी के लिए तीन बार पेट से हुई थी। वह डॉ. विथा शुक्ला से विनती कर रही थी कि डॉक्टर साहब कैसे ही मेरी चन्दो की गोद भर देयो। यह कह कर वह सोचने लगी थी–

आज मैं डॉक्टर के सामने गिड़गिड़ा रही हूँ अपनी ही बेटी के लिए और पाँच-छह वर्ष पहले यही डॉक्टर दो और लोगों के साथ लम्बी सी कार में आयी थीं, हमारी झुग्गियों में। तब वे हमें समझा रही थीं, तो कभी उनकी बेवसी उन तीनों के चेहरे पर दिख रही थी–

"चन्दों अब तुम मना मत करो। हमने मुम्बई की सब सड़कें छान मारी हैं। कोई तैयार नहीं हुआ है। बड़ी मुश्किल से तुम्हारे बारे में पता चला है। तुम जो कहोगी, हम वह सब तुम्हें देंगे। तुम हमारी मदद करो।"

उसे उन की बातें कुछ ठीक से समझ नहीं आयी थीं। उन्हें बीच में टोक कर पूछा था–

"मैडम जी, तुम कहा कह रई हो? किस बारे में बातें कर रई हो? मोए कछु समझ नांय आये रहो है।" उसकी बात भी पूरी नहीं हुई थी मगर उसकी मंशा को समझते हुए डॉ. विथा शुक्ला ने उसके पास बैठ कर बड़े ही अपनत्व से कहा था–

"फूलमती, हम तुम्हें सब समझा देंगे पर तुम न मत करना।" उसे अभी भी कुछ समझ नहीं आया था। वह उनका मुँह देख रही थी और उनकी नज़रें उसकी तरफ़ गढ़ीं थीं। वह यह सोच रही थी ये लोग कौन हैं? यहाँ क्यों आये हैं? इनका मकसद क्या है? किस बारे में कह रहे हैं मना मत करियो। पर काहे के बारे में? उसका मन प्रश्नों से मथ रहा था। उसे चुप बैठे देखा तो डॉ. विथा बोलीं–

"फूलमती तो तुम राजी हो, चलो हमारे साथ।"

"पर कहाँ और क्यों?"

उसके मन की शंका होंठों पर आ गयी थी। डॉ. विथा हर समस्या के समाधान के लिए जैसे पहले से ही तैयार थीं। इस बार वह और भी स्पष्ट शब्दों में बोल रही थीं–

"फूलमती, तुम्हें घबराने की कोई ज़रूरत नहीं है। दरअसल हमें एक ऐसी औरत की ज़रूरत है जो बच्चे पैदा करने में सक्षम हो। हमारा मतलब है स्वस्थ हो। जवान हो। साथ आये दम्पती की ओर इशारा करके कहा। इन लोगों की मदद करनी है तुम्हें। यह बड़े पुण्य कमाने का मौक़ा है। ये बहुत बड़े लोग हैं। इनके पास सब कुछ है। किसी चीज़ की कमी नहीं है, पर भगवान औलाद देने के नाम पर इनसे

रूठ गया है। इनकी गोद नहीं भरी है। सात समुद्र पार से ये बिचारे तुम्हारे भरोसे आये हैं। तुम्हें इनकी मद्द करनी है। ज़िन्दगी भर तुम्हें याद रखेंगे।" वह उनकी बातें सुन कर इतना ही बोली थी–

"साब, हम ग़रीब आदमी हैं। गाँव में हम अछूतन को कोई रोजी-रोटी को ज़रिया नांय थो। इसलिए अपनों घर-वार छोड़ कर परदेश में सड़क पर परै हैं। हमारे अपने ही चार बच्चा हैं। अब और नांय चहिए।"

फूलमती ने जो समझा वैसा ही उसने जवाब दिया था। एक अनजाने से डर की लकीरें उसके चेहरे पर उभर आयी थीं जिसे डॉ. विथा ने पढ़ लिया था। इसीलिए तो वह इतना ही समझा कर गयी थी–

"फूलमती, अब हम लोग चलते हैं। कल फिर आयेंगे। तब तक तुम सोच लो। तुम इतना मान कर चलना कि इस बार तुम अपनी कोख उधार इन लोगों के लिए दे रही हो। इस बारे में हम तुम्हें कल समझायेंगे।"

वह अपने अतीत की जीती जागती फ़िल्म अपनी आँखों से देख रही थी। आज उसकी अपनी और बेटी चन्दो की विवशता बन गयी थी। मुम्बई का जाना-माना कलावती अस्पताल था। इतने बड़े अस्पताल में घुसने की उसमें न तो उसकी हैसियत थी और न हिम्मत ही थी, मगर वह इसी अस्पताल में पिछले छह वर्षों से डॉ. विथा की सहयोगी बनी हुई थी। वह वहाँ दूसरों के लिए ख़ुशियाँ बाँट रही थी। सुपर फैसलिटी पंच सितारा जैसे आधुनिक अस्पताल के गार्ड से लेकर वार्ड ब्याय और गर्ल, नर्सें और डॉक्टर सब उसे पहचान गये थे। इसलिए उसे वहाँ आने-जाने से कोई नहीं रोकता-टोकता था, बल्कि उसे देखते ही वे सब उसके साथ वी.आई.पी. जैसा आदरभाव प्रकट करते थे। उसे देखते ही रास्ता छोड़ देते थे। उसे याद है कि वह जब भी किसी के लिए पेट से होती थी तो उससे पहले वे उससे लम्बा चौड़ा फार्म भरवाते थे और जहाँ भी अँगूठा लगाने को कहते वह लगा देती थी। उसकी माली हालत थोड़ी सुधर गयी थी मगर वह अपने जाति-बिरादरी वालों से कट-सी गयी थी। उसे सब शक की नज़रों से देखने लगे थे।

सुबह से ही उसका मन भारी था। वह सोचने लगी थी–"आज मैं अपनी बिटिया का दुख लेकर डॉ. विथा शुक्ला के पास आयी हूँ। मैं डॉक्टर के सामने जितनी विनती करती हूँ। वे उतनी ही बेरुख़ी से जवाब देतीं हैं। हम कुछ नहीं कर सकते हैं। यह कभी माँ नहीं बन सकती। इसलिए अब मेरा समय बरवाद मात करो।"

वह डॉक्टर के पास से नहीं जा रही थी। इससे डॉक्टर खीजने लगी थी। उसे बाहर जाने का आदेश दिया था। इस समय फूलमती डॉक्टर के बदलते व्यवहार को महसूस कर रही थी पर आज मजबूरी डॉक्टर की नहीं उसकी थी। इसलिए वह चुप

थी। चन्दो का दर्द एक माँ होने के नाते उसे पहले हो रहा था। उसके सामने एक ही रास्ता था। वह इस बार डॉक्टर के चरणों में गिर गयी थी और कहा था–

"डॉक्टर साहब एक बात करनी है तुम ज़्यादा नाराज मत होइए। मेरी बात सुन लेयो तो बड़ी मेहरवानी होएगी।" उसके स्वर में विनीत भाव की अधिकता देख और सुन कर डॉक्टर विथा का हृदय थोड़ा सा द्रवित हुआ था–

"हाँ, बोलो पर जल्दी।"

"डॉक्टर साहब, जा चन्दो को आदमी दूसरी शादी कर लेगो। हम ग़रीब लोग हैं। हमारी बिटिया कहाँ जायेगी हम का करेंगे? का ये अमेरिका वाली गोरी मैम, दिल्ली वाली ठकुराइन और अपनी मुम्बई की ही फ़िल्म हीरोइन चन्दा की तरियों तो यह माँ बन सकत है...।" उसकी बात पूरी भी नहीं हुई थी। डॉक्टर उसकी मंशा को समझ गयी थीं। वह उसे ऐसे घूर रही थीं, मानो उसने यह कह कर वर्ण व्यवस्था का अनुशासन तोड़ दिया है। उनकी दृष्टि में सबसे नीचे के पायदान पर रहने वाली अछूत स्त्री ने शिखर के वर्ण में प्रवेश करने जैसा दुसाहस किया था। सवर्ण सम्भ्रतता के अहंकार के छिपे भाव डॉ. विथा शुक्ला के चेहरे पर उभरने लगे थे। मगर उसने इस वक़्त अपने जातीय दुराभावों को छिपाने में ही समझदारी की थी। डॉक्टर की आँखें लाल हो गयी थीं। उसने अपने पर नियन्त्रण रखने का असफल प्रयास किया था। बावजूद तन का आक्रोश का असर जवान पर भी थोड़ा हुआ था–

"फूलमती, तुम क्या कह रही हो जानती हो? लाखों का ख़र्चा होता है उस तकनीक में। तुम दे पाओगी इतने सारे रुपये?" सुन कर फूलमती इतना ही बोली थीं–

"डॉ. साहब, मैंने बार-बार अपनी कोख दी है आपके कहने पर दूसरों के लिए। वो कहत हैं...बार-बार सरोगेट मदर बनी हूँ। मैंने दर्द सहे हैं। मेरो पेट चिरो है। तब तो इतने पैसे नांय लगे थे। मोय तो पन्द्रह हज़ार रुपये ही तो दिये थे। वोउ खान पियन को। हम अपनों घर वार सब बेच के बीस-बाईस हज़ार रुपये तक को इन्तज़ाम कर लेंगे। अपनी चन्दों के लिए।" एक साँस में वह सब कह गयी थी।

इस बार डॉ. विथा ने फूलमवती को पुनः समझाने का प्रयास किया था–

"फूलमती यह तकनीक बहुत कठिन और एक्सपेंसिव यानी महँगी है। जो टीम इसमें काम करती है। उनकी महँगी फीस, इन मशीनों के द्वारा हम किसी की कोख में इच्छित स्त्री-पुरुष के शुक्राणु को डाल पाते हैं। इसके बाद और भी पूरे नौ महीने तक सरोगेसी स्त्री की जाँचें करनी होती हैं। इन सब में बहुत ज़्यादा पैसे लगते हैं।" फूलमती ने पुनः अपने मन की शंका जाहिर की थी–

"डॉ. साहब मैं तीन बार तुम्हारे अस्पताल में ख़ुद मशीन बनी हूँ। बच्चे जनने की। अब हम पे संकट आयो तो हमारी भी सुननी चहिए। तब तो तुम सब कह रहे थे। फूलमती, तुम जैसी स्त्री देवी बनकर हमारी मदद के लिए आगे आती हैं, नहीं तो यह महँगी मशीनें भी कुछ नहीं कर सकतीं।" कह कर इस बार उसने डॉक्टर के आगे अपने दोनों हाथ जोड़ दिये थे–

"डॉ. साहब, एक बार हम पर तरस खायो। मेरी और मेरी बिटिया की ओर देखो। कुछ तो करो। हम ऐसे यआं से नांय जायेंगे।" फूलवती की पहाड़ जैसी अड़िगता को देखकर डॉ. विथा का हृदय थोड़ा हिला अवश्य था। उस वक़्त उन्होंने इतना ही कहा था–

"शान्त हो जाओ फूलमती मैं तुम्हारी मदद करना भी चाहूँ तो भी नहीं कर सकती। हाँ, मैं अपने बड़े डॉक्टर से तुम्हारे बारे में बात ज़रूर करूँगी। यदि वह मेरी बात मान लेते हैं तो ऐसी स्त्री तुम लाओगी कहाँ से? जो सरोगेट मदर बनने को राजी हो जाये।" डॉक्टर की बात सुनते ही वह छोटे बच्चे की तरह चहक कर बोली थी–

"डॉक्टर साहब मैं हूँ ना। अब तक मैंने अपनी कोख में दूसरों के बच्चे पाले थे। अब मैं अपनी चन्दो के बच्चे को अपनी कोख में पालूँगी।" वह अपनी बेटी के बच्चे के प्रयास में इतनी ज़्यादा उत्साहित थी कि तीसरे सरोगेसी बच्चे के जन्म के समय सीनियर डॉक्टर द्वारा दी गयी चेतावनी को भी भूल गयी थी। इसलिए डॉ. विथा ने उसे दिलाते हुए कहा था–

"तुम्हें इस वक़्त यह भी याद नहीं डॉ. प्रभाकर पाण्डे ने तीसरी बार बच्चे के जन्म देने के बाद क्या कहा था? यही न कि तुम अब अपनी कोख का उपयोग कभी नहीं कर सकती। पहले से ही तुम्हारे अपने चार बच्चे हैं। तुम्हारी कोख छलनी बन चुकी हैं। मशीनों का तुम्हारे शरीर पर बार-बार प्रयोग हुआ है।"

चन्दो बाहर स्टील की कुर्सियों पर बैठी थी माँ के इन्तज़ार में, पर फूलमती डॉ. विथा के साथ मीटिंग में इतनी व्यस्त थी कि उसे पता ही नहीं चला कि सुबह दस बजे से कब एक बज गया था। वह डॉ. विथा की बातों पर विश्वास ही नहीं कर रही थी। उसकी ज़िद थी कि एक बार पुन: उसकी जाँच कर ली जाये। शायद भगवान कोई चमत्कार कर दें। उसकी ज़िद के आगे डॉ. को झुकना पड़ा था, क्योंकि वह उनकी एक पुरानी अच्छी ग्राहक थी। मोटी रक़म की कमाई का वह ज़रिया बनी थी। इसलिए उसके आग्रह को वह चाहते हुए भी नहीं टाल पायी। बोली चलो मेरे साथ अन्दर। जाँच पूरी होने पर डॉक्टर ने उसे समझाया था–

"तुम्हारा शरीर बहुत कमज़ोर हो गया है। एनीमिया यानी ख़ून की कमी भी है तुम्हारे शरीर में। इधर तुम्हारी उम्र भी पचपन के आसपास है। ऐसी हालत में हम ऐसा कोई रिस्क नहीं ले सकते जिससे तुम्हारी जान को ख़तरा हो।"

यह डॉ. विथा शुक्ला का साफ़ और सख़्त शब्दों में अन्तिम निर्णय था। फूलमती की सभी कोशिशें नाकामयाब हुई थीं। वह डॉक्टर के कमरे से बाहर आयी तो चिन्ता की लकीरें माथे पर उभर रही थीं जिसे चन्दो पढ़ने की कोशिश कर रही थी।

अगस्त का महीना था। बाहर सूरज की तेज़ रोशनी फैली हुई थी। अचानक तेज़ हवाएँ चलने लगी थीं। एक काली बदली ने वहाँ सूरज के प्रकाश को ढक लिया था। वहाँ के वातावरण में कालिमा छा गयी थी। सूरज की तपिस कुछ कम हुई थी। वहाँ बैठे मरीज़ों और उनके अटेंडेट्स ने राहत की साँस ली थी। मगर फूलमती के चेहरे पर पसीने की बूँदें चमक रही थीं। उसके हृदय की धड़कनें तेज़ चलने लगी थीं। बेटी के भविष्य की असुरक्षा के भय से उसका मन घबरा रहा था। चन्दो ने माँ को आते हुए देखा तो उठ कर खड़ी हो गयी थी और वह पूछ रही थी–

"अम्मा, डॉक्टरनी ने कछु कहो?" फूलमती को जैसे कुछ सुनाई नहीं दे रहा था। उसे लग रहा था कि कहीं दूर जंगल से किसी की अस्पष्ट सी आवाज़ उसके कानों में गूँज रही थी। वह न कुछ बोल रही थी और न कुछ सुन रही थी। ऐसा चन्दो ने महसूसा था। वह चुपचाप आकर अस्पताल के बड़े हाल प्रतीक्षालय में बिछी कुर्सी पर निढाल-सी थप्प से गिर गयी थी। उसकी आँखों के सामने एक के बाद एक यादों की रील सी घूमने लगी थी। वह एक के बाद लगातार तीन बच्चों की सरोगेट मदर बनी थी। पहली बार जब उसने अमेरिका के एक दम्पती के बच्चे को अपनी कोख में रखा था तो झुग्गी में रहने वाली उसकी सखी सहेलियों से क्या-क्या नहीं सुनने को मिला था–

"तू कैसी औरत है दूसरे के बच्चे को जन्म देगी?" तो कुछ ने कहा था–

"यह तो झूठ बोलत है। सरोगेट फरोगेट कछु नांय होत है। कबहू ऐसे भओ है कि काहू का बच्चा काहू के पेट में आ जाये। पतो नांय किसको पाप लिये फिर रही है ये। तभी तो तेरी झुग्गी पे बड़ी-बड़ी मोटर कार खड़ी रहत हैं। वामैं बैठ के जाने कहाँ-कहाँ मुँह कारो करन जात है।"

आँखों में झलक आये आँसुओं को उसने अपनी धोती के पल्लू से पोंछ लिया था। जैसे-जैसे पेट बाहर को आ रहा था। उसका पति उससे दूर होता जा रहा था। अड़ोस-पड़ोस की सखी-सहेलियाँ भी उससे दूरी बनाने लगी थीं। भूखी प्यासी पड़ी रहती थी। वह फिर अतीत में विचरने लगी थी–

"जिस दिन बच्चा पैदा हो रहा था। दोनों गोरे आदमी मेम ऐसे आके खड़े हो गये थे, जैसे ज़मींदार अपने कारिन्दों को मूल और ब्याज वसूलने के लिए भेज देत हैं मगर यहाँ मूल और ब्याज की बात ही नहीं थी। मैंने अपने ख़ून से सींचो थो उस बालक को। उसकी धड़कनों को महसूसा था पूरे नौ महीने अपनी कोख में। पेट में उसकी शरारतों की अनुभूति हुई थी। वह सब महसूस करके मेरे स्त्री मन को एक शान्ति सी मिली थी। छातियों में दूध भी उतरा था। माँ का अहसास उतना ही जागा था जितना अपने बच्चों के होने पर जागा था।"

उसे डॉक्टर की वह हिदायतें याद आने लगी थीं, जो उन्होंने उसे लिखित काग़ज़ पर अंकित की थीं, जिसे डॉ. विथा ने पढ़ कर सुनाई थी–

"फूलमती, अब तुमने इस फार्म पर अँगूठा लगाया है। बच्चे के जन्म के बाद तुम इस पर अपना हक़ नहीं जमा सकतीं। यह बच्चा तुम्हारा नहीं है। अमेरिका वाले दम्पती जब तक स्वेच्छा से इस बच्चे को तुम्हारे पास दूध पिलाने के लिए रखना चाहेंगे। वे रख सकते हैं और जब ले जाना चाहेंगे। तब तुम्हें वह बच्चा देना होगा।"
वह सोचने लगी थी–

"उसके बाद मैंने किसी बड़ी हीरो के बच्चे को पेट में रखा था तब उससे कहा गया था कि 'कोई पूछे तो कह देना ये मेरे दूर के रिश्तेदार हैं। मैंने सुन कर सिर हाँ में हिला दिया था।"

"ये काग़ज़न की बातें मोए न मालूम हैं। मोए तो एकौ बार नांय लगो थो, ये बालक परायौ है। मेरे जिस्म को हिस्सा नांय है। उतनो ही जोर को दर्द हुओ था, जितनो अपने बालकन के पैदा होन पर हुओ थो। मैं कमर और पेट दर्द से चीख़ रही थी। गायं गोरू की तरियों, पर बच्चा जैसे ही धात्ति पै आयो बाकी पहली चीख़ मेरे कानन में सुनाई पड़ी थी। ठीक अपने बालकन की तरियों, पर बाक़ी पहली सूरत मोए ना दिखाई गयी थी। उसके ख़रीदार माँ-बाप को दिखाई गयी थी। डॉ. विथा शुक्ला 'कांग्रेचुलेशन मैडम आप बेटी की माँ बन गयी हैं' कह रही थीं। मेरी आँखें तरस रही थीं उस बच्ची देखन को। वह आयी थी मेरे पास दूध पियन को। एक दम गोरी चिट्टी थी गोरी मैम की तरियों फिर भी मैंने बाये सीने से लगायो थो। किस-किस की क्या-क्या बातें नांय सुनी थीं मैंने। लालची हूँ। बच्चे पैदा करने की मशीन हूँ। नाजायज औलाद पैदा कर रही हूँ। मैंने नाक काटये दई है अपनी बिरादरी की। पर मैंने उस बच्ची को ख़ूब निहारा था, टकटकी लगाकर। अपनी आँखों के कैमरे से उसकी सूरत अपने दिमाग़ में उतार लई थी। आज जब मैं गेट वे ऑफ़ इंडिया पर भुट्टा बेचती हूँ। वहाँ आयी किसी विदेशी बच्ची को देखती हूँ तो लगता है यही है

मेरे कलेजे का टुकड़ा। मैं उसकी असली माँ हूँ। कभी लगता वह मुझे अम्मा-अम्मा कह कर बुला रही है। पलट कर देखती हूँ तो वह अपनी माँ की ऊँगली पकड़े चली जा रही होती है और मैं थोड़ी दूर उसके पीछे-पीछे बढ़ रही होती हूँ। तभी एक भुट्टा का ग्राहक आया। बोला–'कोई है इधर?' सुन कर मैं दौड़ कर वापस आयी अपने धँधे के ठिकाने पर। पहली दफा वह बच्ची मेरे तन के बाद मन में बस गयी थी। जिस दिन वे लोग उसे ले गये मैंने चार दिन तक कुछ ना खायो-पियो थो। लगता था कोई मेरी बच्ची को मुझसे छीन ले गया था। फिर मैंने ख़ुद ही अपने मन को समझायौ थो। मैं इतने दिनन की ही उसकी माँ बनी थी।"

फूलमती को एक-एक करके उन तीनों बच्चों की यादें आ रही थीं जिसे उसने अपनी कोख में रख कर अपने ख़ून से सींच कर कोख में पाला था, पर आज वह अपनी ग़रीबी अपनी बेवसी अपनी जाति को मन-ही-मन कोस रही थी–

"जो औरत दुनिया की औरतों को ख़ुशी दै सकत है। आज वह अपनी औलाद को ख़ुशी नांय दै पा रही है। लानत है ऐसी मशीनन पै, ऐसे डाक्टन पै? ऐसो अस्पतालन को हम का करें? जै हमारे का काम के हैं? जो सबन को इलाज नांय कर सकत हैं। काअ जेऊ ठाकुर-बामन की बनायी जात की तरियों पछपात करे हैं?" चन्दो ने फूलमती को बहुत देर तक चुप बैठे देखा तो उसे झकझोर कर पूछने लगी–

"अम्मा-अम्मा कहा भयो? डॉक्टरनी ने का बताओ?"

"कछु नांय बेटा। जब क़िस्मत ही रूठ जाये तो कोई कछु नांय कर सकत हैं। मैं बड़ो सपनों देख रही थी। एकदम जिन्दो सपनों। ऐसो सपनों जो मैं हक़ीक़त में पूरो नांय कर पायी। जा दुनिया हमारे जैसन अछूत ग़रीबन को नांय बनी है।" चन्दो ने माँ को सहारा देकर उठाया था। वह बहुत कमज़ोरी महसूस कर रही थी।

चमनकली

उन्हें अभी दो दिन ही हुए थे काम करते हुए। उम्र पचास के ऊपर की रही होगी। बुज़ुर्ग लग रही थीं चमनकली। क़द-काठी से लम्बी और भारी भरकम शरीर की थीं वे। सीधे पल्लू की धोती पहने थीं। सिर पल्लू से ढका था परन्तु माथे के ऊपर उनके खिचड़ी रंग के बाल ऐसे झाँक रहे थे, जैसे कुछ शरारती बच्चे रेल की खिड़कियों से अक्सर बाहर झाँका करते हैं। चेहरे पर हल्की झुर्रियाँ दिखाई दे रही थीं। पहले ही दिन वे ऊषा को गेट पर मिल गयी थीं। उनका मुस्कान भरा चेहरा और जानी-पहचानी नज़रें ऊषा की आँखों से टकरा गयी थीं। आख़िरकार ऊषा ने पूछ ही लिया था–

"अम्मा जी, आज घास नहीं काटी क्या?"

ऊषा ने यह सोचकर सवाल किया था कि उन जैसी अनेक महिलाएँ निकटवर्ती गाँव शंकर गढ़ी से घास छीलने इधर आया करती थीं। घर में बने उसके छोटे से बगीचे से भी उन्होंने एक-दो बार घास काटी थी। उसकी बात सुनकर वे बोलीं–

"मैडम जी, मैं अब घास नहीं काटती।"

"तो अब क्या करती हो?"

"मैं तो घरों में झाड़ू-पोंछा का काम करती हूँ।"

ऊषा उनकी बात सुनकर चौंकी थी। थोड़ा ठहर कर उसने पूछा था–

"अच्छा, आप घरों में काम करती हो पर कहाँ करती हो?"

"यहीं आपकी कॉलोनी में। अभी तो बर्तन माँजकर आयी हूँ।" उसकी भाषा में पूर्वीपन का लहजा था। वे ऊषा को आप करके सम्बोधित कर रही थीं।

ऊषा ने उसे बताया कि "काम तो हमें भी कराना है क्योंकि हमारी काम वाली बहुत दिनों से बिहार गयी हुई है। अब लौट कर आयेगी भी या नहीं कुछ पता नहीं।"

"अभी कामवाली न है, तो फिर काम कौन करे है तुम्हारे?"

उन्होंने आश्चर्य से पूछा, तब उसने बताया कि–

"मैं ख़ुद ही करती हूँ।"

सुनकर वह पुन: चौकी थी–

"बीबी जी, आप ख़ुद ही काम करो?" कहते हुए उसने अपनी आँखें ऊषा के चेहरे पर गड़ा दी थीं। उसकी आँखों में आश्चर्य और एक अलग तरह की प्रश्नाकुलता दिखाई दे रही थी। ऊषा ने भी उसे उसी तरह सहजता से जवाब दिया और उसकी मंशा को भाँपते हुए पूछा–

"अम्मा जी, तुम चौंक क्यों रही हो? क्या मैं अपने घर का काम ख़ुद नहीं कर सकती? वह बोली–

"नहीं, मैडम जी यह बात नांय है। आप बुरा मत मानियों आप नौकरी करती हो और घर में काम को वक़्त मिल जात है का...?"

कहते हुए उसने अपनी बात बीच में ही रोक दी थी और कुछ सोचने के हाव-भाव उसके चेहरे पर दिखाई देने लगे थे। यह बातें ऊषा अपने पोर्च में खड़ी होकर कर रही थीं। अब उसने घर का दरवाज़ा खोलकर उन को अन्दर बुलाया और कुर्सी पर बैठने का संकेत किया।"

बुज़ुर्ग महिला ने पूछा–

"मैडम जी, तुम बालकन को पढ़ावे है का?"

"हाँ, मैं बाकलन को पढ़ाती हूँ पर आपको कैसे लगा?"

"घर में इतनी किताबें भरी देख के।"

"हाँ, आप सही सोच रही हो।"

उसने उन्हीं की भाषा में जवाब दिया, साथ ही कहा–

"आप बैठो, मैं अभी कपड़े बदलकर आती हूँ। फिर आपको चाय पिलाऊँगी और बातें करूँगी। सुबह से निकले शाम के साढ़े पाँच बज गये हैं। कह कर ऊषा ने अपनी व्यस्तता और थकान होने के संकेत दिये थे। चमनकली जैसे जल्दी में हो। उसने तुरन्त एक सवाल फिर दाग दिया था–

"कहाँ पढ़ावौ हो मैडम जी?"

"मैं दिल्ली में पढ़ाने जाती हूँ।" उसने बताया।

"मैं अभी चाय नांय पिऊँगी। मैं चलती हूँ।" चमनकली की बात सुनकर ऊषा बीच में ही ठिठक गयी थी। उस बुज़ुर्ग औरत को देखकर उसके मन में द्वन्द्ध चल रहा था। तुरन्त उसका ध्यान अपने परिवार की स्त्रियों की ओर चला गया था। चेहरे-मोहरे और उनकी माली हालत लगभग उन जैसी ही उसे लग रही थी। ऊषा ने अपनी सास को कभी देखा नहीं था पर उनकी परिस्थितियों से वह अपरिचित

नहीं थी। वे अपने 'संकट-काल' में परिवार को पालने के लिए दूसरों के घरों में गेहूँ फटकने, लिपायी-पुताई करने और खेत मज़दूरी के काम किया करती थीं या कभी घास छीलने के काम भी करने पड़े थे उन्हें। डील-डौल में वे भी इन्हीं की तरह मजबूत क़द-काठी की थीं। यही सब सोचते हुए उसने कहा–

"अम्मा जी, हमारे यहाँ बच्चों और बुज़ुर्गों से शारीरिक काम नहीं कराया जाता। मेरे पति तो और भी ज़्यादा नाराज होंगे। चमनकली उसकी बात सुन कर बोलीं–

"देखो बेटा, मजबूरी में काम करनो पड़े हैं। हम भी कोई ऐसे वैसे नीच खानदान से नांय हैं। क़िस्मत का खेल है। औलाद है ज़मीन-जायदाद है मगर बूढ़े माँ-बाप बहुत औलाद को अच्छे लगैं बहुतो को नांय लगै हैं और अकेली माँ तो बिल्कुल बर्दाश्त नांय होत है बहुतेरी औलाद को।"

ऊषा को ऐसा लगा था कि मानो उसने उसकी किसी दुखती नस पर हाथ रख दिया था। वह इस बात को लेकर संकुचाई भी थी लेकिन उसने बात को समाप्त करने के उद्देश्य से उससे साफ़-साफ़ पूछा क्योंकि ऊषा के मन में शंका थी कि वह घर का काम कर भी पायेंगी या नहीं, स्थिति स्पष्ट कर लेने के उद्देश्य से वह पूछ बैठी–

"अम्मा जी, क्या आप यह सब काम कर पाओगी?" उसकी बात सुन कर वह मानो और भी चंग्गी हो गयी थी। वह दोगुने उत्साह से बोली–

"हाँ, हाँ, बीबी जी, मैं क्यों नहीं कर पाऊँगी काम? चार घरों में साफ़-सफ़ाई का काम कर रही हूँ। मुझे एक घर में तो दो साल से ज़्यादा हो गये काम करते। एकदम फिट हूँ। आपको काम काहै नांय कर पाऊँगी?"

ऊषा की शंकाओं का समाधान हो गया था और वह मानो अपनी पात्रता बयान कर रही थी।

ऊषा घर में अपने बच्चों और पति से कई बार कह चुकी थी कि यदि तुम सब लोग अपना-अपना काम ख़ुद कर लिया करो तो मैं कोई भी कामवाली रखने के पक्ष में नहीं हूँ। ये सब काम वालियाँ मुझे अपने परिवार के सदस्यों जैसी जानी-पहचानी लगती हैं। इनकी दशा सुधरनी चाहिए। किसी को किसी के घर में काम करने की आवश्यकता नहीं पड़नी चाहिए। सभी को अपने-अपने काम स्वयं करने चाहिए। शिक्षा और रोज़गार लेकर अपना विकास करना चाहिए मगर व्यक्ति जो चाहता है वह सब उसके मन मुताबिक नहीं होता, न चाहते हुए भी दूसरों की मदद लेनी पड़ती है। समयाभाव चार घण्टे की यात्रा और काम करके घर आने पर एक अव्यवस्था नौसिखिया बनिये की दुकान की तरह घर के सामान तितर-बितर फैले मिलते हैं।

दरवाज़े से ही ख़ाली बोतलें उनके ढक्कन, गिलास, चम्मच, प्लेटें, कटोरियाँ आदि न जाने क्या-क्या ज़मीन और मेज़-कुर्सियों पर पड़े मिल जाते हैं, जिनकी गिनती करना मुश्किल है। कपड़े-लत्ते, गीले तौलिये, चप्पल, जूते-मोजे एक भारत में तो दूसरा पाकिस्तान में अलग-अलग कमरों में पलंग के नीचे तो कभी बाहर इसी तरह पलंग, कुर्सियों पर अख़बार, किताबें कपड़े, पेन, पेंसिल, कैंची, चाकू, प्लेटें कटोरियाँ, ग्लास आदि यहाँ-वहाँ पड़े देख कर सिर भिन्ना जाता है। चिड़चिड़ाहट बढ़ जाती है। मन की परेशानी से शरीर बिना काम के ही थक जाता है। कभी-कभी तो चलते हुए चप्पल-जूते पैर से टकरा जाते हैं क्योंकि वे बीच रास्ते में उलटे-सीधे पड़े होते हैं। 'आप सब की आदत बनी हुई है।' मुँह खोलते ही दोनों बच्चे और पति अलग टूट पड़ते हैं।

"तुम्हीं को परेशानी क्यों होती है? यहाँ बैठ जाओ।" ऐसा कह कर वे उसके ग़ुस्से को उस वक़्त शान्त करने की कोशिश करते थे मगर अपनी आदतों में सुधार बिल्कुल नहीं करते। बाहर से आने पर एक भी कुर्सी, सोफ़ा या बेड का कोई कोना ऐसा नहीं होता जहाँ बग़ैर सामान हटाये दो चार मिनट को सुस्ताने के लिए वहाँ बैठा जाये।

कभी-कभी तो वह कन्धे पर बैग टाँगे-टाँगे गेट से ही ज़मीन पर बिखरे सामान पानी की बोतल, ढक्कन तौलियाँ को गेट से उठाना शुरू कर देती है। यदि बच्चों को कभी भरी ज़बान से कभी कुछ भी दिया कि–

"बेटा अपने कपड़े जूते-मोजे, प्लेट, गिलास जगह पर रख दिये होते तो मेरी समय और शक्ति बच जाती। मुझे थकान भी कम होती।"

बच्चे झट से अपनी माँ की बात को अनसुना करके बैग की तलाशी लेना शुरू कर देते थे। उनका यह कृत्य देखकर उसके ग़ुस्से का पारा और भी ऊपर चढ़ने को होता तो कभी वह स्वयं को संयमित करने की कोशिश करती। ज़्यादा कहा तो रटा-रटाया उनका जवाब होता–

"आप तो आते ही डाँटने लगती हो। इससे तो आया ही न करो।" बारह वर्षीय बेटे ने कह दिया। यह सुन कर उसकी कनपटियाँ लाल होकर गर्म हो गयी थीं। वह भविष्य के भय से भयभीत हो गयी थी।

पति महोदय की भी एक ही सलाह-

"शान्त रहो। धैर्य रखना सीधो। यह सब देखो ही मत।" ऊषा को यह सुनकर और भी ग़ुस्सा आता। वह अपने घर में बदनाम है कि वह ग़ुस्सा बहुत करती है। इसी धारणा के कारण बच्चे अपना काम करना नहीं सीख रहे हैं। कभी-कभी वह

सोचती इसे अपना घर कैसे कहूँ? जहाँ सुकून से दो पल अपनी मर्जी से अपने घर में रह ही नहीं सकती। जब तक वह घर में रहती है तब तक एक के बाद एक काम लगा ही रहता है। रविवार या किसी अन्य छुट्टी वाले दिन और भी काम का बोझ। कपड़े धोना, फैलाना, सुखाकर तह लगाना फिर सबको जगह पर रखना। देर से सब सोकर उठे तो सबकी चादरें तह लगाना। तकिया ठीक करना। बिस्तर बिछाना। बेटी का अलग से रात को पलंग बिछाना सुबह उठाना। वह जैसे ही कहती है कि अपना पलंग उठाया करो, अपना बिस्तर चादरें उठा कर रखा करो तो गला फाड़कर चीख़ना शुरू हो जाती है कि अभी तो सो कर उठी हूँ। कभी-कभी वह सोचने लगती। 'ये सोकर नहीं मेहनत-मज़दूरी करके आये हैं।'

किरन काम वाली लड़की आती भी तो ऊषा उससे पहले चालीस पैंतालीस मिनट घर की चीज़ों को समेटने और धूल झाड़ने में लगाती। पति कहते–

"जब सफ़ाई वाली आती है तब तुम यह सब क्यों करती रहती हो?"

ऊषा उन्हें यह बात कई बार समझा चुकी थी कि इन लोगों का काम झाड़ू-पोंछा लगाना और बर्तन माँजना है। इसके अलावा यदि चप्पल-जूते पेपर या कुछ और ज़मीन पर फैले पड़े हैं तो ये उठाकर नहीं रखेंगे। उस जगह को ऐसे ही छोड़ देंगे। वहाँ झाड़ू नहीं लगायेंगे। आधी गन्दगी फैली रहेगी। ऐसे में उसकी मानसिक, शारीरिक थकावट परेशानी को बढ़ाने वाली होती है। पढ़ने-लिखने का वक़्त बहुत जाया हो जाता है। बहुत-सी कहानियों के प्लॉट मन में ही बादलों की तरह उमड़ते और बग़ैर बरसे उड़ जाते। ऊषा ने चमनकली से यही कहा था–

"अम्मा जी, मन तो नहीं करता है आपकी सेवा लेने का मगर जो मजबूरी तुम्हारी है कुछ इसी तरह की मजबूरी मेरी भी है, न चाहते हुए भी काम कराना पड़ता है। उसने काम के लिए चमनकली के साथ सुबह सात बजे का वक़्त तय किया था।

अगले दिन सुबह के ठीक सात बजे वे आयीं और तूफ़ान की तरह घर के काम पर टूट पड़ीं। ऊषा उनकी चुस्ती-फुर्ती देखकर चकित हो रही थी। बुजुर्ग होकर भी इतनी तीव्रता से काम करती थीं वे।

ऊषा के पति अख़बार पढ़ रहे थे। वह चाय बना रही थी। चाय बनाते वक़्त यदि काम वाली लड़की या कोई और भी होता है तो वह हमेशा एक कप चाय अतिरिक्त बना लेती थी। उस दिन भी उसने ऐसा ही किया था। तीन कपों में चाय छानी। एक कप पति को देने के बाद चमनकली को सम्बोधित किया–

"अम्मा जी, आप भी पहले चाय पी लो, बाद में पोंछा लगा लेना।" वह उसकी बात सुनकर बोलीं–

"बेटी, मैं कप में चाय नहीं पीती हूँ।"

"फिर किसमें पीती हो?" ऊषा ने पूछा–

"मैं गिलास में चाय पीती हूँ।" ऊषा ने उसकी बात सुनकर कहा–

"कोई बात नहीं मैं चाय गिलास में डाल देती हूँ।" तब तक वह पूरे घर में झाड़ू लगा चुकी थी। वह पुनः बोली–

"नहीं बीबी जी, अब नहीं। अब आप ही पी लो। हम नहीं पियेंगे।"

"क्यों नहीं पिओगी?" ऊषा ने पूछा तो उन्होंने जवाब दिया था–

"हम सत्संग में जाते हैं। धरम-करम के नियम हैं हमारे।"

सुन कर उन्हें कुछ अजीब लगा था। उस वक़्त उन दम्पती ने वह अतिरिक्त कप की चाय भी पी ली थी। ऊषा ने एक बार पूछा भी था–

"क्या चाय और बना दूँ।" तब वह बोलीं–

"नहीं, अब रहने दो, यदि देना हुआ करे तो स्टील के गिलास में दिया करो, नहीं तो कोई बात नहीं।" ऊषा ने हाँ, कहकर उनकी बात स्वीकार कर ली थी।

"रहने दो, उनका कोई नियम है तो पालन करने दो। ज़बरदस्ती क्यों करती हो?" ऊषा के पति ने उसे सलाह दी थी।

अगले दिन सुबह सात बजे चमनकली फिर आयीं और अपने काम में कल की तरह जुट गयीं। उनके काम में फुर्ती थी। यह देखकर ऊषा के मन को अच्छा लग रहा था। वह चाय बना रही थी। वह तूफ़ान मेल की तरह आज भी घर में झाड़ू-पोंछा के काम में लग गयी थी। साथ ही साथ बोली–

"झाड़ू छोटी है। वाइपर भी पुराना है। स्लेप साफ़ करने का कपड़ा नहीं स्पज दो।" सुन कर ऊषा को ऐसा लगा मानो चमनकली घर की मालकिन या किसी फर्म की मैनेजर हों और वह उनकी अधीनस्थ। फिर भी उस वक़्त उनकी बात करने के लहजे ने उसके मन के किसी कोने में टीस पहुँचाई थी। फिर भी उस ने उस वक़्त किसी तरह का रिएक्ट नहीं किया था। उनसे इतना ही कहा था–

"अभी ऐसे ही सफ़ाई कर लो। एक दो दिनों में ले आऊँगी।" वह अपने काम में लग गयी थीं। जब तक ऊषा ने चाय बना ली थी। दो कप और एक गिलास में चाय छानी थी। साथ ही चमनकली को आवाज़ दी–

"अम्मा जी, लो चाय पी लो। आज मैंने चाय गिलास में दी है।" वे कुछ क्षण चुप रहने के उपरान्त बोली–

"मैडम जी, बुरा ना मानो तो एक बात पूछूँ?"

ऊषा ने कहा–

"हाँ, पूछो ऐसी क्या बात है? जो मुझे बुरी लगेगी?" वह कुछ क्षण रुकी और कुछ सोचते हुए बोली–

"मैडम जी, आप कोई नीची जाति के हो क्या?" कुछ रुकी फिर बोली–

"मेरो मतलब चूड़हे-चमार या मुसलमान तो नांय हो?" ऊषा उसकी बात सुन कर एकदम सन्न हो गयी थी मगर चमनकली ने मानो अभी अपनी बात पूरी नहीं की थी। वह बोली–

"मैडम जी, हम सत्संग में जावे हैं। मुसलमान और चूहड़े-चमार एक ही जैसे हैं। ये लोग मीट-मछली जाने क्या ऊटपटांग खावे हैं। इसलिए ये बातें पूछी हैं, पर तुम तो नांय हो।"

"तुम यह सब क्यों पूछ रही हो?" ऊषा ने सवाल किया था।

"मैडम जी, तुम्हारे घर में एक भी किसी देवी-देवता की मूर्ति नांय है। इसलिए मन में ये बात थी इसलिए पूछ लई।" वह कुछ और कहना चाह रही थी। ऊषा ने उसके मन में दबी बात निकलवानी चाही तो वह बोली–

"ये नीले कोट वाला जो फोटू सामने टंग्यो है ना यो नीच जात के आदमी को बतावे हैं हमारे गाम में। चमार टोला में जाकी मूर्ति खड़ी है। जा मूर्ति में हमारे लोगन ने ऐसे जूते-चप्पल मारे जाको हाथ टूट के नीचे गिर गयौ थो।" इस बार चमनकली की बातें सुनकर ऊषा का सिर चकरा गया था। उसे लगा कि कोई उसके घर पर आकर उसके गाल पर धड़ाधड़ चाँटे मार रहा है। फिर भी उसने अपने को सँभालते हुए उससे पूछा–

"इन्होंने तुम्हारा क्या बिगाड़ा है? तुम लोगन ने क्यों तोड़ा इनका हाथ?" उसकी बात सुन कर वह अम्बेडकर के फ़ोटो की तरफ़ ऊँगली करके बताने लगी थी–

"जाने नीच लोगन को हमारे सिर पर बैठा दियो थो। सब कूं कानून बराबर बना गयौ है। जाके बारे में हमारी जात के लोग बतावत हैं।"

"तुम कौन जात हो अम्मा?" इस बार ऊषा ने सीधे उससे सवाल किया था। सुन कर वह थोड़ी सकपका गयी थी। तुम हमारी जात काहे पूछत हो? हम कोई चूहड़े-चमार तो नांय हैं। अगर होते तो कौन हमें अपने घर में घुसन देतो?"

"तो तुम बामन हो क्या?"

"नांय, हम बामन नांय हैं।" उसने नज़रें बचाते हुए कहा–

"तो ठाकुर हो का?" ऊषा ने सवाल दाग़ दिया था।

"नांय, हम ठाकुर काहे कूँ होंगे।"

"फिर तुम कौन जात हो?" इस बार ऊषा उनसे पुनः वही सवाल किया था–

"हम मानव कल्याण सत्संग वाले हैं।"

"यह ठीक है मगर तुम्हारी भी कोई तो जात होगी।"

"मैडम जी, हम जात-पाँत नांय मानत हैं।" इस बार ऊषा ने उससे और भी साफ़-साफ़ पूछा–

"फिर तुम चमार-चूहड़े को नीच क्यों कहती हो?" ऊषा की बात सुन कर वह बुज़ुर्ग स्त्री मन-ही-मन परेशान होने लगी थी। उसकी परेशानी के भाव उसके चेहरे पर उभर आये थे। वह कुछ सोचती हुई बोली–

"मैडम जी, समाज की कुछ रीति-रिवाज़ होवे हैं कि नांय। हमारे पुरखे इन्हें नीच भंगी-चमार, चूहड़े कहते आये हैं। ये हमारे घरों में गोबरकूड़ा उठाने को काम करत थे। तो हम इन्हें और का कहें?" वह मानो साधुओं की तरह प्रवचन दे रही थी। ऊषा के मन की खिन्नता बढ़ती जा रही थी। वह ऊषा के घर में बैठ कर उसे ही अपमानित कर रही थी और अपनी जाति बताने से बच रही थी। इस पर ऊषा ने फिर सीधा सवाल किया–

"क्या तुम पिछड़ी जाति की हो?" सुन कर उसकी त्योरियाँ चढ़ गयी थीं।

"हम काहे पिछड़े होंगे, हम तो जाट हैं। चौधरी कहलावे हैं अपने गाम में।" यह बात वह एक साँस में बिना सोचे समझे कह गयी थी। जाति श्रेष्ठता के भाव उसके चेहरे पर चमक उठे थे मगर ऊषा ने उसकी बात सुन कर समझाने के लहजे में उससे कहा–

"जाट भी तो शूद्रों में आते हैं, पिछड़े ही होते हैं...।" ऊषा की बात पूरी भी नहीं हुई थी। वह बीच में ही तिलमिला कर बोली–

"हम जाट पिछड़े नांय बड़ी जात के होवे मैडम जी। यह बात आपको पतो नांय है।" अब वह अपने सत्संग के कवच से बाहर निकल चुकी थी। ऊषा ने उसे समझाया कि–

"वर्ण व्यवस्था में जाट चौथे नम्बर पर आते हैं। इसलिए वे सांस्कृतिक रूप से पिछड़े हुए हैं। यही कारण है कि वे ख़ुद को पिछड़ा बता कर आरक्षण की माँग कर रहे हैं।"

आरक्षण की बात सुनकर वह फिर बिफर गयी–

"आरक्षण तो इन भंगी-चमारन ने सब लै लियौ। हमारे बच्चन को कहाँ बचौ?" तभी डोर बेल बजी और चमनकली की नज़र घड़ी पर पड़ी। उसे दो घण्टे हो गये थे। वह हड़बड़ा कर बोली–

"मैडम जी, आज बहुत देर हो गयी। अब मैं चलती हूँ। शाम को आऊँगी। मेरा

अब तक के काम का हिसाब कर देना।" उसकी बात सुन कर ऊषा फिर चौकी। उसके सिर में कुछ काँटे से चुभने लगे थे। चमनकली चली गयी थी परन्तु वह तमाम तरह के सवाल उसके समक्ष छोड़ गयी थी। उसे लग रहा था कि बाबा साहब की मूर्ति पर चप्पल-जूते नहीं मेरे सिर पर मारे जा रहे हैं। एक कामवाली मेरे घर पर आकर मेरी जातीय तौहीन करती है। वह गिलास में भी चाय पीने से मना कर देती है जबकि ग़रीबी में भी रहती है। जाति से ब्राह्मण नहीं है पर वह अपने को जाति से श्रेष्ठ समझ रही है और अमीर भी जबकि उसकी निजी तौर पर माली हालत ऊषा से दस गुना ख़राब थी।

चमनकली उसके घर में पोछा ही नहीं लगा गयी बल्कि उसकी चेतना पर भी पोछा लगाने का प्रयास कर रही थी। घर में सफ़ाई करके नहीं बल्कि खोपड़ी की टोकरी का कूड़ा उड़ेल कर चली गयीं। इधर उसके दिमाग़ में तूफ़ान चल रहा था कि आख़िर चूहड़े-चमार जाति ने किसी का क्या बिगाड़ा है? इस देश को सदियों से सेवाएँ ही दी हैं। फिर उनसे ऐसी नफ़रत क्यों है? क्या चमनकली ऐसी अकेली औरत है जो उसके साथ अस्पृश्यता कर रही है या यह पूरा सछूत समाज? वह यह सोच ही रही थी कि बेटी ने उसे झकझोरा–

"मम्मी मुझे दूध दे दो। मुझे खेलने जाना है।" वह दूध पीकर खेलने चली गयी थी। चमनकली भी जा चुकी थी। अब उसने ऊषा का काम भी बिना कहे छोड़ दिया था। उसकी बातें महीनों उसके दिमाग़ में गुथमगुथा कर रही थीं।

चार साल का समय कैसे गुज़र गया पता ही नहीं चला। पूर्वजों ने समय को बलवान ठीक कहा है। चमनकली की बातें अब ऊषा के दिमाग़ से धीरे-धीरे निकल चुकी थीं। जीवन और भी नये तरह के अनुभव करा रहा था। संगीतिका ऊषा के निर्देशन में दलित साहित्य पर पीएच.डी. कर रही थी। कई छात्र-छात्राएँ घर पर अपने चैप्टर डिस्कशन करने के लिए आ जाते थे। हर्षिता, वन्दना श्री, संगीतिका, मेघना, श्यामा प्रसाद आदि आते थे। यह रूटीन बन चुका था।

बेटी बड़ी हो रही थी। ऊषा ने यूनिवर्सिटी में सरकारी मकान ले लिया था। वह सपरिवार विश्वविद्यालय परिसर में रहने लगी थी। उसके साथ और भी कई छात्र-छात्राएँ पीएच.डी. कर रहे थे।

एक दिन डोर बेल बजी। दरवाज़ा खोला तो संगीतिका थीसिस और मिठाई का डिब्बा हाथ में पकड़े खड़ी थी। उसे देखकर उसने ख़ुशी से उसे अन्दर बुलाया। वह कुछ झिझकते हुए बोली–

"मैडम, आज मैं अकेली नहीं आयी हूँ। मैं अपनी सास को भी साथ लेकर आयी हूँ।"

"कहाँ हैं तुम्हारी सास?" उसने प्रसन्नता से पूछा–

"नीचे रिक्शे में बैठी हैं।"

"अरे, तुम उन्हें नीचे क्यों छोड़ आयीं? साथ ले आतीं।" यह कह कर उसने उसे नीचे भेज दिया। संगीतिका अपनी सास को लेकर जब ऊपर आयी तब ऊषा और संगीतिका की सास एक-दूसरे का चेहरा देख रही थीं। उन्हें लग रहा था कि कहीं देखा है। वह अपनी सास को अपनी गाइड का परिचय दे रही थी कि–

"माँ जी, यही हैं मैडम, जिन्होंने मुझे पीएच.डी. पूरी करायी है। मैडम ने बहुत मदद की है। लगभग आधी से ज़्यादा किताबें तो मैडम की पसर्नल लाइब्रेरी से कंसल्ट की हैं मैंने। जब भी मुझे कुछ पूछना होता था। रात-बिरात कभी भी फ़ोन से भी पूछ लिया करती थी। मैडम ने कभी मना नहीं किया, न कभी मेरी स्कॉलरशिप पर साइन करने से इनकार किया। आज मैडम के सहयोग से मैंने अपनी थीसिस जमा की है। मैं अपने परिवार में पहली पीएच.डी. धारक बनूँगी।"

संगीतिका एक रौ में अपनी बातें कहे जा रही थी। वह आज कुछ ज़्यादा ही भावुक हो रही थी। वह अपनी सास का परिचय कराते हुए पुनः बोली–

"मैडम जी, ये मेरी सास नहीं मेरी माँ से बढ़ कर हैं। यदि इनका सहयोग नहीं रहता तो मैं आज थीसिस जमा नहीं कर पाती। माँ जी, ने अपने को बहुत बदला है। यह बात कहने की हिम्मत भी मुझे इन्हीं माँ जी से मिली है। पहले तो मना करती थीं कि क्या करेगी पढ़-लिख कर। शादी हो गयी है। घर-गृहस्थी सँभाल। यही औरतों का काम होता है। जब मैंने माँ जी को अपनी पढ़ाई के महत्त्व के बारे में बताया तो ये धीरे-धीरे मान गयीं। अब मैं माँ जी के सहयोग और आशीर्वाद से अपनी ससुराल और मायके में पहली डॉक्टर बनूँगी। मेरी पीएच.डी. के समय बेटी को माँ जी ने ही रखा है। नहीं तो बहुत मुश्किल होता मेरे लिए यह सब काम करना।"

संगीतिका का ध्यान सिर्फ़ अपनी बात कहने में था। वह भावना में भर कर कहे जा रही थी। इधर संगीतिका की सास ऊषा का चेहरा देख रही थीं और ऊषा संगीतिका की सास का, पर वे दोनों ऊपर से एकदम शान्त थीं। संगीतिका की बात पूरी होने के बाद अब यकायक उसकी सास की आँखों से आँसू झलक आये थे। वह उन्हें छिपाने की कोशिश में इधर-उधर देख रही थी। संगीतिका को लग रहा था कि उसकी सास उसी की तरह भावुक हो गयी हैं। इस बीच ऊषा के पति ने चाय बना ली थी। ऊषा ने तीन कपों में चाय छानते हुए कहा था कि–

"संगीतिका, तुम्हारी सास तो शायद चाय पियेंगी नहीं।"

यह सुनकर उनकी आँखों के सामने चार साल पहले घटी घटना फ़िल्मी दृश्य की तरह घूमने लगी थी। वह लड़खड़ाती हुई बोलीं–

"मैडम जी, ऐसी कोई बात नहीं है। जब आपने इतने प्यार से चाय बनायी है तो मैं चाय ज़रूर पिऊँगी।" ऊषा को भी चार साल पहले की वही घटना स्मृति पटल पर तैरने लगी कि इसी महिला ने मेरे घर पर न सिर्फ़ मेरी चाय पीने से इनकार किया था, बल्कि चूहड़े-चमार न जाने क्या-क्या बातें कह कर गयी थी यह। संगीतिका कुछ बोलती उससे पहले ही उसकी सास बोल पड़ी थी–

"मैडम जी, मुझे अपनी ग़लतियों का अहसास हो गया है। आप मुझे माफ़ कर दो। मैं ग़लत थी। मेरी आँखों पर जाति भेद का पर्दा पड़ गया था।" संगीतिका को कुछ समझ नहीं आ रहा था कि वह किस ग़लती की बात कर रही थीं। उसे समझाते हुए उसकी सास चमनकली ने उसे अपना अतीत और उसके साथ घटी घटना को उसी वक़्त बता दिया था। संगीतिका के चेहरे पर मिले-जुले भाव थे। बालकनी में धूप की किरण बहुत तेज़ी से चमक उठी थी। ए.सी. पर कबूतरों ने अपने घोसला बना रखा था। वे गुटरगूँ कर रहे थे। ज़मींन पर कहीं दूर से चीटियाँ लाइन बनाकर खिड़की के सहारे कमरे में घुस चुकी थीं। इधर संगीतिका अपनी थीसिस जमा करने की ख़ुशी में मन-ही-मन झूम उठी थी तो दूसरी तरफ़ अपनी सास के संकीर्ण जातीय पूर्वाग्रहों के कारण शर्मिन्दगी महसूस कर रही थी परन्तु उसे इस बात का इल्म था कि कम-से-कम उसकी सास अब बदल गयी हैं और मैडम माफ़ न करें इतनी कठोर दिल नहीं हैं।

क्या मैं बता दूँ

मेज पर एक बड़े डोगानुमा कटोरा में सब्ज़ी रखी हुई थी। उसके ऊपर काँच के ढक्कन से ढका होने के कारण सब्ज़ी की रंगत सबका ध्यान खींच रही थी। लैगपीस ऊपर ही दिख रहा था। बड़ा चम्मच भी उसमें रखा हुआ था। दो छोटी-सी डिब्बियों में नमक और कालीमिर्च रखी थी। एक प्लेट में प्याज के छल्ले और कुछ हरी मिर्च रखी थी। मेज़ पर पानी का जग और कुछ ग्लास सजे हुए रखे थे। मेहमानों और साथ देने वालों के सामने प्लेट में रोटी के साथ सब्ज़ी की कटोरी रखी थी। वर्षा सिंह के सामने चिकन की प्लेट रखी हुई थी मगर वह अपने फ़ोन में स्क्रॉल कर रही थी। शिवांग त्रिवेदी ने उसे देखा तो टोकते हुए कहा–

'वर्षा, अभी खाना खा लो। फ़ोन बन्द कर दो। यह सुनकर उसने फ़ोन रख दिया और रोटी के दो-तीन निवाले बमुश्किल गले से नीचे उतारे थे। उसे लग रहा था कि यह खाना चोरी का है, और नहीं खा सकती, यदि खाया तो उल्टी आ जायेगी। वह बुदबुदा रही थी। 'मुझे सब कुछ अभी बता देना चाहिए।' वह अपराधबोध से घिरी हुई थी। उसे खाना, ज़हर जैसा लग रहा था। उसे लग रहा था जैसे वह घर में नहीं कहीं घने जंगल में फँसी हो, जहाँ घुप्प अँधेरा हो। दम घुटता-सा जा रहा था। रसोई से बर्तनों की खटर-पटर की आवाज़ें उसे कर्कश लग रही थी। शिवांग त्रिवेदी की नज़रें वर्षा की प्लेट की तरफ़ गयीं तो वे पूछने लगे–

"क्या हुआ मैडम, खाना टेस्टी नहीं लग रहा क्या?"

"नहीं, नहीं ऐसी कोई बात नहीं है, खाना अच्छा है।" प्लेट खिसाते हुए वर्षा हाथ धोने के लिए उठते हुए बोली–

"सर, आप खाना खाकर आ जाना, मैं आपका गाड़ी में इन्तज़ार करती हूँ।" शिवांग की मौसी ने खाने के बीच में उसे जाते हुए देखा तो उन्हें बड़ा अजीब लगा। पहले उन्होंने मुँह बनाया और उससे पूछने लगीं–

"बेटा, खाना अच्छा नहीं लगा क्या?"

"खाना अच्छा था। कुछ ज़रूरी काम करना है।" वर्षा चेहरे पर मुस्कान बिखरेती घर से बाहर निकल गयी थी। अन्दर से उसका मन प्रसन्न नहीं था। पत्रकारिता के पेशे ने उसे बाहर से संयत रहना सिखा दिया था। मन के अन्दर चाहे ज्वालामुखी फट रहा हो। हाँ, यह स्वभाव बाहर तक ही सीमित था। घर में तो उसका ज्वालामुखी फटता ही रहता था।

शिवांग की मौसी उसकी ओर मुखातिब होते हुए बोलीं–

"वह लड़की इस तरह क्यों चली गयी? मुझे कुछ अच्छा नहीं लगा।" शिवांग ने मौसी के कन्धे पर हाथ रखते हुए समझाया "आप यूँ ही परेशान हो रही हो। उसने कहा था न कि कुछ ज़रूरी काम करना है। जाने दो कुछ काम उसको याद आ गया होगा।"

"ठीक है, तू तो आराम से खा ले। क्यों हबड़-हबड़ कर रहा है। कितने सालों बाद तो आया है। थोड़ी देर हमारे साथ रुकता तो कुछ बतियाते बैठ कर।"

उधर शिवांग की मौसी के मन में तूफ़ान सा उठा हुआ था। वे बाहर से चुप-चुप थीं। उन्हें कुछ अच्छा नहीं लगा रहा था। बार-बार सोच रही थीं कि वह लड़की खाना छोड़कर क्यों गयी? खाने के बीच में तो कोई जाता है क्या? क्या यह असभ्यता नहीं है? है तो यह पत्रकार। लगती भी ठीक-ठाक घर से है। बातचीत और कपड़े-लत्तों से भी अच्छे खानदान की लगती है। घर वालों ने इतना तो समझाया ही होगा कि जब कोई खाना खा रहा हो तो बीच में से नहीं उठना चाहिए। मौसी के मन में सवाल दर सवाल चल रहे थे। वे अपने को जवाब भी ख़ुद दे रही थीं। वे स्वयं को समझाने लगी। 'क्यों परेशान हो रही है। यह आज की पीढ़ी है। फिर इनके काम भी तो ऐसे ही होते हैं।' फिर सोचने लगीं कि 'है तो लड़की ही। काम खाने के लिए ही तो करते हैं। जमाना भी इतना कहाँ बदला है वह भी लड़कियों के लिए।'

इस तरह शिवांग की मौसी अपने नज़रिये से सोच रही थीं और वर्षा अपने अनुभवों से परेशान से।

पत्रकार वर्षा और कैमरापर्सन शिवांग त्रिवेदी झारखण्ड के वीवीआईपी केस की मिस्ट्री को कवर करके लौटे थे वर्षा ने उनसे कहा–

"सर, किसी ढाबे या किसी दुकान पर गाड़ी रुकवा दीजिए, जहाँ मैगी या कुछ छोटा-मोटा खाने को मिल जाये।" वर्षा की बात सुनकर उन्होंने आश्चर्य व्यक्त करते हुए पूछा–

"क्या बात है वर्षा? इतनी जल्दी भूख लग गयी आपको? हम अभी तो मौसी के यहाँ से इतना लजीज चिकन खाकर आ रहे हैं।" शिवांग त्रिवेदी ने इतना कहा ही

था। वर्षा के मन में मानो आक्रोश का स्वर फट रहा हो परन्तु वह अपने को शान्त रखना चाहती थी। वह यह भी जानती थी कि यह उसकी मम्मी का घर नहीं है जो बिना सोचे समझे मन का गुबार निकाल दे और वे चुपचाप सुन लें। वे ऑफ़िस के लोग थे। गाड़ी झारखण्ड का लोकल युवक चला रहा था। उसके सामने कुछ भी नहीं बोलना चाह रही थी। इसी तनाव में उसकी नज़रें अँधेरे में सड़क के बीचोबीच टिकने लगीं वह रात में और भी काली और डरावनी दिखाई दे रही थी। उन पर एकाद मोटर गुज़र रही थी। कुछ सोचते हुए वह बोली–

"सर, मैंने आपको बताया तो था कि मैं इस तरह के माहौल में नहीं खा सकती।" आप सब जानते हुए अनजान कैसे बने रह सकते हैं?" अब उसकी आवाज़ में तलखी आ गयी थी। कुछ क्षण रुक कर बोली,

"सर मैंने कहा था न कि मैं सब कुछ बता कर भाग जाऊँगी। आपकी वजह से चुप रही। अगर बोलती तो आपकी मौसी जी आपको बहुत पीटतीं।" वे वर्षा की बात को सुन कर सकपका गये थे जैसे रंगे हाथों चोरी पकड़ ली गयी हो। उन्होंने इधर-उधर नज़रें छिपाते हुए ड्राइवर को म्यूज़िक की आवाज़ कम करने को बोला, जो म्यूज़िक उन्हें थकान में आराम पहुँचाता था। आज उसका स्वर कर्कश लग रहा था। उन्होंने ड्राइवर को कहीं किसी ढावा वग़ैरह की ओर चलने को कहा। वर्षा को ऐसा लग रहा था कि वे उसे बोलने से रोक रहे हैं। उसने कुछ तनाव की लकीरें शिवांग त्रिवेदी के चेहरे पर भी महसूस की थीं।

उधर वर्षा का गुबार मन-ही-मन में बढ़ता जा रहा था। हालाँकि वह बहुत शान्त स्वभाव की लड़की थी। दोस्तों में मज़ाक़ भी कर लेती थी। मिमिक्री भी ख़ूब करती थी। गानों की बहुत शौक़ीन थी। समय मिलता तो शैलेन्द्र के गीतों को डूब कर सुनती थी। कुछ ग़ज़लकारों को भी सुनती थी जैसे–कृष्ण बिहारी नूर की ग़ज़ल 'ज़िन्दगी से बड़ी सजा ही नहीं...।' मगर आज उसका मन अशान्त था। कारण भी तो सामान्य नहीं था। उसे काम के वक़्त सिर्फ़ काम की बातों के अलावा कुछ पसन्द नहीं था। इस वक़्त वह अपने मन के भावों को चेहरे पर नहीं आने दे रही थी, मगर चेहरा मन की बातें मानो कह ही देता है। उसके मस्तिष्क में हाल में घटित हुई बातें गूँजने लगीं। 'काश! मैं वहाँ नहीं जाती।' मन में उठे सवाल का तुरन्त मन में जवाब भी दे दिया। 'नहीं जाती तो कैसे अनुभव करती। यह भी तो ख़बर है। मैं ख़बरदार होकर ऐसी परिस्थितियों से बेख़बर रह जाती। जीवन के ये बारीक अनुभव ही तो मनुष्य को विशिष्ट बनाते हैं।' यह सोचते हुए वह फिर स्मृति के झरोखे में चली गयी थी।

वर्षा अपने हाथ में अपने चैनल का माइक पकड़े कोयला खादनों की गहरी खाइयों तो कभी ऊँचे-नीचे पहाड़ों झाड़-झंखाड़ों की ओर बढ़ती जा रही थी। उसके

आगे-आगे विजुयल लेने के लिए शिवांग त्रिवेदी अपना भारी-भरकम कैमरे को कन्धे पर रखकर कभी पेट से सटाकर विजुवल लेने में तल्लीन थे। कैमरापर्सन ने अपनी मदद के लिए ड्राइवर को भी साथ ले लिया था। वह उनकी मदद कर रहा था। ख़ूब जोर-शोर से चैनल की टीम अपने लक्ष्य को साध रही थी। वे अपने होटल से नाश्ता करके निकले थे। काम करते हुए उन्हें पता ही नहीं चला था कब लंच का समय बीत चुका था। अब तो साँझ होने वाली थी। सूरज की रोशनी मद्धिम-मद्धिम चमक रही थी। वहाँ महानगरों की तरह शाम के वक़्त आदमी और मोटर गाड़ियाँ नज़र नहीं आ रही थीं। यहाँ मनुष्यों की आवाजाही भी कम होने लगी थी। इलाक़ा सुनसान लग रहा था। आसमान में लालिमा छा गयी थी। पक्षी कतारों में अपने आशियाने की ओर उड़ रहे थे। आसमान का रंग नीला साफ़ चमक रहा था। उसे आसमान का यह रंग कुछ क्षण के लिए अच्छा लगा था। दिल्ली में आसमान का असली रंग उसने कभी नहीं देखा था। इस आकर्षण को उसने झटक दिया था। गाड़ी की खिड़की थोड़ी सी खोल ली थी। ठण्डी हवा का झोंका उसके चेहरे पर पड़ा तो अच्छा लगा। उसके नथुनों में हवा के साथ एक सुहानी सी ख़ुशबू घुसने लगी थी। वह एकटकी लगा कर आसमान की ओर निहार रही थी। कुछ बादल भी छाये हुए थे। आसमान में कुछ पक्षी दूर लाइन में उड़ रहे थे। उनकी पंक्तिबद्धता ग़ज़ब की थी। हवा में न गर्मी थी न नरमी, सुहाना मौसम था। अपने काम से ब्रेक लेते हुए कैमरापर्सन शिवांग त्रिवेदी ने रिपोर्टर वर्षा की ओर मुखातिब होकर कहा–

"मैडम, बहुत तेज़ भूख लगी है। यहाँ से होटल बहुत दूर है। आसपास कोई रेस्टोरेंट भी नहीं है मगर मेरी सबसे छोटी मौसी जो लगभग हमउम्र हैं। यहाँ नज़दीक के गाँव में रहती हैं। मैंने उनके बारे में पहले बताया था। शायद आपको याद होगा।" वर्षा ने हाँ में सिर हिला दिया था कि उसे सब याद है। शिवांग अपने बचपन के बारे में उनसे जुड़ी स्मृतियाँ बताने लगा था। उसे याद आ रहा था, मानो कल की ही बात हो जब बचपन में वह अपने मम्मी-पापा के साथ गर्मियों की छुट्टियों में ननिहाल जाता था, तब यही मौसी उन्हें आम के बाग और खरबूजा के खेतों में ले जाती थीं। ताजे और मीठे रसीले ख़ूब सारे आम और खरबूजा खिलाती थीं। उनके साथ और भी बच्चे हुआ करते थे। पास में पम्पसेट से गिरता हुआ धड़-धड़ पानी उसे बहुत आकर्षित करता था। उसमें बच्चे ख़ूब मस्ती करते थे। वह बचपन में ही सोचता था कि शहर और गाँव के बच्चों के जीवन में कितना बड़ा अन्तर होता है। ख़ास कर जब वह उन ग़लियों से गुज़रता था जहाँ कथित रूप से छोटी जाति के लोग रहते थे। वहाँ के बच्चे फटे-पुराने कपड़ों में दौड़ते, भागते और लड़ते देखता तो उसे लगता

क्या वह किसी दूसरी दुनिया को देख रहा है...? शिवांग त्रिवेदी की बातें सुनकर वर्षा को थोड़ी देर को लगा कि उसने अपने कैमरा की रील को ओपन कर दिया है। सब उसके बचपन की फ़िल्म देख रहे हैं जिसमें उसकी मौसी और वह अठखेलियाँ कर रहे हैं। वह स्मृतियों से बाहर आया तो आगे बोला–

"मैंने मौसी को फ़ोन करके पहले ही बता दिया था कि मैं अपनी पूरी टीम के साथ आऊँगा। वे बहुत ख़ुश थीं। उन्होंने आग्रह किया है। हम सब उनके साथ ही डिनर करें। वे नॉनवेज बनायेंगी।" वर्षा ने नज़रें उठायीं तो उनके चेहरे पर अतिरेक प्रसन्नता के भाव चमक रहे थे। वह सोचने लगी। शिवांग के चेहरे पर ये भाव मौसी से मिलने के हैं या नॉनवेज खाने की ख़ुशी के? मन में आये इन प्रश्नों को उसने मन में ही दफ़न कर दिया था। उसे यकायक कुछ याद आया और पूछ बैठी,

"सर, क्या आपकी मौसी नॉनवेजेटेरियन हैं? आप नॉनवेज हैं यह मुझे मालूम है। नॉर्मली ब्राह्मण परिवारों में नॉनवेज नहीं खाया जाता है...।" उसकी बात पूरी भी नहीं हुई थी मगर वर्षा की शंका को शिवांग त्रिवेदी समझ गये थे। इसलिए उसे समझाते हुए बोले–

"आप ठीक समझ रही हो वर्षा, मगर आप यह नहीं जानतीं कि ब्राह्मणों की कितनी प्रजातियाँ हैं और उनके खान-पान, रहन-सहन कितनी विरोधाभासी विविधताएँ हैं। यह मिथिलांचल है। हम मैथिली ब्राह्मण हैं। यहाँ नॉनवेज खाना सामान्य-सी बात है। हमारे यहाँ सभी लोग नॉनवेज खाते हैं। मेरी मौसी भी खाती हैं।" सुनकर वर्षा ने सिर हिला दिया था। वर्षा को घर से निकले पूरे सात दिन हो गये थे। मम्मी के हाथ का बना नॉनवेज उसकी आँखों में घूमने लगा, मगर काम के साथियों के बीच वह औपचारिक रहना ज़्यादा पसन्द करती थी। शिवांग त्रिवेदी के शब्दों पर उसका पूरा ध्यान था। उनकी बातें सुन कर उसे लगा कि मानो उसको अपनी शंका का समाधान मिल गया था। फिर कुछ सोचते हुए बोली–

"सर, आप जाकर अपनी मौसी जी से मिल आइए। मैं होटल में ही खाना खाऊँगी।"

"आप क्यों नहीं जायेंगी हमारे साथ?"

"बस्स ऐसे ही, मन नहीं कर रहा।"

"नहीं, नहीं हम आपको अकेला छोड़ कर नहीं जायेंगे।" उन्होंने अपनेपन से कहा तभी उनके फ़ोन की घण्टी बज उठी। यह फ़ोन उनकी मौसी का ही था। वर्षा समझ गयी थी और उसने सहजता से कहा–

"सर, आप जाइए, आराम से खाकर आ जाइए और मौसी जी से भी मिल लीजिए।" वर्षा की बात सुनकर वे एक क्षण को वे रुके और कुछ सोचते हुए पूछने लगे–

"क्या आप नॉनवेज नहीं खाती हैं? यह सुनकर उसके चेहरे पर मुस्कान बिखर गयी थी। वह बोली–

"सर, ऐसी कोई बात नहीं है। नॉनवेज तो मेरा पसन्दीदा भोजन है। ख़ूब खाती हूँ, मगर आज नहीं।"

"आज क्यों नहीं?" वे कुछ लालच देते हुए बोले–

"आपको मालूम है वर्षा। मौसी के यहाँ देशी मुर्गा बनाया जाता है। मैं जब भी उनके घर जाता हूँ वे बहुत स्वादिष्ट मुर्गा बनाती हैं।" यह कहते हुए उन्होंने वर्षा के चेहरे की ओर देखा जैसे वे उसके मन के भावों को पढ़ना चाह रहे हों। कुछ सोचते हुए बोले–

"आज न तो सोमवार है, न मंगलवार, न गुरुवार, न शुक्रवार है। आज संडे है। शनिवार और इतवार को तो सभी लोग नॉनवेज खाते हैं।" वर्षा को सुन कर पहले तो हँसी आयी। सर भी क्या से क्या सोचने लगे। मैं कौन सा दिन देख कर नॉनवेज खाती हूँ। जब मन किया खा लेती हूँ। इस बार वह साफ़-साफ़ बोली–

"सर, आप बेवजह परेशान हो रहे हैं। ऐसी कोई बात नहीं है। हम सबको देख कर आपकी मौसी जी परेशान हो जायेंगी और वे मुझे जानती भी नहीं है और न मैं उन्हें जानती हूँ। इसलिए कह रही हूँ। आप निस्संकोच जाइए। तब तक मैं गाड़ी में बैठ कर स्टोरी पर काम कर लूँगी। वर्षा ने व्यावहारिक बात की, मगर त्रिवेदी जी भी अव्यावहारिक नहीं थे। उन्होंने आग्रह करके वर्षा को अपने साथ मौसी के घर जाने के लिए मना ही लिया था, क्योंकि वे उम्र में उससे बहुत बड़े थे। अब उन्होंने आदेशात्मक अन्दाज़ में चलने को कहा तो वर्षा मना नहीं कर पायी थी।

सड़क ख़ाली थी। बीस किलोमीटर का रास्ता 25-30 मिनट में गाड़ी घर्र-घर्र करती हुए गंतव्य पर पहुँच गयी थी। आबादी आते ही पतली सड़क और फिर सँकरी गलियाँ शुरू हो गयी थीं। गाड़ी घर से थोड़ी दूरी पर ही छोड़नी पड़ी। रास्ते में दो-तीन परचूनी की दुकानें उनमें पुरुष और बच्चे खड़े दिख रहे थे। स्त्रियाँ बाहर कम ही दिखाई दे रही थीं।

जैसे ही घर का दरवाज़ा खुला तो सामने एक अधेड़ उम्र की स्त्री जिसने शिफान की साड़ी पहन रखी थी। माथे पर लाल बिन्दी चमक रही थी माँग में सिन्दूर भी। शिवांग त्रिवेदी ने झट से उनके पैरों को हाथ लगा कर प्रणाम किया। वर्षा उनके पीछे थी वह समझ गयी थी कि यह उनकी मौसी ही हैं। वर्षा ने भी उनको हाथ जोड़ कर नमस्ते की। उन्होंने भी बहुत ही स्नेह के साथ वर्षा को गले लगाया और घर के अन्दर आने का संकेत किया। सबसे पीछे ड्राइवर था। वह जैसे ही आगे बढ़ा वह ज़ोर से चीखीं–

"तुम यहीं रुको।" उन्होंने मैथिली में कहा था। यह बात शिवांग और ड्राइवर समझ गये थे। सुनकर ड्राइवर बाहर ही ठिठक गया था। उसे बाहर रोक कर उन्होंने घर का दरवाज़ा बन्द कर लिया था। वे उन दोनों को बैठक की ओर ले गयीं, जो देखने में बहुत छोटा कमरा था। उसमें प्लास्टिक की चार कुर्सियाँ और दो मूढ़े रखे हुए थे। किनारे पर एक छोटा दीवाननुमा पलंग बिछा हुआ था। निकलने को थोड़ी सी जगह थी। शिवांग और वर्षा को कुछ समझ नहीं आया था। वे एक-दूसरे का मुँह देख रहे थे। शिवांग सोच में पड़ गये थे। उनकी मौसी ने शिवांग और वर्षा को बहुत ही स्नेह से अन्दर बैठाते हुए कहा–

"मैंने देखते ही पहचान लिया था यह ड्राइवर आदिवासी है। शिवांग को सम्बोधित करते हुए बोली–

"तुम इसे घर के अन्दर क्यों ला रहे थे? इसका प्रवेश हमारे घर के अन्दर कैसे हो सकता है? यह बात तुम नहीं जानते हो क्या? इन जंगलियों का प्रवेश हमारे घर में नहीं होता है। ये जंगली चोर-उच्चके होते हैं। बहुत गन्दे रहते हैं। अछूतों से भी ज़्यादा गन्दे और नीच होते हैं। साँप, चूहा, चिड़िया, बगुला न जाने क्या-क्या खाते हैं।" कहते हुए उन्होंने अजीब-सा मुँह बनाया था। वर्षा ने अभी थोड़ी देर पहले उनके चेहरे पर जो मुस्कान में लिप्त अपनापन महसूस किया था अब ग़ुस्से में उनके चेहरे पर अजनबीपन और अनजाना-सा भय देख रही थी। अब उनका क्रोध सीधा-सीधा बहनोत शिवांग पर उफन पड़ा था–

"मैं सोच कर परेशान हूँ कि तू जानता है फिर भी इस आदिवासी लड़के को यहाँ तक ले आया। माना कि तू पढ़-लिख गया है। बड़े मीडिया चैनल में नौकरी करता है, लेकिन माँ-बाप के सिखाये संस्कार धर्म-कर्म ईमान सब भूल गया क्या? सब पढ़ाई-लिखाई बर्बाद कर दी। दूसरी बात यह है कि यह क्षेत्र आदिवासी बाहुल्य है। हम ब्राह्मण मुश्किल से आठ-दस परिवार ही रहते हैं। हमारे घर कितनी बार चोरियाँ हुई हैं। यह तुम्हें पता नहीं है क्या?" एक तरफ़ वर्षा के नथुनों में नॉनवेज की ख़ुशबू समाने लगी थी। दूसरी तरफ़ वह उनकी बातों को ध्यान से सुन रही थी। वे अभी शान्त नहीं हुई थीं। उनके पति और बच्चे उन्हें शान्त करने की कोशिश कर रहे थे मगर उनका चेहरा ग़ुस्से से तमतमा रहा था। माथे पर पड़े बल ग़ुस्से में कुछ ज़्यादा ही पहाड़ की तरह उभरे हुए दिख रहे थे। शिवांग त्रिवेदी कभी मौसी की ओर देख रहे थे तो कभी वर्षा की ओर। उन्हें शर्म सी महसूस हो रही थी। उन्होंने अपनी मौसी को पलंग पर बैठा दिया था। वे समझाने का प्रयास कर रहे थे–

"अरे, मौसी जी, कैसी बातें कर रही हो? आज कल कौन इन बातों पर ध्यान देता है। दुनिया चाँद और मार्स पर पहुँच गयी है और आप इन छोटी-छोटी बातों जाति-पाँति में उलझी पड़ी हो। ये पुराने जमाने की बातें हो गयी हैं। आपके यहाँ चोरी हुई। मुझे पता चला था मगर सब एक से थोड़े ही होते हैं। यह बहुत सीधा लड़का है।" वर्षा चुपचाप बैठी शिवांग और उनकी मौसी की बातें सुन रही थी। इस बीच में उनकी बेटी दो गिलासों में पानी ले आयी थी। चाय बनाने की बात कहकर वह वापस चली गयी थी। रसोई में कोई बर्तन गिरने की आवाज़ से घर गूँज गया था। शिवांग त्रिवेदी की मौसी उनकी बातें सुनने-समझने के बजाय वे उन्हें ही समझाते हुए बोलीं–

"तू बहुत बड़े शहर में रहता है। तू भूल सकता है। हमारे रीति-रिवाज धर्म संस्कारों को मगर मैं नहीं। जिस तरह अब तक जीती रही हूँ उसी तरह आगे भी जिऊँगी। यही संस्कार दिये हैं हमारे पूर्वजों ने। मेरे घर में भी मेरे जीते जी ऐसा ही होगा।" जैसे कोर्ट में जज ने अपना अन्तिम फ़ैसला सुना दिया हो। सबको फ़ैसला मानना ही था। उन सबकी वैसी ही स्थिति थी। वर्षा सोचने लगी कि उन्हें जब यह पता चलेगा कि जो लड़की उनके घर में उन्हीं के पलंग पर उनके सामने बैठी है। वह किसी आदिवासी नहीं सीधे अछूत जाति से ताल्लुक रखती है तब पता नहीं उनको कैसा करंट लगेगा। कल्पना करके ही उसकी रूह काँपने लगी थी। अभी थोड़ी देर पहले आदिवासी लड़के को जंगली अछूत जैसा कह कर उनका पारा सातवें आसमान पर चढ़ा हुआ था। अछूत को बग़ल में बैठा देखकर तो वे शायद आपा खो देंगी। यह सोचते ही वह कुछ देर के लिए भीतर-भीतर भयाक्रान्त हो गयी थी और ख़ुद पर ग़ुस्सा भी आ रहा था। वह किसी मुग़ालते में रहना नहीं चाहती थी और न रखना चाहती थी। वह बहुत ही पारदर्शी स्वभाव की लड़की थी। शिवांग की शक्ल देखती तो उनके चेहरे पर लाचारी के भाव देख कर वह चुप रही थी। अपना ध्यान बँटाने के लिए कभी मोबाइल खोल कर देखती तो कभी छत पर चिपकी छिपकली को देखने लगती और सोचने लगी कि यह कितनी सशक्त और आज़ाद है कि अकेली इधर-उधर विचरण कर रही है। उसने सुन रखा था कि कभी-कभी छत से ज़मीन पर छिपकलियाँ गिर जाती हैं। उसने यह भी सुन रखा था कि जिस पर भी छिपकली गिरती है, वह उन कपड़ों को तुरन्त उतार देता है। उस इन्सान को नहाना भी पड़ता है, चाहे कितनी भी सर्दी का मौसम क्यों न हो। वर्षा को थोड़ी देर के लिए अपनी स्थिति छिपकली जैसी लगी। उसकी जाति को छूने पर भी द्विज समाज के लोग अपने को पवित्र करने के लिए नहाते हैं। उन कपड़ों को भी उतार कर फेंक

देते हैं जिन्हें अछूत व्यक्ति ने छू लिया हो। मगर छिपकली के शरीर में ज़हर होता है जो मनुष्य को हानि पहुँचा सकता है लेकिन अछूत तो उसी की नस्ल का होता है। छुआछूत का तर्क निराधार है।

वर्षा जातीय भेदभाव के प्रश्नों और व्यवहार से विचलित हो जाती थी। जातिभेद के वेबुनायादी प्रश्नों के कारण उसने अपनी सबसे पक्की सहेली से हमेशा के लिए नाता तोड़ लिया था। कहने को वह जाट समुदाय की थी। वर्ण भेद में वह भी कई बार अपने को पीछे के पायदान पर खड़ा पाती थी मगर जातीय श्रेष्ठता के अहंकार में वह अछूत जाति के प्रति अपशब्द वर्षा को बर्दाश्त नहीं हुए थे। एक बार उसे बाय-बाय किया तो पीछे मुड़कर कभी नहीं देखा। वैसे वर्षा सिंह सहेलीपना निभाने में बहुत आगे रहती थी। पैसे भी दिल खोल कर ख़र्च करती थी। मॉल, फ़िल्म, रेस्टोरेंट, पयर्टन के लिए जाना हो या शॉपिंग करना हो। तीन-चार उसकी पक्की सहेलियाँ साथ निभाती थीं। वे ठाकुर, ब्राह्मण, कायस्थ सभी जातियों की थीं। वे अपनी जाति नहीं बताती थीं, मगर उनके सरनेम से जाहिर हो ही जाता था। वे वर्षा के बारे में भी वे वेख़बर नहीं थी मगर जाति उनके सम्बन्धों के बीच आड़े नहीं आयी, जिसके बीच आयी उन्हें किनारे कर दिया। बराबरी के व्यवहार रखने वालों के साथ ही उसकी पटती है। यादों के पिटारे को बन्द कर एक बार उसने कहा था, "मौसी जी, आप जो समझ रही हैं वह मैं नहीं...।" इससे आगे वह बोलती, बीच में ही शिवांग त्रिवेदी ने कहा–

"मैडम, क्या आप कॉफी पीना चाहती हैं?" यह कह कर वर्षा को उन्होंने बीच में रोक दिया था। जैसे ही मौसी किचन में गयीं। वर्षा ने स्पष्ट कह दिया था कि–

"सर, मुझे इस तरह से बैठना ऑक्वर्ड लग रहा है। आपकी मौसी को सब कुछ बता देती हूँ। मैं कौन हूँ? किस जाति से हूँ। उन्हें किसी भ्रम में रखना ठीक नहीं है।" इतना कहते ही उनके चेहरे पर एक डर-सा मँडराने लगा, वे लगभग हाथ जोड़ते हुए बोले–

"वर्षा, मौसी की ओर से मैं सॉरी कहता हूँ। वे मन की बुरी नहीं हैं। उन्हें संस्कार ही कुछ इसी तरह के मिले हैं। वे मुझे यहीं बहुत मारेंगी और आप पर भी टूट पड़ेगी, तब मैं कुछ नहीं कर पाऊँगा। प्लीज अभी कुछ मत बताइए।" वर्षा ऊपर से शान्त बैठी हुई थी मगर उसका मन अशान्त था। उसके मन में शिवांग की मौसी द्वारा कहे आदिवासी ड्राइवर लड़के के बारे अपमानजनक शब्द गूँज रहे थे। 'जंगली, अछूत, चोर, चिड़िया, चूहा, साँप खाने वाले गन्दे लोग।' उनके शब्द उसके कानों में गूँजते तो सिर दर्द भी होने लगता। ड्राइवर को घर के कोने में अलग से रखी हुई

गन्दी-सी प्लेट में खाना देते हुए देखना और उनका बड़बड़ाना परेशान कर रहा था। वह उस लड़के की जगह स्वयं को रख कर सोच रही थी। उसका माथा भन्ना रहा था, बल्कि वह जानती थी वह तो अछूत भी नहीं था। उसकी जाति तो अछूत कही जाती है। हालाँकि उसने शारीरिक अस्पृश्यता पहले नहीं देखी थी। मानसिक अस्पृश्यता की शिकार तो वह कई बारे अपने स्कूल, कॉलेज और ऑफ़िस में हुई थी। जैसे ही शिवांग त्रिवेदी गाड़ी में बैठे थे तो वह सख़्त लहजे में बोली–

"सर, आपको मुझे रोकना नहीं चाहिए था। आपको अपनी मौसी को पहले ही सब कुछ ही बता देना चाहिए था।" शिवांग त्रिवेदी वर्षा से नज़रें नहीं मिला पा रहा था। एक अपराध बोध उनके मन में भी चल रहा था जैसा वर्षा के मन में था। वे दोनों कुछ देर इसी तरह अपने-अपने अपराधबोध के सागर में गोते लगाते रहे। उनकी चुप्पी नौ बजे के लिए दी गयी नयी पीटीसी (पीस टू कैमरा) ने तोड़ी।

डर

कुलदीप ने अपनी पत्नी को इस बार थोड़े कड़े लहजे में कहा–

"मैं तुमसे कितनी बार मना कर चुका हूँ कि घर में कोई 'बाई' नहीं रखनी है।"

कुलदीप की इस घोषणा को सुन कर नीरजा के कान पक गये थे। वह परेशान हो गयी थी। पहले कई बार उसके घर में 'बाई' को रखने न रखने के सवाल को लेकर नोक-झोंक होती रहती थी। आज फिर उसी बात को लेकर वह अपने पति कुलदीप से ज़ुबानी तौर पर भिड़ गयी थी। वह थोड़ा उग्र स्वर में अपने मन की खीज निकालते हुए बोली–

"क्या मैं ही रात-दिन घर में खटती रहूँ। पूरे घर की साफ़-सफ़ाई, खाना बनाना-खिलाना, बच्चों की तेल-मालिश करना, खिलाना-पिलाना, उनके कपड़े धोना, टायलेट की साफ़-सफ़ाई करना न जाने कितने घर में काम होते हैं। मैं क्या-क्या करूँ? सब करते-करते मेरी कमर और पैर दुख जाते हैं। देर रात तक मरते खटते थककर पस्त हो जाती हूँ। अजीब इन्सान हो, कमाते क्यों हो? एक सहायिका का ख़र्चा नहीं उठाना चाहते। किसी को मद्द के लिए नहीं रखना है और घर के कामों में हाथ भी नहीं बँटाना है, पर क्यों? कुलदीप ने इसका कभी जवाब नहीं दिया। मैं कोई नयी बात तो कह नहीं रही हूँ। मिसेज सुशान्त शर्मा, देवकी श्रीवास्तव, अंजना सिंह इन सबको देखो। उनके घरों में तीन-तीन बाइयाँ लगी हुई हैं। हर काम के लिए अलग सहायिकाएँ हैं और तुम्हें एक झाड़ू-पोंछा वाली रखने से समस्या होती है।" ऐसे समय पर कुलदीप किताब में सिर घुसाये चुपचाप बैठा रहता था। आज भी उसका व्यवहार कुछ इसी तरह का था। नीरजा को लग रहा था कि कुलदीप ने उसकी बात सुनी ही नहीं थी या उसे इग्नोर कर रहा है। नीरजा स्वयं में अपमानित महसूस कर रही थी। कुलदीप के पास जाकर उसने सख़्त लहजे में कहा–

"मैं इतनी देर से कुछ बोल रही हूँ और तुम हो कि इस किताब में सिर गड़ाये बैठे हो। क्यों करते हो मेरी उपेक्षा? मुझे परेशान होता देखकर तुम्हें बहुत ख़ुशी मिलती है न....।"

इस बार उसने अपनी गर्दन थोड़ी-सी ऊपर उठायी और अनजाना-सा बनकर मरियल स्वर में बोला–

"हाँ, अभी तुम कुछ कह रही थीं क्या?"

इस बार नीरजा का ग़ुस्सा और बढ़ गया था। कुलदीप की प्रतिक्रिया सुनकर उसका कलेजा जलने लगा था। वह समझ रही थी कि यह तो उसका खुला अपमान है। उसके लिए वह इन्सान है ही नहीं। जैसे कुत्ता भौंक रहा हो। थोड़ी देर भौंकेगा और शान्त हो जायेगा। ऐसा सोचते हुए नीरजा का मन और भी खिन्न हो गया था। आख़िर सह न सकी तो परेशान होकर बोली–

"क्या मैं पागल हूँ?"

"बिल्कुल नहीं।" कुलदीप ने जवाब दिया।

"फिर तुम मेरी किसी बात पर ग़ौर क्यों नहीं करते हो?"

"कौन सी बात पर?"

"अरे वही 'बाई' वाली बात पर।"

इस बार कुलदीप नीरजा के किसी भी प्रश्न का जवाब दिये बग़ैर किसी काम के बहाने घर से बाहर निकल गया था। नीरजा ऐसे समय पर मानसिक रूप से व्यथित हो जाती थी। उसे लगता था, मानो यह घर उसका है ही नहीं। वह एक इस्तेमाल का टूल बनकर रह गयी है। मन में सवाल कौंध रहा था 'जो घर मेरा नहीं है, उसका मैं क्या करूँ? क्यों रहूँ उस घर में? सब कुछ तहस-नहस कर दूँ या घर छोड़ कर चली जाऊँ।' ऐसा उसने पहले भी प्रयास किया था मगर वह उसे किसी भी हालत में जाने नहीं देता था। अब तो उसने इरादा ही छोड़ दिया, मगर कुलदीप का व्यवहार अक्सर उसके ग़ुस्से को बढ़ा देता था।

उधर, कुलदीप सड़क किनारे किसी कोने में जाकर बैठ गया था। वह अपने दिमाग़ को शान्त करने की कोशिश कर रहा था और मन-ही-मन अपने आपको धिक्कार रहा था कि उसे 'बाई' का नाम सुनते ही ऐसा क्या हो जाता है? आख़िर नीरजा का दोष क्या है? मैं उसके साथ शायद ज़्यादा ही ज़्यादती कर रहा हूँ। मुझे ऐसा नहीं करना चाहिए मगर क्या करूँ? मेरा अतीत मेरा पीछा नहीं छोड़ता है। इसी उधेड़-बुन में वह अपनी स्मृतियों के झरोखे में चला गया था।

"मुझे ठीक से याद है। मैंने अपनी माँ को दूसरों के घरों में मरते-खटते देखा था। जब होश सँभाला तो पिता को हमेशा बीमार देखा और माँ को खटते। पिता कब दुनिया से चले गये। उसे किसी ने ख़बर तक नहीं दी थी। करता भी कौन? घर में

था ही कौन जो मुझे बताता? बड़ा भाई कब का कहाँ चला गया पता नहीं। बहन थी नहीं। फिर माँ मुझे ढूँढ़ती भी तो कैसे? मेरा कोई पता-ठिकाना तो था नहीं।"

कुलदीप आज ख़ुद ही प्रश्नकर्ता बना और ख़ुद ही उत्तरदाता बना हुआ था। उसके भीतर एक चलचित्र की भाँति झाँकी चल रही थी। उसकी तस्वीर कभी धुँधली हो जाती थी तो कभी एकदम शीशे की तरह पारदर्शी। उसे याद है जब उसे नौकरी का लेटर मिला था तो सबसे पहले उसे अपनी माँ ही याद आयी थी। उस वक़्त ऐसा महसूस हो रहा था जैसे उसे पंख लग जायें और उड़ कर उसके पास पहुँच जाये, परन्तु उसे वह क्षण भी याद आ रहा था, जब देश की टॉप यूनिवर्सिटी एम.सी.यू. में उसे पीएच.डी. में दाख़िला मिला था। ऊपर से जे.आर.एफ. मिलने से उसकी ख़ुशी का ठिकाना नहीं था। जब भी वह अपनी ख़ुशी अपने परिवार के साथ बाँटना चाहता था तो मन उदास हो जाता था। माँ को बताना चाहता था कि अब ज़्यादा दिन भूखों नहीं मरना पड़ेगा न ही तुम्हें दूसरों के घरों में खटना पड़ेगा। जल्दी हमारे भी दिन फिरेंगे। दाख़िला मिलने के तुरन्त बाद वह माँ से मिलने गया था। उसे बताया था कि–

"माँ अब हमारे भी सुख-शान्ति के दिन आने वाले हैं। मेरा दाख़िला देश की बहुत बड़ी यूनिवर्सिटी में हो गया है। वहाँ से मेरी पढ़ाई हो जायेगी तो कहीं-न-कहीं मुझे नौकरी भी मिल जायेगी।" वह सुनकर कुछ सोच में पड़ गयी और बोली–

"मोय मालूम है तू बहुत झूठ बोलत है। फलाने को लड़का कबहूँ को नौकरी पै लग गयौ है। दस पास करके और तू है कि न जाने कित्ती किताबें पढ़ लईं। अबै तो मोय गिन्नो नाहीं आबत है और तू अबई तक पढ़वै की बात कत्त रहत है। देखी अपनी शकल कित्तो बोदो हुइ गयौ है। भरपेट रोटी खात नांय है। कहत कि हमारे भले दिन आयेंगे। मेरे तो भले दिनन पैतो गृहण बाय दिन लग गयौ थो जब भरी जवानी में तेरे बाप की मौत भई थी।" कहते-कहते उसका गला रूँध गया था। उसने इधर-उधर मुँह घुमा लिया था। कुलदीप समझ गया था कि माँ अपने दुखों के सैलाब को इसी तरह छिपाती रही थी।

"माँ, तू मेरी तुलना मोहल्ले के इन नकारा लड़कन से क्यों करती है। मेरी मेहनत मेरी पढ़ाई-लिखाई नहीं देखी है क्या?"

कहते-कहते वह झुँझला गया था कि माँ मैं तुझे कैसे समझाऊँ? फिर उसने सरल शब्दों में कहा–"अम्मा, मैं इन झुग्गी वालन लड़कन से बहुत ऊँची पढ़ाई कर रहा हूँ।"

इस बार उसकी माँ ने मन में उदासी को कुछ छिपा कर नकली हँसी हँसते हुए कहा–

"एक दिन हमऊँ तो देखें कौन सिपाही-दरोगा, कल्टर बनाये रहो है तोय।"

उस रात कुलदीप अपनी माँ को यह समझाने में असफल रहा था कि वह पढ़ाई करके अपने और उसके जीवन को बदल सकता है। शिक्षा से उसका जीवन बेहतर बन सकता है। वह तो उसकी कल्पना में ही नहीं था, तब वह मेरी बात या शिक्षा के महत्त्व को समझती कैसे? वह हालातों की मार झेल रही थी। ज़िन्दा लाश बनी दिन पूरे कर रही थी। चेतना और आशा जैसे शब्द उसके ज़हन से निकल गये थे। उसे विश्वास ही नहीं हो रहा था कि उसके दिन फिरेंगे। फिरेंगे तो वे नये दिन कैसे होंगे? उसके बेटा ने कुछ हासिल किया है। यह उसकी कल्पना से परे था। यूनिवर्सिटी और जेआरएफ आदि से उसका दूर-दूर तक कोई नाता नहीं था। उसके मायके-ससुराल में पीढ़ियों से अक्षरज्ञान नहीं पहुँचा था। उसके आसपास जंगल की तरह निरक्षरों, ना समझदारों की फ़ौज खड़ी थी। ऐसे में बेटा जब पढ़ाई और आगे बढ़ने और कुछ पाने की बातें करता था तब उसे न विश्वास होता था, न समझ में आता था। व्यवस्था ने उसकी जाति की गणना क्रीमी लेयर कैटेगिरी में कर दी थी।

आज कुलदीप याद करने की कोशिश कर रहा था कि माँ ने दूसरों के घरों में कब से झाड़ू-पोंछा करने का काम आरम्भ किया था। उसे कुछ भी ठीक से याद नहीं आ रहा था यानी जब से उसने होश सँभाला उसकी माँ इसी तरह दूसरों के घरों में काम करती हुई देखी थी। सुबह जल्दी उठकर ड्यूटी की पाबन्द सैनिक की तरह काम पर जाती थी। उससे पहले जल्दी-जल्दी दो रोटी बना देती थी या रात में बना कर रख देती थी। भागते-भागते हुए कहती जाती–

"डलइया में रात की रोटी रखी है, तू खा लियो बेटा।" ख़ुद कुछ खाती थी या नहीं। कुछ याद नहीं। उसे समय पर घरों में काम पर उसी तरह पहुँचने की जल्दी होती थी जैसे ऑफ़िस में काम करने वाली स्त्रियाँ सुबह के समय जब घर से निकलती हैं तो वे भी भागमभाग करती हैं। निकलने से पहले घर के सारे काम पूरे करती हैं, चाहे खाना बनाने या बाई से बनवाने के काम हों। बाई को निर्देश देकर निकलती थीं। फलाँ-फलाँ सब्ज़ी बना लेना। साहब का लंच पैक कर देना। बाथरूम साफ़ करना मत भूलना। तो कुछ दलित या कम आय वर्ग की स्त्रियाँ बाई सुबह-शाम साफ़-सफ़ाई के लिए रख लेती मगर घर के बाक़ी काम बाथरूम की साफ़-सफ़ाई या घर की झाड़ू-पोंछ करनी हो या खाना बनाना, खिलाना हो। मार्केट से सब्ज़ी लानी हो। भाग-भाग कर सब अकेली ही करतीं। फिर ऑफ़िस को ऐसे भागतीं थी मानो मैराथन करने जा रही हों। कभी फ़ोन घर पर भूल जातीं तो कभी लंच तो कभी पानी की बोतल भूल जातीं। ऐसी कई स्त्रियों को उसने देखा था। उन

नौकरीपेशा स्त्रियों में भी फ़र्क़ देखा था कि कुछ के घर के आगे गाड़ी खड़ी होती थी जो स्टार्ट की और फुर्र हो गयीं या कुछ के ड्राइवर गाड़ी में बैठे इन्तज़ार कर रहे होते थे। मैडम आयीं और गाड़ी स्टार्ट की और दौड़ने लगी, कुलदीप की तो माँ के पैर ही गाड़ी थे। वह उन्हीं से तेज़ दौड़ती थी।"

कुलदीप ने एक गहरी साँस ली और उसका मन फिर यादों के गलियारे में निकल गया था। वह ख़ुद से पूछ रहा था, "मेरी माँ भी तो काम करती है। वह भी तो वर्किंग वुमेन है मगर उसकी हालत इतनी पतली क्यों है? उसके पास न घर है न ढंग के कपड़े न खाने को पैसे? हमेशा वह एक कमी को पूरा करती तो दूसरी मुँह बाये खड़ी हो जाती। पेट भरती तो तन ढकने से रह जाता, तन ढकती तो पेट भूखा रह जाता। इसी उधेड़ बुन में उसकी माँ की ज़िन्दगी निकल गयी थी। उसने अपनी माँ के चेहरे पर कभी सुकून और फुरसत के भाव नहीं देखे थे।

उसे अपने स्कूल के दिन ऐसे याद आने लगे जैसे वह कल ही की तो बात हो–"माँ भरसक कोशिश करती थी कि वह उसे किसी चीज़ की कमी नहीं होने देती। वह अपने काम पर जाने से पहले उसे तैयार करके स्कूल भेज देती थी। कभी जल्दी जाना होता तो उसके लिए रूखा-सूखा कुछ-न-कुछ बना कर रख देती थी। स्कूल में मास्टर साहब ड्रेस को लेकर टोका-टाकी करते, तो तुरन्त पोटली से पैसे निकालती और उसे दे आती थी। मगर मास्टर जी जब जूते फटे देखते तो वह कपड़े की छोटी-सी पोटली में रखे पैसे गिनती। फिर उदास हो जाती। कहती मास्टर जी से कहइओ अगले महीना में अम्मा जूता दिलवा देगी।' कभी किताब होती तो कॉपी की कमी, कॉपी होती तो पेंसिल की कमी रहती। कुछ-न-कुछ कमी रहती ही थी। मगर माँ ऊपर से दिखाती कि अब सब ठीक हो जायेगा। शुरू में उसे लगता था कि ऊपर वाला सबके दुःख हरता है तो हमारे भी हरेगा। बाबा साहब को भाषणों को उसने कहते सुना था, 'तुम ख़ुद चाहे भूखी रहो, मगर अपनी औलाद को ज़रूर पढ़ाओ।' मेरी माँ सच में भूखी रहती थी और मुझे पढ़ाती थी। उसे आशा थी जल्दी एक न एक दिन उसके दुःख दूर होंगे। बाबा साहब की बात पक्की होगी। यह बात उसे ताक़त देती थी और उम्मीद भी जगाती थी।'

कुलदीप अपना सिर पकड़े बैठा था। माँ की यादें एक-एक करके उसके सामने ट्रेन की तरह गुज़र रही थी। वह अपने काम पर उसी मुस्तैदी के साथ निकलती जैसे अन्य कामकाजी महिलाएँ निकलती हैं। घर में घड़ी नहीं थी मगर समय का अन्दाज़ा उसे हो जाता था। जैसे प्राचीन समय में सूर्य घड़ी लोगों की ज़िन्दगी का ज़रूरी हिस्सा बनी हुई थी। उसी तरह उसकी माँ जब कभी लेट हो जाती थी, तब

वह चाहती थी काश मेरे पैरों में पहिये होते जिनसे वह गाड़ी की तरह जल्दी काम पर पहुँच जाती, नहीं तो फिर वही चिक-चिक सुननी पड़ेगी, आज फिर लेट हो गयी। वह चिक-चिक से बचना चाहती थी। पगार में से कटौती करने की धमकी अलग। कभी कोई काम से छुट्टी कर देने की बात करती तो वह डर जाती थी। उसकी मेहनत और काम ही तो उसकी ज़िन्दगी थी, इसलिए अपने घर के सब कामों को छोड़-छाड़ कर दूसरों के घर काम पर पहुँचने की जल्दी रहती थी। पेट की ख़ातिर दूसरों के घर चमकाने में ज़िन्दगी गुज़र गयी। अपना घर उदास बेचमका रह गया। घर भी क्या था जिसे चमकाती। एक छोटी-सी झुग्गी थी। वही बेडरूम, वही पढ़ने की जगह, वही खाना-पकाने का स्थान। सब कुछ एक था। शौच-स्नान सार्वजनिक जगह पर होता था। वहाँ भी एक-दूसरे से दिन प्रतिदिन झाँय-झाँय होती ही रहती थी। कुलदीप मन-ही-मन सोच रहा था और अतीत के बादल भीतर-भीतर वर्ष कर मन को भिगो रहे थे।

कुलदीप को वह दिन भी याद है जब उसे एक कॉलेज में नौकरी मिली थी, तब भी वह अपनी ख़ुशी माँ के साथ बाँटना चाहता था। मगर माँ का वह चेहरा उसके सामने आ जाता था, जो अतीत में उसके साथ था लेकिन अबकी बार उसने सोच लिया था जैसे ही उसको पहली तनख़्वाह मिलेगी छुट्टी लेकर सबसे पहले माँ से मिलने जायेगा। पहली तनख़्वाह माँ के हाथ पर रखेगा, मगर विभागीय झंझटों ने उसे ऐसा फँसाया कि नौकरी यानी जीविका को बचाना उसकी प्राथमिकता हो गयी थी। विभाग में उस पर इतना अधिक दबाव बनाया कि किसी तरह वह यह नौकरी छोड़ कर चला जाये। पैसे का लालच तक उसे दिया गया। एक महोदय ने मित्रतावत् उससे सवाल किया–

"कुलदीप, तुम यह बताओ, "बीस-पच्चीस लाख रुपये कितने दिनों में कमा लोगे?"

"आपका मतलब?" उसने चौंककर पूछा–

"मेरा मतलब तो कुछ नहीं है बस्स यूँ ही पूछ रहा हूँ।"

"पर, सर क्यों कोई तो बात होगी?" इस बार यह कहते हुए उन महोदय की जवान लड़खड़ा रही थी। वह सोच में पड़ गया था कि माना कि कुछ लोगों को उसकी नौकरी बर्दाश्त नहीं है। उसने उस वक़्त यह सामान्य-सी बात मानी थी कि आज कल नौकरियों का क्राइसिस है। हर आदमी अपने हितैषी की नौकरी लगवाना चाहता है। यह सोचते हुए उसने पूछा–

"सर, मैं आपका इतना सम्मान करता हूँ परन्तु मैं यह समझा नहीं, "आप कहना क्या चाह रहे हैं?" उसकी बात सुनकर उन महोदय ने सीधे-सीधे उससे कहा–

"यदि तुम्हें कोई इस नौकरी के बदले एक साथ बीस-पच्चीस लाख रुपये दे दे तो...?" कुछ देर रुक कर वह ख़ुद ही बोला–

"इतने सारे रुपये कमाने में तुम्हें बीस-पच्चीस साल तो लग ही जायेंगे। तुम जैसे ग़रीब बच्चों के भले के लिए सोच रहा था।" सुन कर कुलदीप की आँखें चार हो गयीं। वह इस बार थोड़े कड़े शब्दों में बोला–

"सर, मैं अपनी नौकरी बेच नहीं रहा हूँ, जो आप ख़रीदने की बात कर रहे हैं। माफ़ करें सर, आइन्दा आप मुझसे ऐसी बात कभी नहीं करें।"

ऐसी अनेक अड़चने उसकी इस नवांकुरित बग़िया में आयी थी। वह सबसे पार होकर निकलने की जद्दोजहद कर रहा था। माँ से मिलने की मन में छटपटाहट अलग रहती थी। वह इस बात को किसी से कह भी नहीं पा रहा था। कहता भी तो किससे? कौन था उसका विश्वास पात्र? जिससे अपने मन की बात कहता। यहाँ तो ज़रा-सा पर्दा हटा नहीं लोग तमाशा देखने और मज़ाक़ उड़ाने के लिए बैठे हैं।

उसे याद है माँ हमेशा उसे अपने यहाँ आने से मना करती थी, परन्तु उसके पैर मानो उधर ही चलने को बेताव रहते थे। इस बार जब उसने माँ को देखा तो वह चौंक गया था। माँ का शरीर आधा रह गया था। दाँत कुछ बाहर को निकल आये थे। गले की हड्डियाँ साफ़ दिख रही थीं। सिर पर बाल के नाम पर सन का झुण्ड-सा रखा दिखाई दे रहा था। शरीर पर एक मैली-सी धोती में वह लिपटी थी। वह भी कई जगहों से फट रही थी। फटी जगह से हाथों से सिली हुई थी मगर उसके धागे टूट गये थे। उसमें कई जगह थेगली लगी थीं। वह ऐसे दिखाई दे रहे थे जैसे आजकल के फ़ैशनपरस्त लड़के-लड़कियाँ ऊपर से नीचे तक फटी जींस और टॉप-शर्ट पहने घूमते हैं। वे इसे स्टाइल कहते हुए इतराते हैं और ग़रीबों का मज़ाक़ उड़ाते हुए दिखते हैं। इधर ग़रीब-गुरबे अपने फटे हालातों को छिपाने की कशमकश में ज़िन्दगी गुज़ार देते हैं। उधर नये ब्रांडेड कम्पनियाँ फटी जींस, शर्ट, स्वायटर महँगे दामों पर बेच रही हैं। जितनी ज़्यादा फटी जींस उतनी ज़्यादा उसकी क़ीमत और पहनने वाला उतना ही ज़्यादा अमीर। जब भी इस तरह के फटे कपड़े पहने किसी को देखता तो वह सोचने लगता था कि यह भी कोई फ़ैशन है। अभी तो वह अपनी माँ की ग़रीबी देखकर परेशान हो रहा था। उसने देखा कि उसकी माँ के हाथों में झुर्रियाँ बढ़ गयी हैं और हाथों में नसें उभर आयी हैं। पाँव में काली फटी दरारें ऐसी दिख रही हैं जैसे टूटी-फूटी सड़क दिखती है। पैरों में टूटी चप्पल वह भी दो तरह की थी। एड़ियों में फटी बिबाइयाँ। वह उसे देख कर इधर-उधर देखने लगी थी। मुँह घुमा कर बातें कर रही थी। उसने माँ के पास बैठ कर कहा–

"अम्मा, मैं तुझे यहाँ से ले चलने आया हूँ। तुझे अब यह सब काम करने की ज़रूरत नहीं है।"

वह सुनकर घबरा सी गयी थी–"नांय, नांय मैं कहीं नांय जाऊँगी, और तू भी यआं मत आये कर। इन सबकूं पतौ चल गयौ है कि तेरी कहीं बड़ी नौकरी लग गयी है। सब बड़का जात के लोग मोय से पूछ रए थे। मैंने उनसे कही थी मोय नांय पतौ है साब।" उसने कुछ देर रुक कर आगे कहा–

"वे कैए रए थे जब तेरो लड़का आबै तू हमसे मिलबइए। एक लड़की तो ज़िद कर रही थी कि मुझे तुम्हारे लड़का से बात करनी है। अख़बार में उसका फ़ोटो छापेंगे। तुम्हारों भी छापेंगे। मैंने हाँ हाँ कर दई थी मगर मोय तो डर लागत है। हाँ वा लड़की ने अपनो नाम कछु वर्षा करके बताओ था। उन सबन को हमसे और तोय से काह काम हो सकत है।" वह कुछ रुककर और सोचती हुई बोली थी–

"तू अबई चलो जा। यआं मत आबए करे। यआं के लोग अच्छे नांय लागत हैं।"

"क्यों अम्मा मैं क्यों जाऊँ? इन लोगन ने तोसै कुछ कहो? और वो लड़की कहाँ रहत है जाको नाम तू वर्षा बताये रही थी।"

"तू का करेगो?"

"अम्मा हो सकत है कि वो कोई पत्रकार हो किसी अख़बार या टी.वी. चैनल में। वह मेरा इंटरव्यू छापना चाह रही हो। हम दोनों का फ़ोटो छप सकता है।" उसे इंटरव्यू और अख़बार में छपना-वपना तो समझ नहीं आया था। मगर लड़की बात कर रही है तो कुछ और मतलब समझ रही थी। सोचते हुए बोली–

"तोय वा लड़की से का लेने-देने। वो बहुत अमीर लोग हैं और हम ग़रीब और ऊपर से अछूत हैं। उन्हें तो पता चल गयौ कि मैं अछूत हूँ तो मेरे काम भी छूट जायेगो। इसलिए कहत हूँ मैं तोसे कि तू यआं मत आबै करे। हमैं नांय छपवानो है कोई फ़ोटो-वोटो।" यह कहकर वह दूसरी तरफ़ चली गयी थी। ममता के हिचकोले उसके दिल में लग रहे थे। मगर ऊपर से वह ऐसे दिखा रही थी कि उसे उसकी कुछ परवाह नहीं है। मानो वह उसके लिए अजनबी है। यह सोचते हुए वह चूल्हे की तरफ़ बढ़ गयी थी। मन-ही-मन बुदबुदा रही थी, "इत्तौ दिनन में आयो है, जाये चाय तो पिला दूँ। उदास चूल्हों देखकर वह भी उदास हो गयी थी। आज एकऊ लकड़ी नांय। ऐसे ही भूखो चलौ जायेगो ये। सोच कर उसके दिल में ममता ने जोर मारा था। तभी वह बग़ल की झुग्गी की तरफ़ भागी जहाँ उस जैसी रमरतिया रह रही थी उससे बोली–

"रमरतिया कुछ लकड़ियाँ एक पतीला दै दियौ जरा।" पीछे-पीछे कुलदीप भी पहुँच गया था। तो रमरतिया चाची की बात सुन कर वह चौका था–

"जिज्जी तुमैं आज चूल्हो चलावन की कहा ज़रूरत पड़ गयी? का आज काउ ने रोटी नांय दई तुम्हें। हमने तो तुम्हें चूल्हो कब से जलावत नाहीं देखो।" कुलदीप को पीछे खड़ा देखकर वह थोड़ा सकुचाई और लगभग बच्चों की तरह डपटते हुए बोली–

"हमारौ पाछै काहे आबत है।" रमरतिया ने देखो तो आँखें मिचमिचाते हुए कुछ पहचानने की कोशिश करती हुई बोली–

"जिज्जी, कआ यह बढ़कू है।" इधर-उधर देख कर मानो कुछ छिपाते हुए बोली–

"नांय यह बढ़कूं नांय है। यह मेरो कुलुआ है। अब यह बड़ौ हुई गयौ है।"

कुलुआ से कुलदीप बना। बेटा उसे पकड़ कर अपनी झुग्गी में ले आया था। उसे अपने पास बैठाते हुए कहा–

"अम्मा, मोय भूख नांय लगी है। तू मेरे पास बैठ। मोय तुझसे कुछ बात करनी है।" उसकी बात पूरी भी नहीं हुई थी। वह कुछ घबराई हुई सी बोली–

"तू यआं मत आये कर। ये लोग देखेंगे तो तोये मार देंगे।"

"कौन लोग मार देंगे?" हमारे बस्ती वाले, और "जहाँ मैं काम करती हूँ वे लोग भी।" ग़रीबी ने उसे अतिरिक्त सावधान कर दिया था। डर उसके मन में ऐसे बैठ गया था मानो उसके बेटे के अच्छे दिन किसी को बर्दाश्त नहीं होंगे। सब उसके बेटा को मार देना चाहते हैं। वह उसे अपनी ग़रीबी की परछाईं से भी दूर रखना चाहती थी। वह स्वभाव से कुछ ज़्यादा सीधी थी। इसलिए डर भी मुसीबत और ग़रीबी की तरह उसके साथ चिपक गये थे।

"अम्मा तू कैसी बात कर रही है? मैं तुझे अपने साथ लेकर जाऊँगा। अब हमारे बुरे दिन चले गये हैं। अब तुझे खटना नहीं पड़ेगा...।" उसकी बात पूरी भी नहीं हुई थी। वह घबराई हुई सी बीच में बोल पड़ी–

"मैं यआं एकदम से ठीक हूँ। मैं ठीक कै रही हूँ यआं मत आया कर।" उसने अपने मन को मानो कठोर कर लिया था। मगर उसके दिल में बेटे के प्रति बार-बार प्यार उमड़ रहा था, जिसका उफान उसकी आँखों में भाप की जोर मार रहा था मगर वह अपने मुँह को इधर-उधर करके भावनाओं को छिपाने की भरपूर कोशिश कर रही थी। वह भावनाओं के भँवर के साथ वह अपने काम पर चली गयी थी। उसने अपनी मन की पोटली को कस कर बाँध लिया था। वह अपनी ग़रीबी को अपने

बच्चे से दूर रखना चाहती थी। परन्तु वह उसे मज़बूती से बाँधे हुए थी जिससे उसके कलेजे के टुकड़े पर उसके कठिन और असम्मानित जीवन की काली छाया न पड़े। इधर कुलदीप जब पार्क के कोने से उठा तो उसे लगा मानो वह एक लम्बी-गहरी और घुप्प अँधेरी सुरंग से बाहर निकल कर आया है।

वह जब भी घरों में काम करने वाली बाई को देखता तो न जाने क्यों उसे उसके चेहरे में अपनी माँ का चेहरा गड़मड़ होने लगता था। वह उस वक़्त शायद स्वार्थी और नीरजा के प्रति कठोर हो जाता था। यह बात जानता भी था। उस पर नियन्त्रण करने की कोशिश भी करता था मगर कर नहीं पाता था और न नीरजा को कभी खुलकर बता सका। इस बार उसने सोच लिया था कि मैं नीरजा से इस बारे में बात करूँगा। कैसे करूँगा यह विचार कर ही रहा था। उसका आत्मालाप चल रहा था।

"मैंने कितनी बार कोशिश की थी कि मैं जब घर में सेटल हो जाऊँगा तो माँ को अपने साथ ले आऊँगा और उन्हें बहुत ख़ुश रखूँगा। माँ ने बहुत दु:ख झेले हैं मगर मैं क्या करूँ? वह आना ही नहीं चाहती है। घर में कोई बाई काम करे तो मुझे उसमें माँ का चेहरा गड़मड़ाने लगता है। माँ मेरे लिए सिर्फ़ माँ नहीं, मेरा अतीत है। मेरा वजूद है। उसे याद करना अपना और उसके अतीत के पन्ने खुलने जैसा होता है। अतीत भयाभय कालखण्ड को याद आना है। स्मृतियों के काले स्याह उसकी आँखों में घूम रहा था। उसे यकायक याद आया कि घर से निकले क़रीब दो घण्टे कब के गुज़र गये थे। नीरजा को बिना बताये घर से निकला था। यह सोचते हुए उसके क़दम घर की ओर बढ़ने लगे थे। नीरजा ने उसे देखा तो पूछ बैठी, "इतनी देर से कहाँ थे?" उसके मुँह से यकायक निकला,

"माँ के पास।" वह सुनकर बोली क्या...?

"फिर यह चिट्ठी...?" उसने नीरजा के हाथ से जल्दी से चिट्ठी ली। जल्दी-जल्दी पढ़ने लगा। वह धम्म से सिर को अपने हाथों में पकड़ कर नीचे बैठ गया। बुदबुदाने लगा जिसका डर था वही हुआ।

"अब माँ नहीं रही, इस दुनिया में।" रमरतिया चाची ने किसी से चिट्ठी लिखवाई थी। अपना पता माँ को दे आया था।

मैं शादी नहीं करूँगी

वंशिका बाथरूम में शीशे के सामने खड़ी होकर अपने बालों को ग़ौर से देख रही थी। वह ऊँगलियों से बालों को इधर-उधर हटा कर माँग बनाती और बिगाड़ देती थी। वह मन-ही-मन दुखी हो रही थी, क्योंकि काले बालों के बीच सफ़ेद बाल ऐसे दिख रहे थे, मानो शादी की वसन्त ऋतु में पतझड़ के संकेत दिख रहे हों या बिन बुलाये मेहमानों की तरह हों। वह प्राय: मन की बात कभी भी किसी से व्यक्त नहीं करती थी। उसका इस तरह का स्वभाव कब से बन गया था यह उसे याद नहीं, परन्तु वंशिका इतना तो जानती थी कि वह पैदाइशी पर तौर तो ऐसी बेबोली नहीं थी। यह बात उसने अपनी नानी से भी सुनी थी। वह जितनी अन्तर्मुखी थी, अर्चना उतनी ही बहिर्मुखी थी। वह बाथरूम के बाहर खड़ी होकर वंशिका को ध्यान से देख रही थी। वंशिका वॉश बेसिन के सामने लगे शीशे में उसका प्रतिबिम्ब देख पा रही थी, क्योंकि बाथरूम का दरवाज़ा खुला हुआ था। अर्चना अक्सर वंशिका की गतिविधि पर गहरी नज़र रखती थी। अब तो उसे लगने लगा था कि जैसे मैं अपने ही घर में नज़रबन्द हूँ। इस सजा के लिए आख़िर मेरी ग़लती क्या है? मेरे साथ यह सब क्यों होता है? वह उसकी मनोदशा को पहली बार समझने का प्रयास नहीं कर रही थी। वंशिका हर बार महसूस करती थी, मानो उसकी ताक-झाँक करके उसे सायास परेशान किया जा रहा है, जिससे उसकी एकाग्रता टूटे और वह ठीक से पढ़ न सके। अब वह बड़ी हो गयी है ऑफ़िस भी जाने लगी है, तो वहाँ भी फ्री एंड रिलेक्स माइंड से कोई काम न कर सके। अर्चना रिश्ते में तो वंशिका की 'माँ' बन कर तब आयी थी जब वह 'माँ' का मतलब भी नहीं जानती थी। जब से उसने होश सँभाला, अर्चना का व्यवहार वंशिका को आहत करता रहा था। मानो उसके हाव-भाव, व्यवहार, व्यंग्य, उलाहना उसका मज़ाक़ उड़ाना उसके मनोबल को तोड़ने वाला था। उसे याद है, जब वह छोटी थी तो स्कूल जाती तो घर आकर उसको घर के कामों में लगाये रहती, जिससे उसका होमवर्क पूरा न हो सके। उसके पापा को देखते ही अर्चना चेहरे पर मुखौटा लगाते हुए कहती–

"मैं कितनी देर से कह रही हूँ कि दूध पीकर होमवर्क कर ले मगर यह है कि मानती ही नहीं। कहती है कि मम्मी पहले बर्तन माँज लूँ। बर्तन माँज लेती तो कहती है कि झाड़ू लगा दूँ। इसका पढ़ने में मन ही नहीं लगता है।" वंशिका यह सुनकर मन-ही-मन कुढ़ती। इस कुढ़न में वह कभी अपने ही बाल नोचती, कभी मन-ही-मन हँसती थी। अर्चना गिरगिट की तरह रंग बदलती थी। वह करनी से ठीक उल्टा बोलती थी। वंशिका जब भी पढ़ने बैठती तो उससे कहती–

"वंशिका पढ़ाई के लिए तो पूरी रात पड़ी है, पहले सब्ज़ी काट ले। सब्ज़ी कट गयी तो कहती सब्ज़ी छौंक ले। कभी बर्तन माँज ले। झाड़ू-पोंछा लगाकर, कपड़े धो ले। आँगन में सूखे कपड़े पड़े हैं उन्हें उठाकर तह लगा ले। कोई आ गया तो चाय बनाकर ले आ। चाय के बर्तन धो ले।"

इस तरह वर्षों तक वंशिका ही घर के अनगिनत काम करती रहती थी। उसका बचपन कब कहाँ गुज़र गया उसे पता ही नहीं। रात में सबकी चारपाई बिछाकर बिस्तर लगाती और सुबह सबके उठ जाने पर सबके बिस्तर जल्दी-जल्दी समेट कर रखती। चारपाई उठाकर आँगन में खड़ी करती। उन दिनों रात में सोने के लिए चारपाई बिछाकर बिस्तर लगाने पड़ते थे और सुबह उठकर उस बिस्तर को तह लगा कर रखना और चारपाई को आँगन में खड़ा करना पड़ता था। उसके बाद वह पूरे घर में झाड़ू और पोंछा लगाती। स्कूल जाने से पहले सबके लिए नाश्ता बना कर रखती। तब दो पराँठे ख़ुद खाकर कर जाती। स्कूल से आकर फिर वही घर का काम करना उसकी प्राथमिकता होती थी। उन दिनों उसके घर में नल नहीं था। सार्वजनिक नल से बल्टियों में पानी भर कर लाना पड़ता था। यह काम वंशिका को ही करना पड़ता था। अर्चना की कोशिश होती थी कि वह उसे पूरे दिन किसी-न-किसी ग़ैर-बौद्धिक कामों में उलझाये रखे। वंशिका जितना अर्चना को समझती थी उतना शायद वह ख़ुद को भी नहीं समझती होगी। अर्चना अपने स्वभाव और नियति के अनुरूप बोली–

"ऐसे क्या देख रही है अपने बालों को। क्या ये देखने से काले हो जायेंगे? आज ऐसे झाँक रही है कल इन्हें काले कर रही होगी। काले कर भी ले तो क्या, तेरी उम्र कम थोड़े न हो जायेगी...। बाल रंग भी लेगी तो गाल के गड्ढे कैसे भरेगी? गालों को ग़ौर से देख झुर्रियाँ पड़ रही हैं। हम लोग कितनी बार कह चुके हैं कि अब तो शादी कर ले। क्यों हमारी जान पर बोझ बनी पड़ी है। नाते-रिश्तेदार, अड़ोस-पड़ोस को हम जवाब देते थक गये हैं। तुझसे छोटे बच्चों की शादी हो चुकी हैं और तू दो-चार दिनों के बाद पूरी चालीस की हो जायेगी।" वंशिका जब भी अपने बारे में अर्चना की व्यंग्य भरी बातें सुनती तो उसके बदन में आग लग जाती थी। शादी के

नाम पर उसे न जाने क्या हो जाता था? वह बहुत बुरी तरह रिएक्ट करती थी या गुमसुम होकर कभी दीवार को कभी छत को निहारती रहती थी। वह अपना निर्णय अपने माता-पिता को अनेक बार सुना चुकी थी। आज भी उसने मुड़कर देखा और बोली–

"आप मेरी जान के पीछे क्यों पड़ी रहती हैं? जब मैंने अपना निर्णय बता दिया है कि मुझे शादी नहीं करनी है...।" कहते-कहते वह रुआँसी हो आयी थी। शब्द अधूरे रह गये थे और सीधे अपने कमरे में जाकर ऑफ़िस की तैयारी करने लगी। उसकी आँखों से आँसू बह रहे थे। वह उन्हें रोकने की कोशिश भी कर रही थी। भीतर वाले कमरे में वंशिका के पापा ऑफ़िस जाने की तैयारी कर रहे थे। उनके कानों में अस्फुट सी आवाज़ें आ रही थीं। उन्होंने तैयार होते हुए भीतर से पूछा–

"क्या बात है अर्चना, यह वंशिका चीख़ क्यों रही है? तुमने कुछ कहा है क्या?" वह तुनक कर बोली–"मैंने तो अपनी पूरी ज़िन्दगी लगा दी, इस घर में फिर भी मुझे ही बाप-बेटी के सवालों के जवाब देने होते हैं। आख़िर मेरी ग़लती क्या है...? आप भी मुझ पर शक करते हो?"

"अरे भई, मैं तुम पर शक थोड़े ही कर रहा हूँ। वंशिका की वॉयस लगातार लाउड होती जा रही है इसलिए पूछ लिया।"

"तुम हमेशा मुझ से ही क्यों पूछते हो? क्या मैं ही ग़लत होती हूँ? कभी वंशिका से पूछ लिया करो। यह चीख़ती क्यों है और शादी क्यों नहीं कर लेती है..?"

"ठीक है बाबा, अब से तुम से कुछ भी नहीं पूछूँगा, ख़ुश।" वंशिका के पापा ने अर्चना के कन्धे पर हाथ रखते हुए कहा था। वह उनके ग़ुस्से को कम करने की कोशिश कर रहे थे। कमरे में वंशिका अन्दर-ही-अन्दर घुट रही थी। वह ऑफ़िस जाने की तैयारी में मशग़ूल थी, पर उसकी मस्तिष्क की लकीरें और भी खिंचती जा रही थीं।

अर्चना के ग़ुस्से का पारा थोड़ा कम हुआ था मगर वह अभी शान्त नहीं हुई थी, बल्कि नाजुक समय में वह अपने पति से मनमानी करा लेती थी। तुनक कर अपने कन्धे से उनका हाथ हटाते हुए बोली–"यह सब तो ठीक है मगर मेरा इसमें दोष क्या है? मैं, तुम बाप-बेटी के सवालों के जवाब कब तक दूँ और क्यूँ दूँ? आख़िर तुम और तुम्हारे पिता ही मेरे घर शादी का प्रस्ताव लेकर आये थे।"

वंशिका एक साँस में अपने पापा और अपनी माँ से कुछ कह देना चाहती थी मगर वह रुक गयी थी। वंशिका उनके व्यवहार को बचपन से देख रही थी कि जब भी उसके पापा उसके पक्ष में एक बात कहने की कोशिश करते हैं तो वह कभी

इमोशनल होकर तो कभी चीख़ कर अपनी हर बात मनवाने की पूरी कोशिश करती थी, बल्कि अब तो उसके पापा ने भी धीरे-धीरे उसके बीच में बोलना ही बन्द कर दिया था। जैसा हो रहा था वैसा होने देना चाहते थे, मगर घर में अर्चना का साम्राज्य धीरे-धीरे फैलता जा रहा था। वह केवल अपने हुक्म की तुरन्त तामील चाहती थी। बात सही हो या ग़लत वह मनवा कर ही चैन लेती थी। मेहमान आये तो उनके सामने ज़्यादा देर बैठकर वंशिका ने बात कर ली तो उसकी ख़ैर नहीं। उसके ननिहाल से कोई मामा-मामी आये तो अर्चना उनके साथ तब तक बैठी रहती जब तक वे उससे बात करते थे। उसकी कोशिश होती थी कि वंशिका कभी भी अपने मामा-मामी से अकेले में मिल न पाये। उसे चाय-नाश्ता और खाना बनाने के काम में लगा देती थी।

वंशिका को लग रहा था कि उसके साथ जो हो रहा है, वह ठीक नहीं है, मगर मन की बात किससे और कैसे कहें? मन में ही सोचती रहती और घुटती रहती थी। एक नौकरी ही उसका सहारा थी, जिसके साथ वह जी रही थी। ऑफ़िस में काम के दबाव में मन हल्का हो जाता था। अब तो उसने नौकरी को ही जीवन साथी मान लिया था, इसलिए उसने कभी शादी न करने की ठान ली थी। वैसे भी शादी की बात आते ही उस रात की घटना उसे भीतर तक हिला देती थी।

उधर, उसके पापा अपनी पत्नी अर्चना के सामने हार मान चुके थे। हार नहीं मानते तो क्या करते। उसे बचपन की बात याद आ गयी थी। उसके पापा ने वंशिका को बर्तन माँजते देखा तो बोले–"अर्चना, मैं जब भी देखता हूँ। तुम हमेशा इस बच्ची से ही बर्तन मँजवाती और झाड़ू लगवाती क्यों रहती हो? इन कामों के लिए यह अभी बहुत छोटी है।" अर्चना तुनक कर बोली–"बच्चे छोटे से ही काम करते हैं, तब सीखते हैं। यह भी कुछ करेगी तभी तो सिखेगी।"

"हाँ, यह तो सही है मगर वंशिका अभी बहुत छोटी है। यह तुम भी जानती हो। अभी इसके खेलने-कूदने और पढ़ने के दिन हैं। बड़ी होकर तो यह सब काम करेगी ही।"

"अरे, तुम इसके मुँह पर इस तरह की बातें करते हो। बड़ी होकर यह सब काम कैसे करेगी?"

"अरे, तुम्हें इसके काम करने की चिन्ता क्यों सताती रहती है? कौन सी यह बूढ़ी हो गयी और क्या इसने काम करने से कभी मना किया? क्यों बहस करती रहती हो? बेचारी को कभी मुँह खोलते तक नहीं सुना। तुमने अड़ोस-पड़ोस में इतने छोटे किसी बच्चे को बर्तन माँजते झाड़ू लगाते कभी देखा है?" वंशिका को याद आ रहा था कि इस तरह उस दिन ख़ूब बहसबाज़ी हुई थी, मम्मी और पापा में। झगड़ा तो

हमेशा होता ही था कारण मैं ही बनती थी। अब मैं डरने भी लगी थी और पापा की परेशानी दूर करने की सोचने भी लगी थी। मैंने पापा से कहा–"पापा आप लड़िए मत। मैं सब काम कर लूँगी।"

ख़ूब तमाशा हुआ था उस दिन। वह डर गयी थी। अर्चना यह कह कर घर से बाहर निकल गयी थी, "मुझे ढूँढ़ने मत आना, जब लाश मिल जाये तो जला देना।" पापा उनके पीछे-पीछे और मम्मी आगे-आगे भागते जा रहे थे। उसके बाद पापा ने अपने को बदल लिया था। अब वे ज़्यादातर चुप रहते। यदि बोलना पड़े तो किन्तु-परन्तु कहते हुए उनके ही पक्ष में बोलते थे। उस दिन के बाद से घर में वही होता था जो अर्चना चाहती थी। वंशिका बचपन से ही चुप रह कर घर के काम करके अर्चना मम्मी को ख़ुश करने और घर में शान्ति बनाये रखने की कोशिश करने लगी थी, मगर वह उससे कभी ख़ुश हुई ही नहीं। वह उसकी आँखों की किरकिरी बनी रही। वंशिका अर्चना के रवैये से बहुत दुखी रहती थी। उसके दु:ख-सुख से किसी को कोई लेना देना नहीं था। अब वंशिका को उनसे कोई ख़ास उम्मीद नहीं बची थी कि वे बदलेंगी और न कोई ख़ास लगाव ही हुआ था। वे जब भी दुनिया के सामने मियाँ मिट्ठू बनकर यह कहते नहीं थकते थे कि ऐसे मर्द बीवियों के ग़ुलाम होते हैं जो उसकी हर बात हाँ में हाँ मिलाते हैं। वंशिका को जब से समझ हुई तब से उसके मन में एक वितृष्णा-सी घर कर गयी थी। वंशिका के विरुद्ध अर्चना की खीझ भरी चीख़ से उसके कान फटे जा रहे थे। उसने अपने कमरे में आकर दरवाज़ा बन्द कर लिया था। यह देखकर अर्चना और भी भुन-सी गयी थी। उसका ग़ुस्सा अपने पति पर ही उतरा। वह उनके लिए नाश्ता बनाते हुए लगातार बड़बड़ा रही थी और वे अपनी पत्नी को मनाने की कोशिश कर रहे थे।

वंशिका के कानों में अर्चना की वह बातें बार-बार गूँज रही थीं कि "तुम्हारे पिता जी ही मेरा रिश्ता माँगने आये थे।" इस तरह की बातें उसे इतिहास में पहुँचा देती थीं। वह अपने बचपन के अतीत को याद नहीं करना चाहती थी मगर अतीत है वह साये की तरह उसका पीछा छोड़ता ही नहीं था। वह कमरे में अपने बिस्तर पर बैठी चादर को दोनों हाथों से समेट लिया था और सिर गद्दे पर औंधा लिया था। उसके सामने माँ की स्मृतियाँ कौंधने लगी थीं। वह बमुश्किल पाँच साल की रही होगी। जब उसने अपनी आँखों के सामने ऐसा दृश्य देखा कि जो सोच कर आज भी वह लगभग पगला-सी जाती है। उस रात की वह घटना उसकी आँखों के आगे घूमने लगी। रात में सब सो रहे थे। काली अँधेरी रात थी। गाँव की कुठरिया में धीमी लौ का दीया रोज़ जलता था। तब वहाँ आज की तरह कमरे में कॉर्नर लैम्प या

जीरो वाट का बल्ब नहीं होता था न ही कोई खिड़की थी। यकायक कमरे के बाहर ओसारे में ख़ूब तेज़ उजाला होने लगा था। उस उजाले में उसकी मम्मी की चीख़ें सुनाई दे रही थीं। वह उनके पीछे-पीछे रोती हुई आयी थी। उनसे लिपटती उससे पहले घर के बाक़ी लोग अचम्भित थे। कोई कह रहा था कि बचाओ। कोई कह रहा था कि हमारे घर क्यों जली। कोई कुछ कह रहा था। उसके दोनों चाचा आग बुझाने की कोशिश कर रहे थे। मैं अपने पापा की गोद से छूट कर जलती हुई अपनी मम्मी से लिपट जाना चाहती थी। मेरे मुँह से सिर्फ़ मम्मी-मम्मी शब्द ही निकल रहे थे। मुझे अपनी मम्मी चाहिए थी, लेकिन मेरी बदक़िस्मती थी कि उस दिन के बाद मैंने अपनी मम्मी को कभी नहीं देखा। वह जला हुआ आख़िरी चेहरा था मम्मी का, जिसमें उनकी तड़प-झटपटाहट और उनका जिस्म जला हुआ देख रही थी मैं। वह रात और मम्मी का वह रूप कभी भी मेरी आँखों से ओझल नहीं हो पाया। छोटा भइया आठ-नौ महीने का था। उसे तो मम्मी की सूरत भी याद नहीं, न उस घटना के बारे में कुछ जानता है। मुझे सब याद है। इसलिए शायद अहसास उसे नहीं है। उतना दर्द भी नहीं है जितना मुझे है।

वंशिका सिर औंधाये अतीत को ऐसे देख रही थी मानो कोई बहुत बुरा सपना देखा हो। वह जितना भूलने की कोशिश करती, उसे वह घटना उतना ही अधिक याद आती। वह अँधेरी काली रात उसके जीवन की हमेशा के लिए काला अतीत बनकर उसकी आँखों के आगे अक्सर ख़ूँख़ार भेड़िया सी खड़ी हो जाती थी। जब भी वह दुखी होती है सोचती, बचपन में उसे यह सब कम याद आता था। वह जैसे-जैसे बड़ी होती जा रही है, वैसे-वैसे उसका अतीत पीछा कर रहा है और उसकी यादें मानो कल की घटना लगती थीं। कई बार उसे लगता कि दुनिया के सब मर्द ऐसे ही होंगे, जो अपनी पत्नी को जलता हुआ देखते रहते हैं या उनकी पत्नी उनके सामने जलकर मर जाती है। यदि मैंने शादी की तो कोई मुझे भी कोई जलाकर मार देगा या जलने के लिए कहेगा। नहीं, नहीं मैं शादी नहीं करूँगी। यह सोचते हुए वह सिर झटक देती थी। नहीं, नहीं मैं शादी नहीं करूँगी तो कोई मुझे कैसे जलायेगा? मैं मम्मी की तरह जलकर तड़प कर मरना नहीं चाहती।

इस तरह वह घण्टों सोचती रहती कि उसकी माँ ने आग लगायी ही क्यों थी? वह भी हम दोनों छोटे बच्चों को छोड़ कर। यह बात उसके कानों में अड़ोस-पड़ोस, नाते-रिश्तेदारों के मुँह से सुनी थी। कोई कहता था कि उसकी माँ को बहुत सन्तोष था। वह कभी भी दो बच्चों को छोड़ मरने की सोच भी नहीं सकती थी। फिर सोचने लगती कि क्या मेरे पापा ने मम्मी को...नहीं नहीं। वे ऐसा नहीं कर सकते। मैं ऐसा

नहीं सोच सकती। वे मेरे पापा हैं। वे ही तो दुनिया में मेरे सब कुछ हैं। उनके अलावा मेरा कोई और नहीं है। दूसरे पल सोचती कि मेरे पापा ऐसा नहीं कर सकते मगर मम्मी ने कैसे इतना बड़ा क़दम उठाया होगा? माना कि उन्होंने मम्मी को जलाया नहीं होगा मगर घर में उनके साथ सम्बन्धों की डोर मज़बूत क्यों नहीं थी? वंशिका को याद आने लगा उसने अपनी नानी के घर सुना था कि "उसके पापा की नौकरी नहीं थी इसलिए वे एक-एक पैसे को परेशान रहती थीं। उसे याद आया कि उसकी नानी जब भी दुखी होतीं तो कहती कि उसकी बातों को यदि ध्यान से हमने सुना होता तो आज हमारी बेटी ज़िन्दा होती। वह कहती थी, "अम्मा, इनकी नौकरी बिना सिफ़ारिश और रिश्वत के नहीं लगेगी। दो लाख रुपये होते तो ये भी अपने दोस्तों की तरह नौकरी कर रहे होते।' उसने हमसे कभी नहीं कहा वह उससे पैसे माँगता है। कितना सन्तोष था मेरी शान्ति को। सारा दर्द अपने मन में अकेले समेटे रही थी। हाँ अपनी सास के बारे में ज़रूर कहती थी वह ताने मारती है कि तेरे मायके वाले बड़े आदमी हैं दो लाख रुपये भी नहीं हैं उनके पास। वे तरह-तरह से उसे परेशान कर ही रहे थे। वह चुपचाप सहती रहती थी। शायद वह जानती होगी कि हमारे पास इतनी बड़ी रक़म कहाँ थी। एक बार कहती तो चाहे ज़मीन बेच कर देते दो लाख रुपये। हमारी शान्ति तो ज़िन्दा होती।" वंशिका को याद है उसके कानों में उसकी नानी की ये अस्फुट बातें अवचेतन मन में आज भी अंकित हैं। वह ये सब बातें करती हुई अक्सर रोने लगती थीं। वह अपने माता-पिता की अकेली बेटी थी। वंशिका ये सब बातें याद करके सोचने लगी, 'मम्मी का यह क़दम क्या उसी तनाव और घुटन का परिणाम था? क्या मेरे पापा ऐरो हैं? अपनी नौकरी के लिए मम्मी से पैसों की माँग...। नहीं, नहीं...वे ऐसा नहीं कर सकते। क्या पापा-मम्मी को समझाने में असफल हुए? या मम्मी को ही असन्तोष था?' वह तुरन्त सोचती, 'नहीं, नहीं कोई स्त्री अपने शरीर को आसानी से नहीं जला सकती। वह भी दो छोटे बच्चों को छोड़ कर। फिर क्या कारण था? सच जो भी रहा हो जिसे कोई नहीं जान सका, मगर इतना सच तो जगजाहिर है कि मेरी मम्मी जल कर मरी थीं।' उसके मन में तुरन्त एक सवाल और कौंधा कि इतना घातक क़दम उन्होंने उठाया क्यों था? और कैसे? माना कि वे आर्थिक संकट के साथ मानसिक संकट भी झेल रही थीं मगर दादा-दादी के घर तो खेती भी थी फिर मम्मी ने यह सब क्यों किया...?' इस तरह वंशिका जब तनाव में होती तो घण्टों अपनी मम्मी के जलने की घटना के बारे में सोचती रहती और उस गुत्थी को मन-ही-मन सुलझाने की कोशिश करती मगर वह गुत्थी तो गुत्थी ही बनी हुई थी क़रीब पैंतीस वर्षों से। ऐसे समय पर उसके

मन में अनेक सवाल उठते उनके जवाब खोजती फिर सवाल करती, रहती। घण्टों बुदबुदाती रहती। अर्चना उसे गुमसुम बैठी देखकर उसके मन को न समझने की कोशिश करती बल्कि जले पर नमक और छिड़क देती थी। 'ख़ुद चली गयी शान्ति और इस आफ़त को छोड़ गयी मेरे लिए।'

वंशिका जब भी अकेले में बैठती तब मानो वह अपनी मम्मी से बतियाती थी, तो कभी उनका जलता चेहरा उसकी आँखों के सामने आ जाता था तो कभी उसकी चीख़ें उसके कान फाड़ देती थी। ऐसे वक़्त पर वह कहीं दूर भाग जाना चाहती थी तो कभी नकारात्मक विचार आते और अपने का ख़त्म कर देना चाहती थी मगर इस विचार को वह एक झटके में भगा देती थी। नहीं, मैं ऐसा नहीं करूँगी। 'मैं मम्मी की तरह तड़प कर मरना नहीं चाहती। मैंने मम्मी को तड़पते हुए देखा था।' बार-बार उसके मन में इस तरह के विचार आते-जाते रहते थे। वह अपने आप से घण्टों बतियाती रहती थी।

उसे याद आ रहा था उसकी नानी और छोटे मामा सुरेश अक्सर बताते थे कि उनके चाचा ने उनके साथ अच्छा व्यवहार नहीं किया था। वह चाहते तो शान्ति बच सकती थीं। वे उसे हॉस्पिटल ले ही नहीं गये। चाचा ने ही कहा था कि 'अब यह नहीं बचेगी। फालतू में पुलिस और परेशान करेगी। जैसे ही उन्होंने आख़िरी साँस ली। हमारे इन्हीं चाचा ने तुरत-फुरत खेत में अन्तिम संस्कार करा दिया था।

वंशिका के दादा के समक्ष इन दो बच्चों की परवरिश को लेकर समस्या थी। उनकी पत्नी बुज़ुर्ग और कमज़ोर भी थीं। गाय-भैंसों का काम अलग से था। इसलिए कुछ दिनों के बाद ही वंशिका के दादा ने नेता जी के सामने उनकी बेटी अर्चना का हाथ माँग लिया था। अर्चना शान्ति से एक वर्ष छोटी चचेरी बहन थी। उन्होंने भी उनका प्रस्ताव स्वीकार कर लिया था। वे समझ रहे थे कि लड़का इंजीनियरिंग की पढ़ाई कर चुका है। वैसे भी अर्चना का किसी मुस्लिम लड़के से प्रेम परवान की चर्चा के कारण वे शर्मिन्दा थे। उसकी शादी की समस्या थी ही। यह अवसर था उनके लिए। वे समझ रहे थे कि महीपाल की आज नौकरी नहीं है पर उसका भविष्य उज्ज्वल ज़रूर होगा और उनकी नेतागीरी किस काम आयेगी। यह बात नेता जी ने मन-ही-मन सोच ली थी। इस तरह दोनों तरफ़ से सहमति बन गयी थी। वंशिका को याद आ रहा था कि उसकी नानी अक्सर बताया करती थीं कि मेरा देवर पास आकर मुझे समझाने लगा, 'भाभी वंशिका अभी छोटी है। अर्चना इसका ख़याल जैसे यहाँ रखती है वैसे ही शादी के बाद भी रखेगी। पता नहीं कौन कैसी लड़की आयेगी। हमारी वंशिका सौतेली माँ के जुल्म सह पायेगी भी या नहीं। मौसी माँ जैसी ही होती है। आप अर्चना और महीपाल सिंह की शादी के लिए मना मत करो। आज की नहीं कल की सोचो भाभी। बहुत बुरा जमाना है।'

उनकी बात सुनकर वंशिका की नानी और नाना को पहले तो बहुत ग़ुस्सा आया था। उन्होंने कह दिया था कि "तुम ऐसे कैसे कह सकते हो? आख़िर शान्ति तुम्हारी भी तो भतीजी थी। भगवान न करे तुम्हारी किसी बेटी के साथ कभी ऐसा-वैसा हो।" कहते हुए वंशिका की नानी की आँखें भर आयी थीं। शान्ति उनकी अकेली बेटी और दो बेटे थे। बेटे देश-दुनिया से बेफ़िक्र थे। बहन का दुःख ज़रूर हुआ था मगर वे दोनों कोई निर्णय लेने की स्थिति में नहीं थे। शान्ति के पिता भी बहुत सीधे थे। घर का जब बँटवारा हुआ तब उनके छोटे भाई ने पक्के हिस्से पर पहले ही क़ब्ज़ा जमा लिया था।

उसकी नानी अक्सर बताती थीं कि जब वे एम.एल.ए. का चुनाव लड़े थे तो इन्होंने एक बन्दूक़ ख़रीदने की ज़िद बच्चों की तरह की थी। अनेक तर्क दे डाले थे। "हमारे पास एक लाइसेंस होना ज़रूरी है। तभी तो लोगों में प्रभाव बढ़ेगा। हमारी तरफ़ कोई आँख उठाकर नहीं देखेगा। बड़ा आदमी बनने के लिए यह सब करना होता भइया।" इस तरह उन्होंने अपने बड़े भाई की सारी जमा पूँजी चुनाव में लगवा दी थी। वे अपने भाई से कहते थे–"भइया एक बार चुनाव जीत जाऊँ तो यह रुपया-पैसा ब्याज सहित सब मिल जायेगा। आप चिन्ता मत करो। आख़िर पैसा होता किसलिए है। घर के लोगों की तरक्की के लिए न। जब हमारी तरक्की होगी तब सब देखते रह जायेंगे। हमारा इलाक़े में नाम हो जायेगा।"

इस तरह नेता जी ने अपने बड़े भाई को अपने पक्ष में कर लिया था। नेता जी ही अपने घर में मैट्रिक पास थे। उनके बड़े भाई को पढ़ने का मौक़ा ही नहीं मिला था। वे अभिभावक बनकर छोटे को पढ़ाना चाह रहे थे मगर वे युवावस्था में ही पढ़ने के बजाय नेतागीरी में पढ़ गये थे। उन्होंने पढ़ाई को कभी गम्भीरता से नहीं लिया था। उनके बड़े भाई सीधे-सादे किसान थे। नेता जी इसी बात का फ़ायदा उठाते थे। उनका न सिर्फ़ घर में वर्चस्व था बल्कि पूरे मोहल्ले में उनका प्रभाव और डर भी था, क्योंकि वे एक बार आरक्षित सीट से एम.एल.ए. का चुनाव लड़ चुके थे। घर के सारे पैसे चुनाव में लग गये थे मगर उनको जीत मिली थी और दो-तीन महीने ही विधायक रहे थे। मोहल्ले के लिए वे हमेशा एम.एल.ए. नेता जी ही थे। उन्हें सब एम.एल.ए. ही कहते थे। उन्होंने लोगों को कभी ऐसा न कहने के लिए मना नहीं किया था, बल्कि उस सम्बोधन को सुनकर उनकी पीठ और गर्दन कुछ ज़्यादा ही अकड़ जाती थी। थाना-तहसील में उनकी बात सुन ली जाती थी, जिससे वे मोहल्ले के लोगों का छोटा-मोटा काम भी कभी-कभार करा देते थे। वे बगुला जैसा सफ़ेद धोती-कुर्ता पहनते और माथे पर लाल तिलक भी लगाये रहते थे। उन्होंने अपने घर

की पहली मंज़िल के एक कमरे में अलमारी में मन्दिर बना रखा था। उसके एक तरफ़ बाबा साहब डॉ. भीमराव अम्बेडकर का शीशा में जड़ा फ़ोटो भी टाँग रखा था। वे बुद्धविहार और मन्दिर को चन्दा भी दे दिया करते थे। शायद राजनीति के लिए वे सन्तुलन बनाने की कोशिश करते थे। यह उनकी पार्टी की रणनीति रूपी हिदायतें रही होंगी। वे अपने घर के मन्दिर में सुबह और शाम को नियमित पूजा करते। शाम को घर आने में लेट होने पर परिवार की सभी लड़कियों को आदेश था कि मन्दिर में घी का दीया जलाकर आरती करनी होगी। सभी लड़कियाँ मन मार कर उनके आदेश को ज़रूर पूरा करती थीं। अर्चना को ख़ास आदेश होता था। इसलिए उन्होंने नीति बना ली थी कि अर्चना शाम की आरती ज़रूर करेगी। अर्चना भी मौक़ा देखती रहती थी कि कैसे बचे इस कार्य से वह उनके सामने तो बेमन से चली जाती थी मगर पीछे नहीं जाती।

वंशिका को उसकी मम्मी का जलता हुआ चेहरा उस समय आँखों के समक्ष उभर आता था जब वह बहुत परेशान होती थी। उसे लगता था कि शादी के बाद उसे भी जला दिया जायेगा। वह पगला-सी जाती थी। पहले भी घर में शादी की बात होती थी तो कभी बाथरूम में घुस जाती थी तो कभी चीख़ने लगती थी। 'मैं शादी नहीं करूँगी। मैं शादी नहीं करूँगी।' बार-बार दोहरा रही थी। अब तो वह सोते-सोते बड़बड़ा उठती थी। 'मैं शादी नहीं करूँगी।' इस बात पर अर्चना को बहुत ग़ुस्सा आया और अपने पति को पास बैठाकर बोली–

"कान खोल कर सुन लो। यह लड़की पागल हो गयी है। इसे हम अपने घर में और नहीं रख सकते। इसे पागलखाने भेज दो।"

वंशिका अर्चना की बात सुनकर भीतर तक सिहर गयी थी। उसके दिमाग़ में करीब सात-आठ वर्ष पहले की घटना घूमने लगी थी। उसका दोस्त शशांक जाते-जाते उससे कह रहा था–

"वंशिका मेरी बात पर तुम ज़रूर ग़ौर करना। आज न सही कल ज़रूर सोचना। मेरी ज़रूरत पड़े तो तुम मुझे ज़रूर याद करना।" जाने से पहले उसने वर्षों की भावनाओं को मानो वंशिका के सामने उड़ेल दिया था, "मैं तुमसे बहुत प्यार करता हूँ। मैं आज से नहीं तुमको पहली बार स्कूल बस में देखा था तब से। तुम्हारे गोल चेहरे पर गोल-गोल काला चश्मा और ब्लंट बालों में तुम बहुत ख़ूबसूरत लग रही थीं। हालाँकि तब मेरी उम्र इन सब बातों और भावनाओं को समझने की नहीं थी मगर कुछ तो था जो मेरे मन में आज तक तुम्हारे लिए जमा है। मैंने उस वक़्त अपने मन को समझाया था कि यह उम्र प्यार-व्यार की नहीं है। दोनों के मम्मी-पापा को

इस बारे में जरा भी भनक लगी तो वे हमारी ऐसी मार लगायेंगे कि हम ज़िन्दगी में प्यार शब्द का उच्चारण करना तक भूल जायेंगे। वंशिका, समय गुज़रता गया मगर तुम मेरी स्मृति से कभी ओझल हुई ही नहीं। एक-दो बार मैंने तुमसे इस बारे में ज़िक्र करना चाहा था मगर तुम हर बार टालती रही थीं। सुनकर भी तुम अनसुना कर रही थीं। अब हम मेच्योर हो गये हैं। हमें ज़रूर इस बारे कुछ-न-कुछ फ़ैसला लेना चाहिए।" वंशिका शशांक की बातों को चुपचाप सुनती रही थी। उसने इतना ही कहा था कि "मैं अभी शादी की नहीं सोच रही हूँ।" यह कहकर वह वहाँ से निकलना चाहा रही थी। वंशिका की बात सुनकर शशांक के पैर आगे की ओर बढ़ गये थे।

वंशिका अपनी डायरी में शशांक का फ़ोन नम्बर ढूँढ़ने की कोशिश कर रही थी। वंशिका को जैसे ही उसका नम्बर मिला उसने डायल करना चाहा मगर उसने तुरन्त अपने को रोक लिया कि "अब उसे फ़ोन करना ठीक रहेगा या नहीं? यदि उसने शादी कर ली होगी तो मेरी इनसल्ट हो जायेगी। नहीं की होगी...। यह सोचते हुए उसने शशांक का फ़ोन नम्बर मिला ही दिया था।"

भेड़िया ज़िन्दा है

साल का पहला दिन था यानी फर्स्ट जनवरी। पूरा शहर नववर्ष के स्वागत की ख़ुशियों में मदमस्त था। ऐसे ख़ुशनुमा माहौल में शालिनी की आत्महत्या की ख़बर ने न केवल उसके कलिग्स को अचम्भित किया; बल्कि इस ख़बर ने पूरे शहर को अपने आगोश में ले लिया था। सभी की जुबाँ पर–'अरे', 'ओह', 'न-नहीं' 'कब', 'क्यों', 'कैसे' जैसे अनगिनत विस्मयादिबोधक एवं प्रश्नवाचक शब्दों की बाढ़-सी आ गयी थी–

"शिक्षिका होकर भी, ऐसा क्यों किया उसने?"

"भली थी बेचारी।"

"ऐसी क्या मजबूरी थी उसकी?" एक तो अपना ग़ालिबपन झाड़ने से भी बाज़ नहीं आया–

"कुछ तो मजबूरियाँ रही होंगी...।" ख़ुदख़ुशी चाहे एवरेस्ट पर चढ़कर की गयी हो या बेडरूम के पंखे से लटक कर, दोनों स्थितियों में मौत ही तो होती है और ऐसी विकट स्थिति में अनगिनत सवाल किसी की भी मौत के पीछे छूट जाते हैं।

समाज के कुछ भले मानस जिन्होंने ख़ुद को प्रगाढ़ अनुभवी और कुशल पारखी समझने का भ्रम पाल रखा था, वे भी कुछ-कुछ इस प्रकार कह रहे थे–

"भई इन महिलाओं का तो कुछ पता ही नहीं होता। इनके दिमाग़ में क्या और कैसी ख़ुराफ़ातें चल रही होती हैं। ये कब क्या कर लें इसका पता तो बड़े-बड़े वैज्ञानिक भी नहीं कर पाये।" तभी किसी दूसरे पारखी ने भी अपना मन्तव्य रखा–

"ऐसे ही थोड़ी न इन्हें तिरिया चरित्तर की संज्ञा दी जाती है।"

"ठीक कहा तुमने, ये भी तो ठीक ही कहा जाता है इनके सम्बन्ध में–'औरतों की नाक न हो तो ये गू खा लें।' अब देखो तो ख़ुद तो चली गयी और परेशानी में डाल गयी घरवालों को।" घण्टे भर से बकबक-झकझक सुनते आ रहे वर्मा जी के धैर्य का बाँध टूटा–

"प्लीज, अब बस भी करो। यह समय इस तरह की बातें करने का नहीं है। बेकार में किसी ने सुन लिया तो बेमतलब का हंगामा खड़ा हो जायेगा। वैसे भी हमें नहीं भूलना चाहिए कि वो हमारी कलिग्स थी। जब हम उसके लिए अपनी संवेदना प्रकट नहीं कर सकते तो हमें उसके लिए ऐसी असंवेदनशील बातें करने का भी कोई अधिकार नहीं।" सवाल-जवाब के इस दौर में सब जितना उसकी आत्महत्या के कारणों की तह में जाने की कोशिश करते समस्या उतनी ही अनसुलझी गुत्थी की तरह रहस्यात्मकता में तब्दील होती जाती।

मीना और शालिनी की नियुक्ति एक ही वर्ष एक ही समय में अलग-अलग विषयों में एक ही कॉलेज में हुई थी। यही इनके बीच दोस्ती का संयोग बना था। इनके बीच पहले परिचय हुआ और बाद में यह छोटी-सी जान-पहचान धीरे-धीरे कब घनिष्ठ मित्रता में तब्दील हो गयी; इसका अन्दाज़ा तो उन्हें भी न हुआ था। हालाँकि दोनों के व्यक्तित्व में काफ़ी भिन्नता थी–शालिनी का स्वभाव सरल, सौम्य किन्तु गम्भीर और मृदुभाषी था, जबकि मीना खोजी प्रवृत्ति की चंचल और मज़ाक़िया होने के साथ एक लेखिका भी थी। वे एक-दूसरे से प्रभावित थीं। अत्यधिक व्यस्तता के बावजूद वे अक्सर हँसी-ठिठोली के लिए समय निकाल ही लेती थीं। शालिनी को दलित साहित्य पढ़ने का बेहद शौक़ था। मीना को उसने बताया था कि उसने उसकी कई पुस्तकें पढ़ी हैं। वह अक्सर पूछती थी–

"नया क्या लिख रही हो?" उसने बताया था कि अगर उसने पॉलिटिकल साइंस नहीं पढ़ी होती तो वह आज हिन्दी की अस्सिटेंट प्रोफ़ेसर होती। दरअसल उसके घरवालों और आसपास के लोगों ने उसके मन में बचपन से ही यह बात डाल दी थी–"हिन्दी, ये भी कोई सब्जेक्ट है। हिन्दी तो हम सब बोलते हैं। इसे क्या पढ़ना? कितने तो पीएच.डी. और जेआरएफ धारी ख़ाक छानते फिर रहे हैं। कितने भी तेज-तर्रार छात्र या छात्रा क्यों न हो बिना पैरवी के सब गुड़ गोबर। बिना गुरुओं की कृपा दृष्टि से शिष्यों का भविष्य अनिश्चित है। हम दलित छात्र-छात्राएँ उन जैसे गुरु द्रोणाचार्यों की कृपा दृष्टि कहाँ से लायें? हम आज भी एकलव्य बने हुए हैं। कभी-कभार कोई भूला-भटका अपनी योग्यता-वियोग्ता साबित कर किसी कॉलेज, यूनिवर्सिटी में घुस भी जाये तो सबकी गिद्ध नज़रें उसी पर टिकी रहती हैं।" वह बोले जा रही थी–

"मीना, मैंने हिन्दी भले नहीं पढ़ी है। हिन्दी में मुझे रुचि है। मैं अपनी पसन्द की पुस्तकें पढ़ती रहती हूँ और फिर पालिटिकल साइंस पढ़ कर यहाँ तक आ सकी। हमारे बहुत से लोग तो यहाँ तक आने की सोचते भी नहीं हैं। कुछ लोग अपने बच्चों

को आई.ए.एस., इंजीनियर, डॉक्टर बनाने के मुगेरीलाल की तरह सिर्फ़ हसीन सपने ही देखते रहते हैं। अन्त में उनके असफल बच्चे आत्महत्या करने को मजबूर होते हैं या फिर मज़दूरी करने को विवश। वे लोग अपने बच्चों की क्षमता और रुचि को नहीं पहचानते हैं और न बच्चे अपनी क्षमता को पहचानते हैं। स्वप्न को साकार करने के लिए नींद और मेहनत की कुर्बानियाँ नहीं देते।" इस तरह समय मिलता तो शालिनी और मीना ख़ूब बातें करते। कुछ अपनी, कुछ शिक्षा की तो कुछ समाज की। उसने बताया कि उसके घर वाले कहते थे–

"पॉलिटिकल साइंस पढ़ो। मौक़ा मिले तो नेता बनो या फिर आई.ए.एस. बनो। असिस्टेंट प्रोफ़ेसर बनना तो मेरे परिवार की लिस्ट में शामिल नहीं था। उनकी नज़र में कॉलेज, यूनिवर्सिटी टीचर हो या प्राइमरी टीचर। हमारे परिवार और समाज के लिए तो सब मास्टर हैं। उनके पास न कोई रोब होता है, न सरकारी गाड़ी, न सरकारी बंगला और न सलाम ठोंकने वाले सरकारी लोग होते हैं। उनकी नज़र में इससे बढ़िया तो सिपाही और दारोग़ा होते हैं पर मीना मेरा तो बचपन से ही टीचर बनने का सपना था।" मन की बातों को मन में रखना शालिनी के व्यक्तित्व के परे था।

मीना को देखते ही शालिनी अपने चेहरे पर निश्छल मुस्कान बिखेर देती थी। पूरा कॉलेज उसके इस विलक्षण स्वभाव से अवगत था। मीना की स्मृति में वह अभी भी जीवित है। उसके लिए यह विश्वास करना कठिन से कठिनतर हो रहा है कि वह अब इस दुनिया में नहीं रही। उसे बार-बार आभास होता है कि वह कभी भी कहीं भी पीछे से आकर उसकी आँखें मीच लेगी। बस में, गाड़ी में या कॉलेज के गेट पर, ऑटो के इन्तजार में खड़ी कहेगी–

"आ जा मीना। मैं उधर ही चल रही हूँ, तुझे भी छोड़ दूँगी।" और मीना के पैसे देते ही झट उसका हाथ पकड़ कर बोलेगी–

"तुझे लिफ्ट मैंने दी है इसलिए पैसे भी मैं ही दूँगी।" यह कहते अक्सर हँस देती थी शालिनी। उस दिन मीना ने बातों-ही-बातों में पूछ लिया था–

"कब शहनाई बजवा रही हो?" इस पर थोड़ा लजाते हुए शालिनी ने कहा था–"जब बजेगी, तब देखा जायेगा, तुम बेफ़िक्र रहो। तुम्हें तो सबसे पहले इत्तला करूँगी। आख़िर तुम्हें डांस भी तो करना है।"

उसके बाद शालिनी महीनों नहीं दिखी थी। शालिनी का यूँ बिना बताये महीनों ग़ायब हो जाना थोड़ा तकलीफ़देह लग रहा था मीना को, किन्तु फ़ैज़ का 'और भी ग़म हैं ज़माने में मोहब्बत के सिवा...।' का मर्म वह जानती थी।

अचानक एक दिन शालिनी को दूर से आता देख मीना के चेहरे पर आश्चर्य

विह्वल भीनी मुस्कुराहट छा गयी थी। चेहरा ही नहीं पूरा ऊपर से नीचे तक बदली हुई लग रही थी शालिनी। जींस-टॉप पहनने वाली शालिनी ने आज मैरून कलर की सितारों से जड़ी-जगमगाती साड़ी पहन रखी थी। गले में काले मोतियों में गुथा बड़ा-सा मंगलसूत्र उसके गले में घड़ी के पेंडुलम की तरह झूल रहा था। कानों में साड़ी से मैच करते ईअर रिंग, हाथों में सुनहरी मेटल के साथ मैरून चूड़ियाँ, होंठों पर हल्की-सी लिपस्टिक लगाने वाली शालिनी ने आज गाढ़ी मैरून लिपस्टिक लगा रखी थी। ललाट पर भौहों के एकदम बीच में मदर इंडिया की नरगिस की भाँति छोटी-सी मैरून बिन्दी लगाये हुए थी। बालों के बीचोबीच लाल सिन्दूर से भरी माँग ऐसी लग रही थी मानो दो देशों के बीच पार्टिशन करने के लिए लाल डोरा खींच दिया हो। वह एक साथ अपने विवाह के कई प्रमाण पत्र दर्शाती हुई आ रही थी। देखने वाला दूर से ही समझ जाये कि अमुक स्त्री का अभी हाल में विवाह हुआ है।

दरअसल, वह पहली शिक्षिका नहीं थी जो विवाह के बाद पहली बार कॉलेज सजधज कर और विवाह के अनेक प्रमाणपत्रों के साथ आयी थी। यहाँ की ९९ प्रतिशत शिक्षिकाएँ विवाह के बाद इसी तरह की पोशाकों में आती थीं। शिक्षिकाएँ ही क्यों दफ़्तरों में काम करने वाली अन्य स्त्रियों को भी अपने विवाह के बाद ऐसे ही प्रमाणपत्र धारण किये अपने-अपने कार्यस्थल पर आते-जाते देखा है। कमाल की बात थी कि पुरुष भी विवाह के बाद आते थे तो उनमें कोई बदलाव नज़र नहीं आता था यदि उनके हाथ में मिठाई का डिब्बा न होता और स्वयं वे न बताते तो किसी को कुछ पता भी नहीं चलता कि अमुक टीचर की शादी हो गयी है।

सजी-धजी शालिनी के मेहँदी लगे हाथों में एक मिठाई का डिब्बा था जिससे वह सभी शिक्षकों को मिठाई खिलाती हुई साथ में उनकी बधाइयाँ भी बटोर रही थी। मीना को भी मिठाई खिलायी थी उसने। हालाँकि मीना ने डाइरेक्ट पूछा था उससे–

"क्यों भई! हमें तो बताया भी नहीं, कहाँ तो हमसे डांस कराया जा रहा था।" शालिनी ने प्रत्युत्तर में संक्षेप में कहा था–

"असल में सब कुछ इतना जल्दी हो गया कि किसी को ख़बर ही नहीं...। मैं तुमसे आराम से बात करूँगी तब सब बताऊँगी। काजू की बरफ़ी का एक पीस अपने हाथ से मीना को खिलाती हुई कहकर वह मिठाई का डिब्बा पकड़े आगे बढ़ गयी थी।"

शादी स्त्री के जीवन में कितना बदलाव ला देती है। इसका उदाहरण शालिनी से बढ़कर मीना के लिए कोई न था। हो भी क्यों न आख़िर दोनों की घनिष्ठ मित्रता को एक नहीं दो नहीं पूरे चार वर्ष जो हो गये थे। कॉलेज में अत्यधिक व्यस्तता के

बावजूद वे एक-दूसरे से मिलने और बतियाने का समय निकाल ही लेती थीं और जिस दिन कॉलेज में छुट्टी रहती उस दिन तो बातों का सिलसिला जो फ़ोन पर शुरू होता तो हिमालय से कन्याकुमारी तक की बातें होतीं। जब तक दोनों में से किसी एक का भी मोबाइल स्विच ऑफ़ न होता बातें बदस्तूर जारी ही रहतीं। किन्तु आज महज छह महीनों में कितना कुछ बदलकर रख दिया था उसके जीवन को। घर-गृहस्थी में व्यस्त शालिनी को मीना के बर्थडे का भी स्मरण नहीं रहा। उसके विभाग की कुलीना मिश्रा और रस्तोगी मैम से पता चला था। शालिनी पिछले कई दिनों से छुट्टी पर थी। मीना ने कई बार फ़ोन पर वजह पूछनी चाही थी उससे, पर वह फ़ोन उठाये तब न। हालाँकि एक बार बात हुई थी फ़ोन पर ही। तब उसने सहज रूप से तो बोला था मीना से–

"तुम कैसी हो? कॉलेज की सभी मित्रों के साथ बिताये पल बेहद याद आते हैं। जल्द ही कॉलेज आती हूँ तो ढेर सारी बातें करूँगी।"

कॉलेज आयी भी थी तो उसके होंठों की बनावटी और रहस्यात्मक हँसी यह बयाँ कर रही थी कि उसकी हँसी और मुस्कुराहट के पीछे कितने राज कितना दर्द वे छिपाये हुई है। मीना के पूछने पर बस इतना ही कहा था–

"तबीयत ठीक नहीं रहती।" क्लास में पढ़ाते-पढ़ाते पता नहीं उसका ध्यान कहाँ गुम हो जाता। वह किस दुनिया में खो जाती। क्लास में तनिक शोर होने पर अचानक ऐसे चिल्ला उठती कि बग़ल की कक्षा में पढ़ रहे छात्रों और प्राध्यापकों तक उसकी आवाज़ पहुँच जाती। उसके इस व्यवहार की सूचना जब हेड को मिली तो उन्होंने कारण पूछना चाहा था तो शर्मिन्दा हो शालिनी बस इतना ही कह पायी थी–

"आई एम सॉरी मैम। मैं थोड़ डिस्टर्ब रहती हूँ।" मैडम दीक्षिता ने उसे कुछ दिन छुट्टी लेकर आराम करने की सलाह भी दी थी। उस दिन के बाद शालिनी अनुपस्थित ही रही थी। मीना के कई बार फ़ोन करने पर फ़ोन उठता ही कहाँ था? आख़िरी उपाय के रूप में उसने शालिनी को मैसेज किया था। तब जाकर उससे बात हो पायी थी। घबराई हुई शालिनी ने अपने भीतर उठे तूफ़ान को छिपाने का भरसक प्रयास किया था पर हवा का हल्का-सा झोंका कहीं-न-कहीं मीना के कानों का स्पर्श पा गया था। फ़ोन पर शालिनी ने रोते हुए कहा था–

"वह मुझे मार देगा, प्लीज मुझे बचा लो, बचा लो।" मीना ने कई बार पूछा–

"कौन तुम्हें मार देगा? और क्यों मारेगा, कोई तुम्हें, प्लीज मुझे बताओ? तुम पुलिस को रिपोर्ट क्यों नहीं करती?" पुलिस का नाम सुन शालिनी थोड़ी असहज हो उठी थी। उसका डर उसकी आवाज़ के साथ बाहर आ गया था। वह रूँधे गले धीरे-धीरे बुदबुदा रही थी–

"नहीं मीना मैं ठीक हूँ। मैं बिल्कुल ठीक हूँ। तुम घबराओ मत इस बार कॉलेज आती हूँ तो फिर तुमसे बात करती हूँ।" इतना कहते हुए फ़ोन रख दिया था शालिनी ने।

आज शालिनी जब नहीं रही तो उसकी बातें शूल बनकर मीना के हृदय को रह-रहकर बेधती हैं, आख़िर क्यों नहीं वह शालिनी को समझ पायी? क्यों महज कोई बुरा सपना समझ मैंने उसकी बातों को नज़रअन्दाज़ किया। आज उसकी मृत्यु ने मीना को अपराध-बोध से ग्रस्त बना दिया। उसे ख़ुद से इतनी वितृष्णा क्यों हो रही है? आख़िर दोषी कौन? शालिनी ने भी तो कुछ बताया नहीं उसे। एक पल को कहा भी था उसने पर दूसरे ही पल तो वे ख़ुद ही उसे बेबुनियाद बता रही थी। गहरे द्वन्द्व से जूझ रही मीना कभी ख़ुद को धिक्कारती–

"ऐसी भी क्या ज़िन्दगी, सुबह से शाम तक, काम-ही-काम। काश, मैंने अपनी निजी ज़िन्दगी से थोड़ा-सा समय निकालकर उसकी परेशानी जानने की कोशिश की होती तो शायद आज शालिनी हमारे बीच जीवित होती।" वह अपने भीतर उठे तूफ़ान से लड़ रही थी और स्वयं ही सवाल-जवाब कर रही थी–

"क्या उसे पुलिस पर भरोसा नहीं था? उसने अपने घरवालों को पहले क्यों कुछ नहीं बताया? बताया भी होगा तो अवश्य ही उसे पारम्परिक रूढ़िगत नियमों और सिद्धान्तों का हवाला दिया होगा–

"एडजस्ट करना ही होगा बेटी। नया घर, नये लोग, सब कुछ तो नया है ऐसे में कुछ दिन तो बर्दाश्त हर लड़की को करना होता है। एडजेस्ट करने में समय लगता है बेटा। कुछ दिनों में सब कुछ ठीक हो जायेगा। समस्याओं से डरकर भागने से समस्या कम नहीं हो जाती; बल्कि वह तो और भी बढ़ जाती है। किसी भी हाल में लड़की को अपना घर नहीं छोड़ना चाहिए और हम तुम्हें कब तक यहाँ रख पायेंगे? क्या कहेंगे लोग? इसलिए बेटी हर परिस्थिति में अपने को ढालने की कोशिश करो। जब तुम्हारे पापा के साथ मेरी शादी हुई थी दो-चार वर्ष तो मुझे भी एडजस्ट करने में लगे थे। तुम्हारे पापा से मेरे विचार बिल्कुल भिन्न थे और जहाँ विचारों की सामंजस्यता न हो वहाँ क्या कुछ घटता होगा। उसका अन्दाजा तुम स्वयं भी लगा सकती हो। मेरी छोड़ो, बराक ओबामा और मिशेल दुनिया का सबसे चर्चित जोड़ा को कौन नहीं जानता। इनके बीच भी शादी के बाद झगड़ा डिवोर्स तक पहुँच गया था, पर वे अब सकुशल रह रहे हैं न, साथ में। झगड़े किस घर में नहीं होते, पर इसका एकमात्र समाधान अलगाव या विवाह विच्छेद तो नहीं। फिर अकेली औरत के लिए बाहर की दुनिया ही कौन-सी सुरक्षित है–

'औरत का कोई देश नहीं।' यह तो तुम्हें भी जानना ही चाहिए। किसी प्रसिद्ध लेखिका का कथन है–"बाहर दस भेड़िये या कुत्तों के बीच रहने से बेहतर है किसी

एक भेड़िये या कुत्ते के बीच रहना।" इसलिए भी कि कम-से-कम हम धीरे-धीरे ही सही उसके मन को माँज उसके अतिरेक को तो धो ही सकते हैं। आज मैं और तुम्हारे पापा एक-दूसरे के बिना रह ही नहीं सकते। इसलिए कहती हूँ एडजस्ट करो बेटा। घर को घर बनाने में एक स्त्री को बहुत कुछ खोना पड़ता है तब जाकर एक प्यारा-सा घरौंदा बनता है। स्त्रियों को तो एडजस्ट करना ही होता है अन्यथा बेघर स्त्रियों के लिए भरे संसार में कहीं कोई जगह नहीं। 'अपनी जगह से गिरकर कहीं के नहीं रहते केश, औरतें और नाख़ून।' (अनामिका)

शालिनी के साथ बिताये गये पलों की सघन स्मृतियाँ चलचित्र-सी मीना की आँखों के समक्ष एक-एक कर साकार हो रही थीं। मीना की आँखों से बरबस ही आँसू टपकने लगते। व्यथित मन गहरे दु:ख से आच्छादित हो उठता।

लाख कोशिश करने के बाद भी पुलिस आत्महत्या के कारणों की तह तक नहीं पहुँच पायी थी, मगर मीना ने हार अभी नहीं मानी थी। उसकी कोशिश अनवरत जारी थी। कभी शालिनी अपनी समस्याओं को लेकर परेशान थी। आज मीना परेशान है। दरअसल, वह समस्या की तह में जाने की कोशिश तो कर रही है किन्तु उसे कोई सुराग अभी तक नहीं मिल पाया। अचानक ही उसे याद आया क्यों न शालिनी की मम्मी से मिलकर कुछ पूछा जाये शायद कोई सुराग मिल जाये। कम-से-कम शालिनी की माँ को तो हौसला दे सकेगी। बेटी के जाने के बाद कितनी अकेली हो गयी होंगी वे। यह सोचकर मीना के क़दम शालिनी की माँ के घर की ओर बढ़ गये थे।

शालिनी की माँ को अपना परिचय देते हुए मीना ने पूछा–

"आंटी! शालिनी ने कुछ तो बताया होगा आपको? आख़िर ऐसा उसने क्यों किया?"

"पता नहीं बेटा, हम सब ख़ुद यह सोच कर परेशान हैं कि उसने आख़िर ऐसा क्यों किया? अगर कोई समस्या थी तो कम-से-कम हमें तो बतायी होती? शादी के बाद तो उसने धीरे-धीरे जैसे हमसे अपना नाता ही तोड़ लिया था। फ़ोन पर भी बात नहीं हो पाती थी। बेटा, तुम तो उसकी सहेली हो, तुम्हें तो उसने ज़रूर कुछ बताया होगा।" यह कहते हुए उनकी आँखें भर आयी थीं। मीना ने उन्हें सांत्वना देते हुए कहा–

"आंटी! हम अच्छे मित्र थे पर, उसने तो मुझे कुछ नहीं बताया, यदि कुछ बताया होता। अपनी समस्या हमारे साथ शेयर की तो होती तो हम उसकी समस्या का समाधान...।" अपनी बात पूरी किये बग़ैर मीना चुप हो गयी शायद सोचा हो, क्यों बेटी के अवसाद में डूबी माँ की व्यथा को और क्यों बढ़ाये? सो, बीच में ही अपनी बात को काटती हुई बोली–

"आंटी, यदि मुझे कुछ पता होता तो मैं आपके ताजे घाव को न कुरेदती। असल में शालिनी तो बहुत ख़ुशमिजाज लड़की थी। कॉलेज में क्लास के बाद जितने भी समय वह हमारे साथ रहती कम बोलते हुए भी वह हमें हँसती रहती थी। इतना बड़ा दर्द उसके सीने में था हम भाँप ही नहीं पाये।" अपनी आँखों के कोरों को पोंछते हुए मीना बोली–

"आंटी! याद करने की कोशिश कीजिए। उसने बातों-बातों में कुछ बताया हो आपको?"

"बताया होता तो हम उसकी समस्या का समाधान करने की कोशिश अवश्य करते बेटा, मगर उसने यहाँ आना तो दूर फ़ोन पर ठीक से बात करना भी छोड़ दिया था। पिछली बार बहुत ज़िद करने पर आयी थी तो अपने साथ पढ़ने-लिखने की फ़ाइलें, किताबें यहाँ रख गयी थी। जाते-जाते यह कह गयी थी कि कुछ दिनों की स्टडी लीव लेकर यहीं से पीएच.डी. के रिसर्च पेपर लिखेगी।"

शालिनी की माँ की बातें सुन रही मीना ने थोड़ा सहमते हुए पूछा–

"आंटी, अगर आपको कोई एतराज न हो तो क्या मैं शालिनी की किताबें देख सकती हूँ?" वह थोड़ा स्तब्ध हुईं किन्तु जल्द ही अपनी स्तब्धता को तोड़ते हुए बोलीं–

"ऐसी बात नहीं है बेटा! उसके जाते ही हमने उसका सारा सामान हटाकर उसके रूम में बन्द करके रख दिया है। फिर भी उसका चेहरा, उसकी स्मृतियों को हम कहाँ-कैसे छिपायें-भुलायें। ऐसा लगता है वह यहीं कहीं है। अभी मम्मी, मम्मी पुकारती हुई कहीं से आ जायेगी।" कहते-कहते वे फफक पड़ी थीं। उन्हें सोफ़े पर बैठाया और पानी पिला कर शान्त किया। थोड़ी देर के बाद वे स्वयं बोलीं–

"मीना बेटा! मेरे साथ आओ मैं तुम्हें शालिनी की आलमारी और पढ़ने की सामग्री दिखा देती हूँ। तुम उसकी सहेली हो तुमसे क्या छिपाना। मुझे हिम्मत नहीं है वह सब देखने की।" मीना ने आलमारी के सारे कपड़े उलट-पुलट कर देखे परन्तु कोई सूत्र नहीं मिला। हताश दुखी मन से मीना एक-एक कर किताबों के पन्ने उलटती-पलटती जा रही थी। पीएच.डी. की पूरी थीसिस लिखी हुई रखी थी। वह उसकी भूमिका भी तैयार कर चुकी थी। आभार में मीना का नाम विशेष रूप से उल्लेख किया था। कुछ अध्याय पर कच्चा काम कर रखा था। उलटते-पलटते हुए किताबों के बीच एक पत्रनुमा काग़ज़ मिला जो उसकी माँ को सम्बोधित था। मीना ने कुछेक फ़ाइलें और किताबें और उलटी-पलटी कुछ नहीं मिला तो वह पत्र जो उसकी माँ को सम्बोधित था उसके बारे में शालिनी की माँ को बताया। मीना ने पत्र पढ़ना चाहा तो उसकी आवाज़ रूँध आयी थी–

"प्यारी मम्मी! मैं बहुत दिनों से आपसे कुछ कहना चाह रही थी, पर कब कहूँ और कैसे कहूँ? यह सोचकर मेरा मन संशय में है। तुम मेरे कारण दुखी हो जाओगी। मैं मन की बात कहने की हिम्मत नहीं जुटा पा रही हूँ। पिछले कई दिनों से पता नहीं मुझे ऐसा क्यों लग रहा था कि कोई मेरी जासूसी कर रहा है। मेरी हर एक्टीविटी पर नज़र रखी जा रही है। मेरी आलमारी, मेरे अकाउंट तक पर नज़र रखी जा रही है, पर मेरा सन्देह सच निकला–एक दिन अचानक ही सुरेश कह रहे थे कि शादी से पहले मैंने पूरे पाँच साल नौकरी की, मगर कमा के सब उड़ाती रही या सारा रुपया मायके वालों की तिजोरी भरती रही। अपना अकाउंट एकदम ख़ाली करके चली आयी, लेकिन अब यह चालाकी नहीं चलेगी। यहाँ मम्मी-पापा का घर बहुत छोटा है। छोटी बहन की भी शादी करनी है। पापा रिटायर्ड हो गये हैं। हमें अपना फ्लैट लेना होगा। हम तभी फ्रीडम से रह पायेंगे। हमें कुछ सोचना होगा।" मैं पहले उनकी बातों को ज़्यादा समझ नहीं पा रही थी, लेकिन इस तरह की बातें वे रोजाना ही करने लगे थे। ऐसा लगता था मानो इन बातों के अलावा उनके पास और कोई और विषय है ही नहीं। कॉलेज से आते-जाते, उठते-बैठते, खाते-पीते बस फ्लैट लेना है। इसी बात की रट रात-दिन सुनकर मैं तंग आ गयी हूँ मम्मी। इतना ही नहीं उनकी मम्मी भी मुझे लगातार कहने लगी थीं–

"ये नौकरी करती है तो हमें क्या फ़ायदा, बाप ने जो पैसा और दान-दहेज दिया सब इसे ही तो दिया। हमें क्या मिला?" वे अक्सर सुरेश को सम्बोधित कर कहती हैं–

"तू इससे कुछ पूछता क्यों नहीं? ये कब घर के बारे में सोचेगी? एक-दो दिन की बात तो है नहीं ज़िन्दगी भर यहीं रहेगी। क्या सब दिन ऐसे ही चलता रहेगा? क्या इसका इस घर के प्रति कोई फ़र्ज़ नहीं? मुझे ऐसा लगता है कि मैं उनकी बहू न होकर बनिये की दुकान हूँ जो मुझमें लाभ-हानि का हिसाब-किताब करती रहती हैं।"

पापा के जाने के बाद वैसे भी आप पर कितनी ज़िम्मेदारियों का बोझ आ पड़ा है। क्या मैं नहीं जानती? अभी मेरी शादी का क़र्ज़ा भी तो नहीं चुका है। घर पर बाहरी लोगों का आकर घुड़कियाँ ज़माना, उफ़् कितनी तकलीफ़ होती होगी आपको। मैं सब जानती हूँ मम्मी। आप कैसे निधि और बबलू की पढ़ाई का ख़र्चा सिलाई कर निकालती हैं। इसका अन्दाज़ा मुझे बख़ूबी है, पर मम्मी ये लोग तो कुछ समझना ही नहीं चाहते। पापा होते तो बात कुछ और होती। आपसे मैं अपना दु:ख कैसे कहूँ? सुरेश यदि समझते तो वे अपनी मम्मी को समझाते मगर वे तो ख़ुद उनके स्वर में स्वर मिलाते हैं।

मम्मी मैं माँ बनने वाली हूँ। आप कुछ ही महीनों में नानी बन जायेंगी। इस ख़बर से पूरे घर का माहौल ही बदल गया था। मम्मी जी का स्वभाव भी मेरे प्रति सन्तोषजनक हो गया था। वे मेरे खान-पान सब बातों का ध्यान रखने लगी थीं, किन्तु उस दिन उनका स्वभाव एकदम से बदल गया। मुझे यह कहकर डॉक्टर के पास ले गये कि कुछ ज़रूरी टेस्ट कराने हैं और बिना मुझे बताये उन्होंने मेरे भ्रूण का लिंग परीक्षण कराया। जैसे ही उन्हें यह पता चला कि मेरे गर्भ में पल रहा बच्चा लड़का नहीं लड़की है वे भी जुड़वाँ। तब से मम्मी जी और सुरेश का मेरे प्रति व्यवहार एकदम पहले से बदल गया है। मम्मी जी अक्सर कहतीं–'सफ़ाई करा हमें नहीं चाहिए, तेरी ये बेटियाँ। पहले क्या हमारे पास कम परेशानियाँ थीं जो और नई आफत सिर ले आयी। सुरेश भी कहीं से घूम-फिर आते और एबॉर्शन की रट लगाते–"तू कब चल रही है एबॉर्शन कराने के लिए? ज़्यादा देर मत कर।" एबॉर्शन के नाम से ही मेरा मन अपराधबोध से घिर जाता है। यह शब्द सुनते ही मेरी रूँह काँप जाती है। आख़िर मेरे निर्दोष बच्चों ने इनका क्या बिगाड़ा है? अभी तो ये धरती पर आयी भी नहीं हैं। आख़िर क्यों ये इनके जानी दुश्मन बन चुके हैं? मुझे उन लोगों पर बहुत ग़ुस्सा आता है। कुत्ते, बिल्ली के साथ भी रहो तो उनके प्रति भी मोह जाग जाता है फिर मैं तो इनकी बहू हूँ। यह सोचकर की सब कुछ ठीक हो जायेगा। पर मैं ग़लत थी यहाँ का तो समीकरण ही कुछ उल्टा है। अपने ही बच्चों के प्रति...छी मुझे घृणा होने लगी है। इन सबसे। मैं तुम्हें यह सब बातें कैसे बताऊँ? हिम्मत नहीं जुटा पा रही हूँ।

ज्यों-ज्यों दिन बीत रहे हैं। इनकी निमर्मता और असंवेदनशीलता मेरे प्रति बढ़ती ही जा रही है। सुरेश इधर से मुझ पर छोटी-छोटी बात पर हाथ उठाने लगे हैं। एक दिन मैंने हिम्मत जुटा उनसे कहा था–

"मम्मी जी को आप समझाते क्यों नहीं। वे रोज़-रोज़ एबॉर्शन कराने की बात करती हैं। मुझे बिल्कुल अच्छा नहीं लगता। चाहे जो भी हो ये हमारी पहली सन्तान हैं। मैं इन्हें जन्म दूँगी। कह दीजिए मैं एबॉर्शन नहीं कराऊँगी।" वे चुपचाप मुझे सुन रहे थे। मैंने झट उनका हाथ पकड़ कर अपने पेट पर रख कहा था–

"आप तो इनके पिता हैं। आप ऐसा निर्णय कैसे ले सकते हैं? आप मम्मी जी को समझाइए।" उनकी चुप्पी से मुझे लगा था वे मेरी भावनाओं की क़द्र करेंगे, मान जायेंगे, पर परिणाम मेरी आशा के विपरीत निकला। उन्होंने अपना हाथ झट खींचते हुए कहा था–

"मुझे नहीं चाहिए यह पाप। जाने किसका पाप तू मेरे सिर मढ़ना चाहती है तू। शुक्र मान तुझे तेरा बच्चा गिराने की बात कर रहा हूँ। कोई और होता तो तेरे इस पाप

के लिए कब का घर से धक्के मार कर निकाल दिया होता। मैं तो वैसे भी तुझ पर रहम कर रहा हूँ और तूने मुझे समझ क्या रखा है? मैं और मर्दों की तरह नहीं हूँ कि तेरी चिकनी-चुपड़ी बातों में आ जाऊँ और अपनी माँ के ख़िलाफ़ चला जाऊँ। तू जो चाहती है वह कभी सम्भव नहीं होगा। एबॉर्शन तो तुझे हर हालत में कराना ही पड़ेगा।" मैं उनकी मंशा पूरी तरह समझ गयी थी। वे अपनी मनमानी कराने के लिए मुझ पर चरित्रहीनता का आरोप मढ़ रहे थे। छी...कोई भी व्यक्ति इस हद तक कैसे गिर सकता है? इस बात का एहसास मुझे पहली बार उस दिना हुआ था। एक पिता अपनी बेटियों को बोझ कहे, पाप कहे इससे ज़्यादा अपमान और घृणास्पद बात और क्या हो सकती है? मैं उस पूरी रात सो नहीं पायी थी। सुबकते-सुबकते आँसुओं से तकिया भीग गया था पर अफ़सोस उस निष्ठुर व्यक्ति का हृदय तनिक न पसीजा था। शायद इसलिए कि उन्होंने पी रखी थी। मुझे डर लग रहा था। ये कभी भी कुछ भी कर सकते हैं। ऐसा ही हुआ सुबह मेरे बाल पकड़ कर खींचते हुए मम्मी के पास लाये थे। उनकी माँ चिल्ला-चिल्ला कर कह रही थीं–

"करम फूटे हमारे जो इस नाशपिटी को ब्याह कर घर लाये। जब से आयी है, सारे घर का सुख-चैन खाकर बैठ गयी है। सारे घर की रौनक ही बिगाड़ कर रख दी है। हमने तो इसे लक्ष्मी सोचा था पर ये तो कुलक्षणी निकली। दो लड़कियाँ पैदा करके ये समाज में हमें सबसे नीचे गिराना चाहती है। अब तो मैं एक दिन की भी देरी नहीं करूँगी। कल सुबह ही तुझे अस्पताल लेकर जाऊँगी। देखती हूँ तू कैसे नहीं कराती है सफ़ाई।" सुरेश बुत बन सब देख रहा था। ऐसे इन्सान के साथ रहना छी...वे मेरी बच्चियों की प्रायोजित ढंग से हत्या करना चाहते थे। जाने कहाँ से ताक़त बटोरी थी उस दिन मैंने भी चीख़कर कहा था–

'मैं कहीं नहीं जाऊँगी और हाँ आप मत भूलिए कि भ्रूणहत्या क़ानूनन अपराध है। वैसे भी यह बच्चा मेरा है। मैं पाल लूँगी इन्हें अकेले ही। इतना सक्षम हूँ कि इनकी परवरिश कर सकूँगी। मैं एबॉर्शन नहीं कराऊँगी।' यह कहते हुए मैं अपने रूम की ओर जाने को मुड़ी थी कि सुरेश ने पीछे से ही मेरे बाल पकड़ कर कहा था–

'हरामज़ादी, मेरी माँ से ज़ुबान लड़ाती है कमाती है तो इतनी शान दिखायेगी।' और यह कहते हुए उन्होंने मुझे लगातार दो थप्पड़ कान के नीचे तड़ाक, तड़ाक। जड़ दिये थे। चक्कर-सा आने लगा था मुझे। कुछ देर बाद स्वयं को अपने रूम के फ़र्श पर पाया। सामने सुरेश खड़े कह रहे थे–"तूने समझ क्या रखा है तू जो चाहेगी वही होगा, तू मेरी बीवी है। तुझ पर और तेरे पैसे पर मेरा अधिकार है। तेरी कोख पर भी मेरा ही अधिकार है। शादी मैंने तेरी मर्जी चलाने के लिए नहीं की, बल्कि अपनी

मर्ज़ी मनवाने के लिए की है और वे तुझे हर हालत में माननी पड़ेगी। यदि तूने कोई चालाकी करने की कोशिश की तो बहुत बुरा होगा तेरा और तेरे पूरे खानदान का। अकेली है न तेरी माँ और अभी तो तेरा भाई भी छोटा है और बहन। कैसी बेग़ैरत औरत है। यदि तेरे भाई को कुछ हो गया तो क्या होगा तेरी माँ और बहन का। सोचा है कभी।" उनके चेहरे पर कुटिल मुस्कुराहट तैर रही थी।

मुझे कुछ समझ नहीं आ रहा था मैं क्या करूँ और क्या न करूँ? ज़िन्दगी में पहली बार आगे कुआँ पीछे खाई वाली कहावत मुझ पर चरितार्थ हुई थी। मैं किसी भी हालत में अपनी अजन्मी बच्चियों को खोना नहीं चाहती थी और न ही अपने इकलौते भाई को। सारा दिन वे और मम्मी जी आपस में क्या बतियाते रहे, पता नहीं; किन्तु उस रात तकरीबन बारह बजे वे मेरे कमरे में आये, उनके मुँह से दारू की तीखी बदबू आ रही थी, बोले–

'तूने आज मम्मी का बहुत अपमान किया है। आज तक मैंने उनसे कभी मुँह नहीं लगाया, तूने तो हद ही पार कर दी हरामज़ादी। तू कॉलेज में पढ़ाती है तो अपने को लाटसाहिबनी समझ बैठी है। आज मम्मी से मुँह लगाया है कल मुझसे मुँह लड़ायेगी। मेरे घर को तू बनाना क्या चाहती है?'

'हरामज़ादी' कहा था उन्होंने मुझे। इतने दिनों में मैंने यह जान लिया था कि स्वार्थी पुरुष अहम पर चोट खा बौखला उठता है। ख़ुद को संयमित नहीं रख पाता। अपना मानसिक सन्तुलन खो बैठता है और पगलाया-सा कुछ भी अकबक करता है। मैंने इसके लिए उन्हें मन-ही-मन माफ़ कर दिया था। 'माफ़', माफ़ करने का बीज तत्त्व तो मम्मी तुम्हीं ने बोया था हम तीनों भाई, बहनों के बीच। ख़ुद को संयमित और सन्तुलित रखते हुए विनम्रतापूर्वक कहा था मैंने उनसे–

'मम्मी जी का मैं भी सम्मान करती हूँ, मगर आप ठण्डे दिमाग़ से सोचिए कि एक माँ के लिए क्या यह इतना सहज है जिसकी ज़िद आप और मम्मी जी लगा बैठे है? आख़िर कैसे कोई माँ अपनी कोख में पल रहे बच्चे की हत्या करा सकती है? मैं अपनी कोख को क्षत-विक्षत होता नहीं देख सकती। मैं भी मम्मी जी का आदर करती हूँ पर ये मेरे बच्चों के जीवन और मरण का सवाल है। मुझे माफ़ कीजिए। मैं आप लोगों की यह बात नहीं मान सकती। मैं इस अपराध में अपनी भागीदारी नहीं दे सकती। मैं अपने बच्चों की बलि नहीं दे सकती।' उस रात उनकी इतनी क्रूरता, मुझे जोर का धक्का मारा कि मैं सीधे पलंग से नीचे जा गिरी। गनीमत थी कि मैं पीठ के बल गिरी थी। मेरे बच्चों को चोट नहीं लगी थी पर वे ज़रूर थोड़ा असहज हुए थे। मैंने महसूसा था। अब उन माँ-बेटा को कहने और समझाने को बचा ही क्या था।

मैंने अपना फ़ोन उठाया और जैसे ही कमरे से बाहर निकलना चाहा, झट मेरे हाथों से फ़ोन छीन कर कहा था–

'अब देखता हूँ किसको फ़ोन करती है? माँ को बतायेगी, क्या बिगाड़ लेगी मेरा तेरी रंडवा माँ? है कोई उसका यार जो तुझे बचा ले मुझसे? स्वावलम्बी ठहरी तो क्या, तेरी जैसी औरतों की जगह पैरों के नीचे ही होती है। पुलिस को फ़ोन करेगी, कर मैं भी देखता हूँ तू कैसे करती है? कभी भूल से भी ऐसी ग़लती कर ली न, तो तेरे पूरे खानदान का सर्वनाश कर दूँगा, समझी।' इतना कहते ही उसने मेरे पेट पर कसकर लात जमा दी थी। मैं दर्द से कराह उठी थी। उसकी अमानवीयता से मैं चिल्लायी थी–

'हाँ, मैं करूँगी फ़ोन, पुलिस को। सब बताऊँगी तुम मेरा बच्चा गिराना चाहते हो। कहूँगी, हाँ-हाँ कहूँगी, कहूँगी, तुम मुझे मारते-पीटते हो और मेरे परिवार को भी ख़त्म करने की धमकी देते हो। कहूँगी हज़ार बार कहूँगी।' उसने दाँत निपोर कर हँसते हुए कहा था–'हरामज़ादी, तू किस मिट्टी की बनी है? परन्तु मैं भी कम नहीं। तुझे तेरी औक़ात न बता दी तो मैं भी मर्द नहीं।' और उसने अन्त में अपनी हैवानियत का ऐसा क्रूर ताण्डव दिखाया जिससे सम्पूर्ण मानवता शर्मसार हो जाये। मेरे तन से एक-एक कर सारे कपड़े नोच डाले। मैं रोती रही, गिड़गिड़ाती रही, लेकिन उसे तनिक रहम न आया। मारे लज्जा के मैंने आँखें मींच ली थीं और वह पूरी बेहयाई से कह रहा था–

'जा हरामज़ादी जा, तुझे मेरी शिकायत पुलिस में करनी है कर जाकर। बता आ अपनी माँ को सब बातें। जितना रंडीपना दिखाना है अब दिखा।' मैं अपने कपड़ों के लिए कितना गुहार लगाती रही थी उस रात। उसने पलटकर भी मुझे नहीं देखा था। द्रौपदी का चीरहरण तो दूसरों द्वारा ही किया गया था पर मेरी लाज, मेरी इज़्ज़त तो मेरे अर्धांग कहे जाने वाले मेरे पति कर रहे थे। मेरी इज़्ज़त तार-तार मेरे संरक्षक द्वारा हो रही थी। समझ नहीं आ रहा मम्मी कब बदलेगी यह दुनिया? क्यों सारी लड़ाई का अन्त औरत की देह पर ही आकर ख़त्म होता है? इक्कीसवीं सदी में भी मेरा अपनों के द्वारा द्रौपदी-सा चीरहरण हो रहा है पर क्यों आज कोई कृष्ण-सा लाज बचाने नहीं आता? उस रात मेरे अन्दर उनके प्रति घृणा उभर आयी थी। मैं उस रात टूट गयी थी मगर मैंने अपनी बच्चियों को अपने से अलग नहीं होने का संकल्प लिया था। मैं सोच रही थी कि मैं उन्हें जन्म नहीं दे सकती तो एक साथ मर तो सकती हूँ। मम्मी भइया और छोटी मुझे माफ़ कर देना यदि मजबूरी में मुझसे ऐसा क़दम उठ जाये तो एक बेटी और बहन की मजबूरी समझ कर माफ़ कर देना। यह मेरी कायरता नहीं

अजन्मी बेटियों के प्रति वफ़ादारी होगी। पत्र लिखते हुए मुझे ऐसा लग रहा है। तुम सब मेरे सामने बैठे हो और मैं तुम सबसे बतिया रही हूँ। ऐसा मन कर रहा है कि मैं लिखती रहूँ, बस लिखती रहूँ न जाने क्यों मुझे ऐसा महसूस हो रहा है कि हम इस पत्र के माध्यम से सदियों बाद मिल रहे हैं। जैसा कि मैं पहले ही बता चुकी हूँ कि मुझ पर पहरा डाला जा रहा है। कोई देख ले इससे पहले मैं लिखना बन्द कर रही हूँ। इस समय रात के दो बज रहे हैं सब सो रहे हैं और मैं चुपचाप बालकनी में बैठ कर यह पत्र लिख रही हूँ। पता नहीं अब कब मिलना होगा? वैसे मैं कोशिश करूँगी कि जल्दी ही मिलूँ। शायद एक-दो दिनों में ही कॉलेज के बहाने आऊँगी आप सबसे मिलने, तब बैठ कर ढेरों बातें करूँगी। अपने मन की बातें कहूँगी आपके छोटी और भइया की बातें सुनूँगी।'

मुझे लगा कि मेरी बेटियाँ मेरा दर्द दमन देख-सुन रही हैं। उन्हें मुझसे सहानुभूति हो रही है। वे रो रही हैं। वे रो-रो कर कह रही हैं–'मेरे कारण पापा और दादी आपको इतना ज़्यादा सता रहे हैं। आप रोती ही रहती हैं। मैं आपके आँसू पोंछना चाहती हूँ पर कैसे? अभी तो हमारे हाथ आपके चेहरे तक भी नहीं पहुँचते हैं, पर दोनों बहनें सोच रही हैं कि इसमें हमारा क्या कसूर है यह तो आप जानती ही हैं। पर अब हमें भी पापा और दादी से डर लगने लगा है कि क्या वे हमें भी आपकी तरह सतायेंगे? मम्मी आप तो आत्म निर्भर हो। फिर इन सबकी बातें क्यों सुनती हो? चाहो तो आप उनसे अलग भी तो रह सकती हो। यह आपके लिए कठिन होगा मगर हम जानते हैं कि आप पापा और दादी से अलग नहीं होना चाहती। उनका बहुत सम्मान करती हैं। उन्हें प्यार करती हैं। उनके हृदय परिवर्तन का इन्तज़ार कर रही हैं। इसीलिए तो आप ये सब राह रही हैं। मम्मी एक बात पूछूँ? आप ये सब बातें अपनी मम्मी यानी हमारी नानी को क्यों नहीं बतातीं? शायद वे हमारी मदद कर सकें। ओहो! हम भी तो कितने बुद्धू हैं। आप नानी को अपनी समस्या इसलिए नहीं बतातीं कि उन्हें दु:ख होगा। आप उन्हें दुखी देना नहीं चाहतीं जैसे हमें आपको परेशान देखकर दु:ख हो रहा है पर मम्मी आप चिन्ता मत करें, ज़रूर कोई-न-कोई रास्ता निकलेगा। फिर हम सब प्यार से रहेंगे। आप निराश मत होना, हिम्मत रखना। आप ही तो एक हो जो हमें हमारी सुन्दर दुनिया दिखा सकती हो। हम इस दुनिया में आना चाहती हैं। देखना चाहती हैं इस रंग-बिरंगी दुनिया को। आप निराश हो गयीं तो सब गड़बड़ हो जायेगा। आपको बचाना होगा अपने आपको और हमें भी। मम्मी हम मरना नहीं चाहते। हमें आपके पास आना है। आपके हाथों में झूलना है। आपके आँसू पोंछने हैं। पापा और दादी का दिल जीतना है। उन्हें बदलना होगा। इस दुनिया की सुन्दरता के बारे में आपने

हमें बहुत-सी कहानियाँ सुनाई हैं, पर मम्मी इतनी सुन्दर दुनिया में हमारे अपने ही हम बेटियों से नफ़रत क्यों करते हैं? हमें भी तो इस सुन्दर दुनिया को देखने का मानवीय हक़ हैं। दादी भी तो कभी छोटी रही होंगी। बुआ भी तो उनकी बेटी हैं। क्या उनकी सास ने भी उन्हें ऐसे ही सताया था? जो आपको हमारी वजह से सताया जा रहा है। यदि हमसे एक भइया होता तो भी पापा और दादी क्या ऐसे ही आपको सताते? या हममें से कोई एक होती तब भी क्या उसके साथ सौतेला व्यवहार करते? पर हम तो उनकी अपनी सन्तानें हैं। यदि हम इस दुनिया में आ गयी होती तो पापा और दादी से हाथ जोड़ कर प्रार्थना करतीं कि मेरी मम्मी को मत सतायें। उनका इसमें कोई दोष नहीं है। हम आपके घर की एक नये सदस्य हैं। हमारा मान-सम्मान नहीं कर सकते तो हमारी हत्या तो मत करें। मेरी मम्मी को अपमानित मत करें।'

मीना ने पूरा पत्र पढ़कर शालिनी की मम्मी को सुनाया तो उनकी आँखों से झर-झर बारिश होने लगी थी। उनकी आँखों में उन सबके लिए नफ़रत उभर आयी थी। उनके दिल में कुछ दरक रहा था। वह क्या था विश्वास, दर्द अपनापन या कुछ और?

इंटरव्यू

प्रभा अपनी बारी की प्रतीक्षा में सुबह से बैठी थी। थकान से उसका चेहरा मुरझा गया था। मुरझाये चेहरे पर चिन्ता की लकीरें उभर रही थीं। इस बीच वह कभी अपने बैग से कुछ नोट्स निकाल कर पढ़ लेती थी, तो कुछ समय बाद चुपचाप मनन की मुद्रा में बैठ जाती थी। आफटर लंच क्या शाम के पाँच बज गये थे। उसका नम्बर आख़िरी था। उसकी तन्द्रा तब टूटी जब चपरासी ने उसका नाम पुकारा और अन्दर जाने का संकेत किया था। उसके दिल की धड़कनें और भी बढ़ गयी थीं। स्वयं को दिलासा देते हुए अन्दर प्रवेश किया था। औपचारिक अभिवादन के साथ वह अनुमति मिलते ही यथास्थान बैठ गयी थी। बैठते ही उसे एक बिजली के करंट का झटका-सा लगा। उसकी नज़र बोर्ड के बायें से तीसरे सदस्य पर जाकर टिक गयी थी। चेयरमैन ने बायोडाटा देख कर कहा था–

"मैडम, आप तो डबल एम.ए. हिन्दी और संस्कृत हैं।" मगर प्रभा ने मानो सुना ही न हो और वह ठीक उधर ही निहारती रही थी जिधर उसकी नज़र टिकी थी। कमिश्नर मि. बिपिन शर्मा ने अबकी बार प्रोफ़ेसर साहब को सम्बोधित करके कहा–

"प्रोफ़ेसर साहब, मैडम हिन्दी की हैं। इसलिए आप ही शुरुआत कीजिए।" दिल्ली में तीन दिन से इंटरव्यू चल रहे हैं। इसमें आल इंडिया लेवल के सेंट्रल स्कूल और दिल्ली सरकार के सरकारी स्कूलों के प्रिंसिपलों के इंटरव्यू देने आये हैं। प्रोफ़ेसर साहब यहाँ असिस्टेंट कमिश्नर के इंटरव्यू लेने आये हैं। प्रभा बरेली से आयी हैं। कमिश्नर साहब को ऐसा क्यों लगा कि प्रोफ़ेसर साहब ने उनकी बात सुनी ही नहीं है या यह कहें कि उनके कानों तक उनकी आवाज़ गयी ही नहीं। मगर कमिश्नर साहब का स्वर इतना धीमा भी तो नहीं था कि दस लोगों के बोर्ड में दो लोगों को छोड़कर उन तक आवाज़ नहीं गयी हो, जबकि कमिश्नर साहब की आवाज़ बोर्ड के अन्य सदस्यों ने सुनी थी, जो स्थिति प्रभा की थी। लगभग वही स्थिति प्रोफ़ेसर साहब की भी थी। दोनों एक दूसरे को एकटक निहार रहे थे। साथ

ही वे यह भी सोच रहे थे। हम इन्हें तीन दिनों से अच्छी तरह से पहचान गये हैं। इतनी छोटी अवधि में प्रोफ़ेसर साहब ने अपनी साहित्यिक छाप छोड़ी थी। उनके साहित्यिक योगदान से भी सभी लोग वाक़िफ़ थे। आज बोर्ड के सभी सदस्य चकित थे। इन्हें क्या हो गया है? कैसे जड़वत होकर एक महिला प्रिंसिपल को निहार रहे हैं। दूसरी तरफ़ सब यह भी सोच रहे थे कि पहले तो ये कंडिडेट के आते ही हिन्दी साहित्य और दलित साहित्य के प्रश्नों से उसकी ऐसी घेराबन्दी करते थे कि कंडिडेट तो पेरशान हो ही जाता था। बोर्ड के सदस्यों को भी दलित साहित्य के प्रश्नों से तकलीफ़ होती थी, मगर वे सब यह सोच कर चुप्पी साध लेते थे कि ये एक बड़े विश्वविद्यालय के प्रोफ़ेसर हैं। दूसरा दलित साहित्य पर काम करने के कारण उनकी पहचान दलित साहित्य विशेषज्ञ के रूप में भी थी। वे रुकने का नाम ही नहीं लेते थे। वे कभी सामने वाले की यह परवाह भी नहीं करते थे कि बोर्ड में और भी नौ लोग हैं। दूसरों को भी पूछने का मौक़ा देना चाहिए। अक्सर वे बोर्ड अध्यक्ष कमिश्नर साहब के हस्तक्षेप से ही रुकते थे और आज...?

इतना ही नहीं मैडम प्रभा भी तो कितनी निर्लज्य हैं। एक प्रिंसिपल होकर भी अपने इतने बड़े इंटरव्यू बोर्ड में एक अजनबी पुरुष के प्रति ऐसी दीवानगी भरी नज़रें मिलाना ही नहीं उनमें खो जाना...? फिर उन्होंने अपने आपको धिक्कारा। कैसी बातें कर रहा है तू? ऐसा कुछ नहीं होगा। हो सकता हो यह पुरानी जान-पहचान हो। थोड़ी देर के लिए आदमी अपने जान-पहचान वाले से मिलने पर उसकी दशा ऐसी ही हो जाती है। कमिश्नर साहब ने सोचते हुए अपनी दृष्टि उन लोगों पर और बोर्ड के अन्य सदस्यों पर दौड़ाई थी। वे ऐसे ही जड़वत बैठे थे। न चाहते हुए भी वे मन-ही-मन बड़बड़ा रहे थे। वे अपनी ज़ुबान से उन्हें कुछ कहना नहीं चाह रहे थे। समझ बहुत कुछ रहे थे।

"हद कर दी इन प्रभा जैसी पढ़ी-लिखी भद्र महिलाओं ने। किसने इन्हें प्रिंसिपलशिप दे दी। ऐसे ही गुल खिलाती होंगी अपने सबऑडिनेट के साथ। खाक सँभालती होंगी एडमिनिशट्रेशन।"

यह बुदबुदाहट ठाकुर राघवेन्द्र प्रताप सिंह की थी, जिसे शायद कुछ ने स्पष्ट सुना था तो कुछ के कानों में अस्पष्ट फुसफुसाहट घुसी थी। वहाँ कुछ देर के लिए अजीब-सा माहौल हो गया था। उन की फुसफुसाहट शायद प्रभा और प्रोफ़ेसर के कानों तक भी पहुँच गयी थी। इसीलिए दोनों ने अपनी-अपनी नज़रें एक दूसरे से हटा ली थीं। वे दोनों नज़रें झुकाये ऐसे बैठे थे। मानो वे अपने इस कृत्य से अनभिज्ञ थे और बोध होते ही उन्हें अपराध बोध ने घेर लिया था। ऐसा उनके चेहरों से साफ़

झलक रहा था। बदली-बदली नज़रें थीं। एक दो प्रश्नों की औपचारिकता के बाद प्रभा को बाहर जाने का आदेश मिल गया था।

बोर्ड से निकल कर भी प्रभा अतीत की स्मृतियों की क़ैद से बाहर नहीं निकल पा रही थी। वह अपने मन-ही-मन कह रही थी, "अरे, क्या यह तो सचमुच वही लड़का था?" उसने ख़ुद से प्रश्न किया था। जैसे उसे कुछ सन्देह था।

उफ्! किया था उसके माथे पर सिलवटें उभर आयी थीं। दिल की धड़कनें भी थोड़ी देर के लिए असामान्य हो गयी थीं। चेहरे पर न उदासी थी और न ख़ुशी। आज उसे अपनी सोच पर ग़ुस्सा आ रहा था।

"कैसी बेहूदी है तू। पचास वर्ष के व्यक्ति को लड़का कह रही है।" उसे अपनी उम्र का अन्दाज़ा हो आया तो ख़ुद पर भी भीतर-ही-भीतर लज्जित-सी हुई थी। मन में उसके संवाद जारी थे, "आज मैं भी तो उम्रदराज हो चली हूँ। आज वह प्रोफ़ेसर बनकर मेरे सामने इस तरह प्रकट होगा। यहाँ इस रूप में मेरे सामने आयेगा। मैंने कभी सोचा भी न था।"

सोचकर उसने और गहरी साँस ली थी। यह न वितृष्णा थी और न किसी तरह का कोई आकर्षण था। वह इंटरव्यू बोर्ड से निकलकर थोड़ी देर बाहर कुर्सी पर बैठी थी। सिर पीछे कर लिया था। उसके सिर में ज़ोर से दर्द हो रहा था। मन भारी हो रहा था। यह ज़िन्दगी क्या से क्या करा देती है। क्या-क्या दिखा देती है, जो नहीं देखना चाहो वह दिखाती है। अतीत उसकी आँखों के सामने आसमान में बादलों की तरह उमड़ने-घुमड़ने लगा था।

"जिसे मैंने वर्षों पहले भुला दिया था। भूलने में उसे तकलीफ़ बहुत लम्बे समय तक रही थी पर समय के साथ ज़ख्म भर जाते हैं। मैं उसके सवाल का जवाब का हाँ में नहीं दे पायी थी, परन्तु मैं मना भी तो नहीं कर पायी थी। मेरी बेरुख़ी को उसने मेरी तरफ़ से न मान लिया होगा। नहीं मानता तो क्या करता। तब आज की तरह मोबाइल युग तो था नहीं। हमारे घरों में और न पब्लिक प्लेस पर टेलीफ़ोन की सुविधा थी। सम्पर्क करते तो कैसे? न जाने क्यों वह मुझे अच्छा लगता था। उसके बाद हम अलग हुए तो फिर कभी उधर मुँह नहीं किया। बिछुड़ने का दर्द मन में था। मैंने निर्णय ले लिया था कि अब मैं किसी से भी शादी नहीं करूँगी।

मम्मी-पापा का लगातार मुझ पर शादी का दबाव बनता जा रहा था, पर मैं अपने निर्णय पर क़ायम थी। वे एक के बाद एक अच्छे-से-अच्छा लड़का दिखाते। इस बीच पता नहीं मैं कैस-कैसे कड़वे अनुभवों से गुज़री। हर बार मैं मना करती रही। फिर भी लड़के वाले मेरी शिक्षा, मेरे रंग-रूप, क़द-काठी, लम्बाई, मोटाई

और न जाने क्या-क्या वे मुझ में देखना, खोजना चाहते थे। जैसे दाल या चावल से कंकड़ चुन रहे हों। सब को अपने परिवार, संस्कारों के अनुकूल सर्वगुणों वाली बहू की तलाश थी।

उधर, प्रोफ़ेसर का मन भी भारी था। आज जो हुआ उसका पश्चात्ताप व शर्मिन्दगी से वे से भागने की कोशिश कर रहे थे। वे जा तो घर की तरफ़ रहे थे, मगर उनका मन न चाहते हुए भी अतीत की यात्रा पर निकल पड़ा था।

"क्या यह वही वाली प्रभा थी?" ख़ुद से प्रश्न किया था प्रोफ़ेसर साहब ने। जवाब भी वे ख़ुद से ही ख़ुद को दे रहे थे। यदि यह मेरी वाली प्रभा नहीं थी तो उसके प्रति सम्मोहन कैसा?

"उससे मिले अरसा बीत गया। अभी भी मेरे मन में मेरी वाली भावना घर किये बैठी है। वह इतनी ज़्यादा बूढ़ी क्यों लग रही थी? इस उम्र में तो महिलाएँ अक्सर मोटी हो जाती है। यह फिगर मेनटेन नहीं है...।" यह तो मुझ से तीन वर्ष छोटी थी। आज वह इस तरह इस रूप में मेरे सामने आयेगी। यह कल्पना से परे था। जिसको बरसों पहले भूल गया था। उसे भूलना ऐसे ही था जैसे अपने किसी अंग को अपने से किसी बीमारी के कारण अलग करने पर उसकी कमी हमेशा खलती रहती है। उन दिनों प्रभा का उसके जीवन में अहम महत्त्व था। वे दोनों मिलकर भविष्य की सुखद जीवन यात्रा की कल्पना में घण्टों खो जाते थे। उन्हें अलग होना पड़ेगा। यह कभी सोचा भी नहीं था। उन्हें लगता था वे दो शरीर एक आत्मा बन चुके हैं।

प्रोफ़ेसर साहब कार चलाते हुए सोचते जा रहे थे। उन दिनों जब वे बी.एड. कर रहे थे। प्रभा से परिचय दोस्ती में कब बदल गयी थी, यह उन्हें भी पता नहीं चला था। बी.एड. की पढ़ाई और लेसन प्लान की व्यवस्तता के बावजूद दोनों एकान्त में बैठ कर गपियाने का समय निकाल ही लेते थे। किसी ने ठीक ही कहा है कि 'जहाँ चाह होती है, वहाँ राह मिल ही जाती है।' दोनों एक दूसरे का हाथ पकड़े बरेली कॉलेज के बड़े से पार्क के कोने में फूलों की झाड़ियों की आड़ में कैसे घण्टों समय गुज़ार देते थे। पता ही नहीं चलता था। आज यह सोच कर ख़ुद पर शर्म आ रही थी। मगर मन के किसी कोने में गुदगुदी भी हो रही थी। मन नवजात बछिया की भाँति उछलने लगा था। उन्होंने स्वयं को शान्त करते हुए अपने मन से कहा था–"आज मुझे यह सोचना भी शोभा नहीं देता। मैं देश के प्रतिष्ठित विश्वविद्यलाय का प्रोफ़ेसर हूँ। लोगों को पता चलेगा तो बात का बतंगड़ बना देंगे। मीडिया की नाक बहुत तेज़ होती है। वह ऐसी चटपटी ख़बरों को बड़ी तेज़ी से सूँघ लेती है।" मटुकलाल का नाम अनजाने ही उसकी जुवान पर आ गया था। मुँह काला करके पत्नी द्वारा पति

को सरेआम पीटने वाला सीन जिसे मीडिया ने टीवी पर बार-बार दिखा कर टी.आर. पी. ख़ूब बटोरी थी। वह दृश्य उनके मस्तिष्क पटल पर उभर गया था। वह भीतर ही भीतर काँप गये थे, पर उनका मन छोटे बच्चे जैसा चंचल हो रहा था। उसे चैन ही नहीं आ रहा था। अच्छे-बुरे का निर्णय वह नहीं कर पा रहे थे। उन्हें लग रहा था जैसे उनके दिमाग़ का रिमोट कहीं खो गया है। उसे कोई दूसरा व्यक्ति संचालित कर रहा है। कभी लगता कि उसका मन इतना चंचल है जब तक अतीत की यात्रा न कर ले। उसे चैन ही नहीं पड़ रहा। चंचल मन बूढ़े जवान में फ़र्क़ नहीं करता। मन कभी बूढ़ा नहीं होता। यह सब दिमाग़ का काम है दिल का नहीं।

उन्हें ठीक से याद है। सोचते ही उनकी आँखों के सामने एक चलचित्र की रील घूमने लगी थी। प्रभा का हाथ पकड़े-पकड़े कब बी.एड. हो गया था। समय का पता ही नहीं चला। अब कॉलेज छोड़ना था, शहर भी छोड़ना था। उन्हें याद है। प्रभा के सामने शादी का प्रस्ताव रखने की कई कोशिश में नाकाम रहा था। सोचता रहता है। बात करने से डरता था। वह क्या सोचेगी। मेरी तरह ही वह भी सोचती है या नहीं। उसके माता-पिता कैसे होंगे? उनसे तो कभी मिला नहीं और हमारी उम्र भले ही शादी लायक है, मगर हमारी परिस्थितियाँ तो एकदम विपरीत हैं। यह सब तो मैंने उसे बताया नहीं। उसने भी तो कभी इस बारे में सोचा भी नहीं। बड़े शहर की लड़की है और मैं एक गाँव का छोटे परिवार का लड़का हूँ। ऊपर से मेरे माँ-बाप...। कई दिनों की रूपरेखा के बाद भी उस दिन प्रभा के सामने शादी का प्रस्ताव रखने में उसे काफ़ी हिम्मत और मशक्कत करनी पड़ी थी। हालाँकि वे साथ पढ़ते थे। साथ घूमते थे। तब बरेली कॉलेज में कैंटीन में चाय पीने का चलन इतना अधिक नहीं था। नहीं तो उनके बैठने का वह भी एक ठिकाना बन सकता था। कभी काम की बात तो कभी यूँ ही बिना टॉपिक के बातें किया करते थे वे। उस समय उन्हें यह सब करना अच्छा लगता था, मगर उस बतरस में अपने प्यार को रिश्ते में बाँध कर किसी अंजाम तक पहुँचाने की बात कभी नहीं कर पाये थे। सुखद बात यह थी कि वह उसकी बात सुन कर ख़ुश तो हुई थी। लेकिन स्वयं कोई निर्णय लेने की हिम्मत नहीं जुटा पा रही थी। उसने कहा था–"तुम, मेरे मम्मी-पाप से बात करो।" यह बात सुनकर वह थोड़ा सहम गया था। प्रभा ने यह भी बताया था। थोड़ी देर बाद कुछ सोचते हुए वह बोली थी–

"तुम मेरे पापा-मम्मी से डाइरेक्ट बात मत करना। अपने किसी रिश्तेदार, दोस्त को माध्यम बनाओ। उसे याद है कि काफ़ी देर माथा-पच्ची करने के बाद भी उसे ऐसा कोई रिश्तेदार न दोस्त नज़र नहीं आ रहा था जो उसकी शादी की मध्यस्थता करता। उसने काफ़ी सोच-विचार कर बताया था कि–

"तुम ख़ुद बात करो अपने घर में।" वह यह सुनते ही काँप जाती थी–

"मैं कैसे बात करूँ अपने घर में? क्या कभी किसी लड़की ने अपने पापा-मम्मी से अपनी ही शादी की बात की है, न, बाबा मैं नहीं कर सकती।" उसने स्पष्ट एक ही झटके में अपना निर्णय सुना दिया था। प्रभा की बात सुनकर वह कहीं दूसरी दुनिया में खो गया था। उसके चेहरे की खिलखिलाहट पेड़ पर बैठी चिड़िया की तरह फुर्र से उड़े गयी थी, जिसे देखकर प्रभा को एक सुकून मिलता था। वह चाहती थी कि वह उसके सामने ऐसे ही मुस्कराता रहा करे। वह सोच में पड़ गयी थी। उसकी क्या वह अपनी ही मदद करने के बारे में तुरन्त विचार करने लगी थी। काफ़ी सोच-विचार के बाद वह उससे बोली थी–

"मानो मैंने अपने मम्मी-पापा से कहने की हिम्मट जुटा भी ली, जब वे मुझसे तुम्हारे बारे में जानना चाहेंगे। मैं तो कुछ ज़्यादा जानती भी नहीं।" पहले तो उसकी बात सुनकर उसे बड़ा आश्चर्य हुआ। पूरा साल हो चुका साथ पढ़ते हुए और तुम कह रही हो कि मैं जानती नहीं। प्रभा की बात सुनकर उसने आश्चर्य से पूछा–

"तुम मुझे नहीं जानती? धन्य हैं देवी। हम साथ पढ़ते एक साल तो हो गया है न और "क्या जानना है तुम्हें?" उसकी बात सुनकर प्रभा को थोड़ी चिड़न हुई थी। उसने बात को सँभालते हुए कहा था–

"तुम मेरा मतलब नहीं समझ रहे हो। मेरे कहने का आशय था कि जब मेरे पापा-मम्मी तुम्हारे घर परिवार नाते-रिश्तेदारों के बारे में पूछेंगे। तब मैं उन्हें क्या बताऊँगी।"

"ओह! इसमें इतना परेशान होने की क्या बात है। मेरे गाँव का नाम अभी नोट कर लो। रही बात मेरे परिवार के बारे में जानने की तो। यह तो बाद की बातें हैं। पहले तो हम दोनों का रिश्ता हमारी पसन्द नपसन्द पर होगा न कि नाते, रिश्तेदारों के परिचय के आधार पर।"

प्रभा उसकी बात सुनकर परेशान-सी हो जाती थी। वह मन-ही-मन सोचने लगी। यह समझता क्यों नहीं। शादी-ब्याह में और भी बातें ज़रूरी होती हैं। जैसे धर्म और जाति, उपजाति आदि के भी तो कुछ मायने होते हैं या नहीं। वह मन-ही-मन सोच रही थी, अब इससे सीधे-सीधे ही इस बारे में बात करनी पड़ेगी। यह सोचते हुए वह बोली–

"तुम हिन्दू हो। यह तो मैं जानती हूँ मगर मैं यह नहीं जानती तुम्हारी जाति, गोत्र क्या है? इस बारे में पापा पूछने लगे तब मैं उन्हें क्या बताऊँगी?"

उसके सामने प्रभा का ऐसा सवाल था, जिसका सीधा उत्तर बताने पर शायद वह बहक जाये। यदि मैं नहीं बताता हूँ तो यह दोनों के साथ नाइन्साफ़ी होगी। वह

सोच में पड़ गया था। उसे ऋषियों की तरह धूनी लगाये चुप बैठे देखा तो वह चहक कर मज़ाक़िया लहजे में बोली–

"महाराज, क्या सोच रहे हैं? मैंने कुछ उल्टा-पुल्टा कह दिया क्या जो तुम्हें इस मुद्रा में पहुँचा दिया?" वह उसका मज़ाक़िया-सा प्रश्न सुनकर मुस्करा दिया था। दोनों की मुस्कान मिलकर हँसी में बदल गयी थी। प्रभा ने फिर जाति वाला प्रश्न छेड़ दिया था–

"मुझे यह सब पूछते हुए अच्छा तो नहीं लग रहा, मगर हमें अपनी शंकाएँ दूर कर लेनी चाहिए। वैसे भी कल को मेरे पापा-मम्मी, रिश्तेदार पूछेंगे तब उन्हें तो बताना ही होगा। ख़ैर, तुम तो सिंह लगाते हो। सिंह का मतलब। हमारे यहाँ ठाकुर होता है और तुम्हारे यहाँ...?"

प्रभा की बात से वह मन-ही-मन परेशान हो गया था। उसकी बात का बुरा माने या भला, कुछ समझ नहीं आ रहा था। जिस लड़की के साथ पूरा जीवन गुज़ारने की योजना बना रहा है। वह जातीय मामले में इतनी दकियानूस होगी। यह तो मैं समझ ही नहीं पाया। हमारी इस बारे में कभी बात क्यों नहीं हुई? हम पूरे साल साथ रहे मगर हम जातीय तौर पर एक-दूसरे को एकदम नहीं पहचानते हैं। बार-बार उसकी बातें उसके कानों में गूँज रही थीं–"वे मुझसे तुम्हारी जाति, गोत्र पूछेंगे तब मैं उन्हें क्या जवाब दूँगी?" प्रभा की बात सुनकर उसे एक गहरा झटका लगा था। उसने उससे पूछा था–

"क्या तुम भी अपने माता-पिता की तरह उपनाम, जाति, गोत्र इन सबमें विश्वास करती हो?"

वह सुनकर पहले तो चुप रही थी। बाद में उसने प्रति प्रश्न किया था–

"क्या तुम यह सब नहीं मानते और फिर इसमें बुराई क्या है? वह उसकी बात सुनकर जैसे आसमान से नीचे गिर गया है।

"तुम भी ऐसा सोचती हो? आश्चर्य है! अभी हमने बी.एड. की पढ़ाई करते हुए जो सीखा, समझा वह सब क्या था। शिक्षक शिक्षक होता है। वह डॉक्टर की तरह होता है। उसकी कोई जाति, धर्म, अमीरी-ग़रीबी नहीं होती। वह यह देखकर अपने छात्रों को शिक्षा नहीं देता कि वह किस जाति, गोत्र, धर्म का है।" प्रभा के मन में कोई द्वन्द्व नहीं था। इसलिए तुरन्त बोली थी–

"जाति तो सभी की होती है। यह हमारे नाम की तरह होती है। यह हमारी और हमारे परिवार की पहचान है। इसमें घबराने की या छिपाने की क्या बात है? क्या तुम्हें

जाति में विश्वास नहीं है?" प्रभा की बात सुनकर उसे लगा। किताबी बातें जीवन में जीने के लिए थोड़े ही होती हैं। वे तो पढ़ने के लिए होती हैं। परीक्षा में अच्छे नम्बर लाने के लिए होती हैं।" उसकी बात सुनकर वह सोच रहा था। इसे क्या कहें इसकी जाति के हिन्दू संस्कार या इसकी नादानी? यकायक प्रभा ने बड़े विश्वास के साथ पुनः कहा था–

"तुम यह सब बातें क्यों पूछ रहे हो? तुम तो ठाकुर हो फिर ऐसी बातें क्यों कर रहे हो? ब्राह्मण और ठाकुर तो समकक्ष जातियाँ होती हैं।" प्रभा की बात का उसके मन पर गहरा आघात हुआ था। अब कुछ बाक़ी नहीं बचा था। उसे लगा वह किसी ऊँची इमारत से नीचे गिर गया है। कभी लगा यह महाविद्यालय की इमारत भरभरा कर गिर रही है। वह उसमें दब गया है। क्या यही है हमारी शिक्षा जो हमें जातियों, वर्णों में बाँटना सिखाती है? उसके मन में द्वन्द्व चल रहा था। वह ख़ुद से लड़ रहा था। वह यह भी भूल गया था। प्रभा सामने बैठी थी। वह अपने मन को संयत करके प्रभा से पूछा रहा था–

"क्या तुम्हें मेरी जाति के बारे में सचमुच कुछ पता नहीं है या तुम अनजान बन कर मेरी भावनाओं के साथ अब तक खेल रही थीं?" उसकी बात सुनकर प्रभा को आश्चर्य हुआ था। अपना प्रतिरोध उसी वक़्त व्यक्त किया था उसने–

"तुम्हारा क्या मतलब है? तुम मुझ से क्या कहना चाह रहे हो? मैं तुम्हारी भावनाओं से कब खेली? रही बात तुम्हारी जाति के जानने की। मैं कैसे जानती जब तक तुम बताओगे नहीं।"

वह उसकी बात से भड़क-सा गया था। उसका स्वर तीव्र हो गया था–

"मैंने कभी जाति बतायी नहीं कि तुमने पूछा नहीं। ठाकुर नहीं चमार हूँ, समझीं।" सुनकर प्रभा को मानो साँप सूँघ गया था। वह कुछ 'देर ऐसे ही चुपचाप बैठी रही थी और उसके बाद बिना कुछ कहे वहाँ से उठकर चल दी थी। वह उसके पीछे-पीछे गया था। उसे पुकारता जा रहा था–

"प्रभा, प्रभा मेरी बात का जवाब देती जाओ। प्रभा, प्रभा तुम ऐसे नहीं जा सकतीं। तुम मुझे भुला नहीं सकतीं। हमने साथ रहने के वायदे किये थे। साथ जीने-मरने की क़सम खायी हैं। उनका क्या होगा? मगर प्रभा ने एक बात नहीं सुनी थी और न पीछे मुड़ कर देखा था। वह वहाँ तब तक खड़ा रहा था जब तक वह दिखाई देती रही थी। उसकी आकृति शून्य होने पर निढाल हो गया था।

❑❑